妙说红楼

高昌 著

古吴轩出版社
中国·苏州

图书在版编目（CIP）数据

妙说红楼／高昌著.—苏州：古吴轩出版社，
2015.2
ISBN 978-7-5546-0420-5

Ⅰ.①妙… Ⅱ.①高… Ⅲ.①《红楼梦》研究
Ⅳ.①I207.411

中国版本图书馆CIP数据核字（2015）第047134号

责任编辑：陆月星
见习编辑：韩　珏
责任校对：李爱华
责任照排：刘　浩

书　　名	妙说红楼
著　　者	高　昌
出版发行	古吴轩出版社
	地址：苏州市十梓街458号　　邮编：215006
	Http：www.guwuxuancbs.com　　E-mail：gwxcbs@126.com
	电话：0512-65233679　　传真：0512-65220750
出 版 人	钱经纬
印　　刷	苏州日报印刷中心
开　　本	880×1230　1/32
印　　张	8.25
版　　次	2015年2月第1版　第1次印刷
书　　号	ISBN 978-7-5546-0420-5
定　　价	20.00元

如有印装质量问题，请与印刷厂联系。0512-65640827

目录

◎歪说红楼小人物◎

（姥姥篇）

刘姥姥 /2

  刘姥姥和王成什么关系？/2 刘姥姥为什么把板儿辈分说错了？/3 刘姥姥的螃蟹账暗指什么？/5 若玉作祟预示什么？/6 牛啊猪啊说的哪一个？/8 刘姥姥合的牙牌令隐喻什么？/9 附：谁是狠舅奸兄？/10 茄鲞意味什么？/12 刘姥姥屡屡信以为真影射什么？/13 刘姥姥搭救巧姐有什么良策？/14 刘姥姥为什么会如此老当益壮？/15

王善保家的（王善保家的——司棋的姥姥）/17

  人人喊打/17

（嬷嬷篇）

李嬷嬷（李嬷嬷——贾宝玉乳母）/20

  李嬷嬷为什么拄拐？/20 李嬷嬷为什么早早被"清退"？/21 袭人拿谁下马的？/22 李嬷嬷"气"谁？/24 谁能收作她？/25 李嬷嬷的眼线是谁？/27 附：李贵是"粗胚"吗？/29

玉柱娘（玉柱娘——迎春乳母）/31
  恶老太婆/31
赵嬷嬷（赵嬷嬷——贾琏乳母）/34
  吃奶像三分/34

（婆子篇）

祝家姑嫂 /38
  她不是鱼眼睛/38 小心火烛哟！/40 园圃三英/42
无名氏婆子 /44
  老妈妈是个聋婆子吗？/44 管住你的嘴巴！/45

（姑子篇）

谁自相矛盾了？（马道婆）/48
谁财迷心窍了？（静虚）/50
谁哄蒙拐骗了？（智通和圆信）/52
谁好吃懒做了？（水仙庵老姑子）/54

（七大姑八大姨篇）

人之亲情（老太妃　庄农老婆子）/56

人之天性（卜氏　杨氏）/58

人之美德（甄家娘子　卜家娘子）/60

人之本分（宋妈　坠儿妈）/62

人之大忌（胡氏　袭人娘）/64

人之福气（李婶娘　邢舅妈）/66

（管家篇）

赖（大）家 /68

　　赖大如今怎么了？/68　赖大有什么能耐？/69　赖二怎么能坐得稳这把金交椅？/71　为什么人人喜欢赖嬷嬷？/72　赖嬷嬷是怎样降住凤姐的？/73　谁在为周瑞家的求情？/74　谁是奸夫？（兼陈谷子,烂芝麻别解）/75　他们是"凤凰"吗？/77

林（之孝）家 /79

　　林之孝家的为什么没去抄检？/79　林之孝家的她是地哑吗？/80　林之孝为什么戳壁脚？/82　小红看中贾芸什么？/83

周(瑞)家 /85

周瑞一家为什么会如此张狂？/85　周家谁是主心骨？/86　周瑞家的真是凶神恶煞吗？/87

来(旺)家 /89

来旺真是凤姐使出来的好人？/89　这桩姻缘合适吗？/90

（丫鬟篇）

金(鸳鸯)家 /92

贾琏为什么向鸳鸯笑？/92　鸳鸯为什么把贾琏给"吃没"了？/93　谁骂得最脏最臭？/95　谁是尴尬人？/96

花(袭人)家 /99

花家是怎样复了元气的？/99　袭人为什么哭？（一）/100　袭人为什么哭？（二）/101　袭人为什么叹气？/103

秦(司棋)家 /105

司棋、潘又安中谁说了假话？/105　他们为什么又"虽未成双"？/106　司棋为什么并无畏惧惭愧之意？/107　司棋的另一重性格是什么？/109　潘又安为什么走

了?/110　她们为什么要乱?/112　附:祸根/113

白(金钏)家 /116

谁也要为金钏投井"买单"?/116　还有谁也要为金钏投井"买单"?/117　什么是"无耻之事"?/118　玉钏儿此刻表情可以比作什么?/119

翠缕 /121

"说阴阳"预示什么?/121

(男仆篇)

茗烟 /123

宝玉为什么偏偏给茗烟改名字?/123　茗烟是"弯"的吗?/124　焙茗讨谁作媳妇了?/125

谁是清俊小厮? /127

昭儿?/127　隆儿?/128　喜儿?/130　兴儿?/131

红楼三活宝 /134

虫儿/134　鸨儿/135　龟儿/137

◎歪说红楼主子◎

(老钗篇)

王夫人 /140
　　王夫人小唱/140

赵姨娘 /144
　　她不是吃素的!/144

尤氏 /148
　　这个女人不寻常!/148

(正册篇)

薛宝钗 /154
　　冤哉,宝钗!/154

李纨 /157
　　李守中是怎样雕琢女儿的?/157　李纨嫁了个花心老公/158　李纨需要怎样的"膀臂"?/160　撕了李纨的伪装/161　李纨仍是有情人/163　李纨那是什么情丝?/164　李纨是吝啬人/165　李纨,糊涂!/167　李纨功不可没!/168　李纨的陪房丫头哪里去了?/169　附:谁是李家希望之星?/171

◎歪说红楼趣案◎

绣春囊案 /174
    她们？/174   她？她们？/176   他？/177   她？他？/179

须虾镯案 /181
    势利的平儿/181   她是怎样沦落为贼的？/182

玫瑰露案 /185
    贪嘴的平儿/185   她们是"连裆模子"/187

累金凤案 /189
    坏了歌/189

◎网络 妙说好帮手◎

五破"一从二令三人木"/192
    附：/200

《探"红楼地名"》/201
    "大如州"、"长安县"、"平安道"真容/201   南北都有"铁网山"/208   "紫檀堡"的昨天与今天/213

隐目 粉底 白头 /216
    附：姑苏"红楼"怀古诗/223

◎正说《红楼梦》中苏州人◎

富贵风流苏州人 /228

　　苏州人在哪里？/228　苏州人的文采/229　苏州人的才艺/231　苏州人的雅趣/232

苏州人的情爱 /234

　　有花有果/234　有花无果/235　无花无果/237　似花似果/238

苏州人百态 /240

　　芳官/240　邢岫烟/241　雪雁/242　门子/244　封肃/245

附：咏苏吟锡对联 /247

　　咏苏/247　吟锡/248

引 子

《红楼梦》里藏奥妙,
字字句句可推敲。
此书不讲论证一箩筐,
此书专说歪理十八条。
说中了,不过是歪打正着,
说偏了,本来就是歪门邪道。
究竟是不是莫须有?
是非曲直,"死人"肚里才知晓!

【引用文本:《红楼梦》,人民文学出版社1957年版本,系程伟元乾隆壬子(1792)活字本作底本,另外参对了几个较重要的本子,以校正底本中的误字。】

《歪说红楼小人物》

姥姥篇

《刘姥姥》

◎刘姥姥和王成什么关系?◎

刘姥姥和王成什么关系?

初看。

刘姥姥与王成是老亲家。

王成有子小名狗儿,娶妻刘氏。

狗儿遂将岳母刘姥姥接来,一处过活。

细看:

刘姥姥与王成是老相识。

1. 刘姥姥是看着狗儿长大的。

你皆因年小时候,托着老子娘的福,吃喝惯了。

2. 刘姥姥熟悉王成与周瑞的关系。

狗儿:**这周大爷先时和我父亲交过一桩事,我们本极好的。**

刘姥姥:**我也知道。**

昔年,刘姥姥也许通过王成认识了周家。

刘姥姥二进荣国府时说**我今年七十五岁。**

刘姥姥与周家刚认识时,那时刘姥姥大概五十上下,**村野人显老**,所以姥姥的称呼从周瑞家的嘴里叫开头了。

昔年,刘姥姥也许通过王成与周家走动了。

刘姥姥与周家刚走动时,王夫人大概尚未出嫁,就有了二十年前我和女儿还去过一遭这一件事。

刘姥姥的称呼延伸着。

刘姥姥一进荣国府时。

周瑞家的:**刘姥姥,你好。**

刘姥姥与周家走动延伸着。

几年前刘姥姥一进荣国府。

歪说红楼小人物

周瑞家的和刘姥姥见过面。

当日，板儿也许还是婴儿，**现在长了这么大了么！**

当日，周瑞家的也许讲了王家近况，刘姥姥才知道**他家的二小姐如今是荣国府贾二老爷的夫人，听见他们**（也许就是指周瑞家的）**说，如今上了年纪，越发怜贫恤老的了，又爱斋僧布施。**

当日，周瑞家的也许也提到过王熙凤。刘姥姥也附和一番，随口**说他不错。**

歪看：

刘姥姥与王成又是什么关系？

刘姥姥何许样人物？

寡妇。

刘姥姥乃是个久经世代的老寡妇。

风流。

我虽老了，年轻时也风流，爱个花儿粉儿的，今儿索性做个老风流。

王成又是何许样人物？

官二代。

祖上也做过一个小小京官，只有一子，名唤王成。

霸道。

周瑞昔年争买田地一事，多得狗儿他父亲之力。

一个是"美人"，一个是"英雄"。

老相识升级了？

刘姥姥绰号为**母蝗虫**。

刘姥姥是**母**的无疑。

蝗虫有什么隐喻？

《红楼梦》作者不是吴地人就是在吴地生活过一段时间的人。

吴语黄（huáng）、王（wáng）读音不分。

蝗虫谐音王宠。

王，王成？

宠，宠爱。

王宠，

王成宠爱刘姥姥？

假如果真如此，岂不是成了老相好了！

◎刘姥姥为什么把板儿辈分说错了？◎

凤姐和板儿是什么辈分？

狗儿的祖上与凤姐之祖认识，认作侄儿。

按此排辈：

凤姐之祖—（子）凤姐之父—凤姐—巧姐

（侄）狗儿之祖—王成—狗儿—板儿

狗儿是凤姐的侄子。

板儿是凤姐的侄孙。

刘姥姥一进荣国府。

刘姥姥却说板儿是凤姐的侄儿。

"我今日带了你侄儿,奔了你老这里来。"

刘姥姥为什么把板儿辈分说错了?

初看:

刘姥姥**他倒不会说话**。

刘姥姥无意说错了板儿的辈分。

"我见了他,心眼儿里爱还爱不过来,哪里还说得上话来?"

细想:

刘姥姥故意说错了板儿的辈分。

凤姐是"真神"。

板儿是"敲门砖"。

俗话说:一"表"三千里。

王狗儿家仅仅是金陵王家"千里"之外的远亲。

俗话说:皇帝尚有草鞋亲。

王狗儿家仅仅是金陵王家芥豆之微不起眼的小亲戚。

俗话说:一代"亲",二代"表",三代"了"。

假如刘姥姥这样套近乎:"我今日带了你侄孙,奔了你老这里来。"

王狗儿家与金陵王家的关系本来就远、就浅。

这样一说,听起来更不起眼,更生分。

这样一说,凤姐还会来资助已经"了"了的堂侄孙吗?

现在,刘姥姥故意说错了板儿的辈分,把"千里"蒙近了,将芥豆混大了。

刘姥姥不是他**倒不会说话**,而是他倒很会说话。

刘姥姥这一招把周瑞家的蒙混了。

"你怎么见了他倒不会说话,开口就是'你侄儿';你蓉大爷才是他的侄儿呢,他怎么又跑出这么个侄儿来了呢!"

刘姥姥这一招也许把几百年来无数《红楼梦》读者都蒙混了!

歪说:

《红楼梦》作者故意为后书铺垫的。

巧姐最后的结局怎样?

其一,留庆余,忽遇恩人。

刘姥姥搭救了巧姐。

其二,一座荒村野店,有一美人在那里纺绩。

巧姐可能嫁给板儿,成了村妇。

按原来辈分。

巧姐是姑姑,板儿是内侄。

姑姑下嫁内侄,论理,**晚了一辈**,

不该做了这门亲。

按刘姥姥说的辈分将错就错。

板儿是巧姐舅舅家表兄,巧姐是板儿姑妈家表妹。

姑表联姻,顺理成章了。

再说,

刘姥姥根子上没有错。

按次排辈:

凤姐—(女儿)巧姐
　　　(内侄)板儿

错的是当年狗儿的祖上因贪王家势利,也许自愿降了一级。

刘姥姥门面背错在哪里?

刘姥姥一进荣国府时拨乱反正早了些!

◎刘姥姥的螃蟹账暗指什么?◎

赏桂。

品蟹。

薛蟠派人送来荣国府几篓极肥极大的螃蟹。

这些螃蟹有多少份量?

周瑞家的:这么两三大篓,想是有七八十斤呢。

这些螃蟹值多少银两?

刘姥姥:这样螃蟹,今年就值五分一斤,十斤五钱,五五二两五。三五一十五,再搭上酒菜,一共倒有二十多两银子。

刘姥姥应该不会算错。

问题来了:

假如按七十斤计算,口诀只用得上"五七三十五"。

假如按八十斤计算,口诀只用得

上"五八四十"。

千算万算,无论怎样都用不上五五二两五,三五一十五了!

刘姥姥是怎么算账的?

这里,有一个比较解释得通的推测:

刘姥姥是按八十斤计算的。

$50 \times 5 + 30 \times 5 +$ 酒菜钱=20多两银子

这样,50×5就用上五五二两五,30×5就用上三五一十五。

奇了。

刘姥姥算账为什么不速战速决一步到位?

刘姥姥算账为什么舍近求远无形中用上了"乘法分配律"?

这里,也有一个比较解释得通的

谜底：

刘姥姥只会"五"以内的乘法！

歪打正着。

五五二两五、三五一十五，也许不纯粹是口诀。

刘姥姥的螃蟹账暗指什么？

《红楼梦》八十回后的情节至今扑朔迷离。

刘姥姥的螃蟹账究竟暗指什么无从查考。

这里，再来一个比较解释得通的假设：

螃蟹：**横行公子**。

横行：**忘骨肉**。

公子：**狠舅**、**奸兄**。

狠舅、**奸兄**：**爱银钱**。

刘姥姥的螃蟹账暗指打点**狠舅**和**奸兄爱银钱**的数目。

也许，**狠舅**、**奸兄**穷困潦倒，他俩分别索取二两五和十五两银子。

村妇搭救巧姐七七八八加起来一共倒有二十多两银子。

（当然，不能排除**狠舅**、**奸兄**穷凶极恶，他俩分别索取二两五、十五两十倍或百倍银子，**村妇**总共花了二十多两十倍或百倍银子。）

二十多两对王狗儿家来说不是小数目。

够我们庄家人过一年了。

刘姥姥出得愿意。

报答老太太和姑娘奶奶并那些小姐们都这样怜贫惜老照看我。

刘姥姥也出得起。

自从有了荣国府的济困扶穷，王狗儿**做个小本买卖，置几亩地**，或手头宽裕了，或"发"了！

◎若玉作祟预示什么？◎

村姥姥是信口开河。

刘姥姥说谁呢？

"有个什么老爷，没有儿子，只有一位小姐，名字叫什么若玉。"

若玉，刘姥姥也许又想名姓记起来了。

若玉，刘姥姥也许便没话也编出些话来讲的。

刘姥姥说对了吗？

一看：

刘姥姥说对了。

若玉小姐，如花若玉。

十七八岁极标致的小姑娘儿，梳着溜油儿光的头，穿着大红袄儿，白绫子裙儿。

二看：

刘姥姥也说对了。

若玉小姐，守身若玉。

这小姐知书儿识字的。

这小姐儿长到十七岁，一病就病死了。

若玉，处子身。

三看：

刘姥姥间接说对了。

若玉，若什么玉？

若《玉盒记》之若玉。

《玉盒记》记载有鬼邪作祟。

如："八月二十五日得病者，东南方得之，有缢死家亲女鬼作祟。"

如今的若玉，不是神佛，是泥胎儿可竟成了精咧。

若玉，**作祟女鬼**也！

荣国府，不太平。

几年前，**促狭鬼作祟**。

贾环一时鬼使神差。

将一盏油汪汪的蜡烛，向宝玉脸上一推。

贾宝玉有了**撞客邪祟**之灾。

左边脸上起了一溜燎泡。

昨日，**缢死家亲女鬼作祟**。

撞客一，老太太也叫风吹病了，躺着嚷不舒服。

撞客二，大姐儿也着了凉了，在那里发烧呢。

前日，若玉作祟了？

刘姥姥都是才说抽柴火。

"旧年冬天，我那日起得早，只听外头有人偷柴草来了……"

若玉竟然显灵作祟了。

南院子马棚里走了水了，东南角上火光犹亮。

若玉作祟预示什么？

荣国府鬼邪越来越多了。

秦可卿、金钏儿……**家亲鬼**不算数。

若玉……孤魂野鬼都要来了。

若玉作祟预示什么？

荣国府鬼邪作祟越来越厉害了。

烫伤、病痛……小打小闹不算数。

火，大祸临头了。

火，祸。

祟书本子这样说的：火星，犯之，损子孙招官司冷却凶。（摘自祟书《董公选择日要览》）

损子孙、招官司。

若玉作祟，也许预示**钟鸣鼎食**的人家儿劫难将至。

冷却。

若玉作祟，也许预示**烈火烹油、鲜花着锦之盛**的宁荣两府从此真正萧条了。

◎牛啊猪啊说的哪一个?◎

"老刘、老刘。

食量大如牛;

吃个老母猪——不抬头!"

刘姥姥的顺口溜带给人们欢笑。

刘姥姥的顺口溜也带给人们思索。

老刘指谁?

牛啊猪啊说的哪一个?

也许有人会说:这是眼前的即景顺口溜。

老刘,刘姥姥。

牛,比喻。

猪,夸张。

牛啊猪啊,说的是刘姥姥的食量大。

贾府姐妹们就是这么认为的:他们把刘姥姥看成牛了。

刘姥姥手舞足蹈。

林黛玉:当日圣乐一奏,百兽率舞,今日才一牛耳!

众姐妹都笑了。

一切似乎无可非议!

不过,前思后想,似乎也有破绽:

刘姥姥的顺口溜是脱口而出。

贾母这边说声"请",刘姥姥便站起来身来,高声说了。

曹植,七步诗,了不得了。

刘姥姥,出口成章,可能吗?

刘姥姥是村妇,她不可能有如此深厚的功底!

看来,这不是眼前即景顺口溜。

看来,刘姥姥以前说过这顺口溜的。

刘姥姥什么时候说过这顺口溜?

这里不妨来圆上一圆。

这也是即景顺口溜。

这是当年刘姥姥在与丈夫吃饭时说的即景顺口溜。

老刘,刘姥爷。

刘家靠田度日。

刘姥爷是干力气活的。

牛啊,说的是刘姥爷的食量大。

接着,刘姥姥用了句调笑话:"吃个老母猪,不抬头!"

这里,刘姥姥本意:"你胃口这么大,就是把我吃了也不会抬一抬头。"

老母猪,刘姥姥自嘲。

与母蝗虫解释一样,刘姥姥是母的无疑。

另外:也许她姓朱?诸?祝?

歪说红楼小人物

或者：也许她属猪？
难怪：
眼前，刘姥姥的表情惟妙惟肖。
鼓着腮帮子，两眼直视。
原来她把当年刘姥爷的吃相拷贝下来了。
难怪：
眼前，刘姥姥出口成章。
原来她不过是在炒炒冷饭罢了！

◎ 刘姥姥合的牙牌令隐喻什么？◎

金鸳鸯三宣牙牌令。
刘姥姥唱的是大轴戏。
从老太太起，顺令下去，至姥姥止。
刘姥姥合的牙牌令趣味深长。
刘姥姥合的牙牌令隐喻什么？
一、
鸳鸯：左边"大四"是个"人"。
刘姥姥：是个庄家人罢。
正解：
"大四"，俗称"人"牌。
刘姥姥想了半日，说谁人好呢？
刘姥姥就说**现成的**。
刘姥姥就说**本色儿的**。
"是个庄家人罢。"
刘姥姥就是**庄家人**！
二、
鸳鸯：中间"三四"绿配红。
刘姥姥：**大火烧了毛毛虫。**
正解：
四点像红火，三点似长虫。

隐喻：
大四对拆是两个四。
这里的一个红四，好比庄家人的火燎脾气。
庄家人要对付的是三。
三，也许指贾环。
贾环，三爷。
贾环，这老三还是这么"毛脚鸡"似的。
贾环，燎毛的小冻猫子，只等有热灶火坑让他钻去罢。
大火比热灶火坑更燎毛。
刘姥姥对付贾环不就是**大火烧了毛毛虫**！
三、
鸳鸯：右边"幺四"真好看。
刘姥姥：一个萝卜一头蒜。
正解：
幺点像一个小萝卜，四点似一头四瓣蒜。
隐喻：

大四对拆是两个四。

这里的另一个红四,好比庄家人的蒜(酸)辣性子。

庄家人要对付的是幺。

幺,小。

幺,也许指贾芹。

贾芹,在凤姐麾下办事的贾芹、贾芸、贾菖、贾菱,贾芹排行最小。

例证:东府蓉大奶奶没了,彼时贾蔷、贾菖、贾菱、贾芸、贾芹等都来了。

旁证:宁国府除夕祭宗祠,兴拜中,"草头"者仅贾菖贾菱出头,展拜垫,守焚池。

贾芹,花心大萝卜。

表面上:看来芹儿倒出息了。

内底里:夜夜招聚匪类赌钱,养老婆小子。

蒜比萝卜更辛辣。

刘姥姥对付贾芹不就是一个萝卜一头蒜!

四、

鸳鸯:凑成便是"一枝花"。

刘姥姥:花儿落了结个大倭瓜。

正解:

三点像花柄,幺点似花骨朵。

三点和幺点凑成便是"一枝花"。

花儿落了。

"大四"、"三四"、"幺四"去了一枝花。

剩下的就是四个四。

四个四:均是红色。

大倭瓜,许多是橙红色。

四个四就是结个大倭瓜。

隐喻:

花儿落了:去了贾环、贾芹。

结个大倭瓜:也许指救出了巧姐。

四个四:16点。

巧姐:二八佳丽?

四个四:均是红色。

巧姐:红粉美人。

刘姥姥搭救巧姐不就是花儿落了结个大倭瓜!

刘姥姥合的牙牌令隐喻什么?

恩人,狠舅,奸兄。

留余庆——应验了。

◎附:谁是狠舅奸兄?◎

"休似俺那爱银钱,忘骨肉的狠舅奸兄!"

贾环,可能是巧姐的那"舅";贾芹,可能是巧姐的那"兄"。

歪说红楼小人物

巧姐有名有姓的"舅"见表一。

表一

与巧姐的关系	姓名	备注
亲舅(王熙凤的哥哥)	王仁	
表舅(王熙凤姑妈王夫人的儿子)	贾珠(身故) 贾宝玉 贾环	也是堂叔
表舅(王熙凤姑妈薛姨妈的儿子)	薛蟠	
表舅	王成(身故)	身故

《红楼梦》前八十回里,有贾环既爱银钱、又狠(忘骨肉的狠)的描述。

1. 贾环拿起骰子来狠命一掷,偏生转出幺来。贾环就要拿钱,说是四点。莺儿口内嘟囔说:"一个做爷的,还赖我们这几个钱。"

2. 贾环素日原狠宝玉,今见他和彩霞玩耍,心上越发按不下这口气。因一沉思,计上心来,故作失手,将那一盏油汪汪的蜡烛,向宝玉脸上一推。

巧姐有名有姓的"兄"见表二。

表二

与巧姐的关系	姓名	备注
堂兄	贾兰	也是表兄
堂兄	贾蓉 贾蔷 贾菖 贾菱 贾芸 贾芹 贾蓁 贾萍 贾藻 贾蘅 贾芬 贾芳 贾蓝 贾菌 贾芝	
表兄	王狗儿	

《红楼梦》前八十回里,有贾芹既爱银钱、又奸(蒙宗亲的奸)的描述。

1. 贾芹素日嘴头儿乖滑。

2. 贾珍闲看各子弟们来领取年物,见贾芹穿得比先倒不像了亦来领物。贾珍道:"这东西给无事没进益的,你如今在那府里管事,你还来取这个来!太也贪了!你在家庙里干的事,打量我不知道呢!夜夜招聚匪类赌钱,养老婆孩子。这会子花得这个形象,你还敢领东西来!"

◎茄鲞意味什么？◎

《红楼》菜谱，令人难忘的菜肴是什么？

茄鲞！

茄鲞难做。

一是配料多。

茄子、鸡肉脯子、香菌、新笋、蘑菇、五香豆腐干、各色干果子、鸡瓜子。

二是作料多。

鸡油、香油、糟油……

三是加工烦。

刨、切、炸、煨、收、拌、封、炒。

茄鲞可口。

刘姥姥赞不绝口。

"我的佛祖，怪道这个味儿，我们也不用种粮食，只种茄子了！"

茄鲞，渲染了荣国府的饮食奢华。

茄鲞，增添了《红楼梦》的生活情趣。

茄鲞，也许不仅仅是一道菜而已。

茄鲞，意味什么？

茄鲞中，茄，茄子。

大观园的人惦记的是刘姥姥家地里的茄子等蔬菜。

贾母：我正想个地里现结的瓜儿菜儿吃，外头买的不象你们地里的好吃。

平儿：我还要你东西呢，你只把你们晒的那个茄子干儿，各样干菜带些来。

茄，也许暗指刘姥姥。

茄鲞中，多少只鸡配他。

鸡，普通老百姓倒想鱼肉吃，只是吃不起。

鸡，也许暗指荣国府主子们。

茄鲞，意味什么？

其一，

茄鲞，茄、鸡成一家子了。

今日既认着了亲，刘姥姥与李纨凤姐二人一样有了一椅一几的坐处。

此时此刻的"茄"，已经不是**打抽丰**的穷亲戚，而是荣国府的座上宾了。

她以后**到年下**会来。

她以后一定会**闲了再来**。

其二，

茄鲞，茄挂头牌。

史太君两宴大观园。

"到底谁要谁？谁吃谁豆腐？"（京剧《刘姥姥与王熙凤》唱词）

此时此刻的"茄",处处出彩。

"茄"是红花,"鸡"不过是绿叶。

其三,

茄鲞,茄犹存村野人本色。

粗尝尝:已经不像是"茄子",跑出这个味儿来了。

细嚼嚼:尚有一点茄子香。

此时此刻的"茄",她依然有一点朴实。她依然有一点真诚。

饮水思源。

知恩图报。

她还要为以后搭救巧姐出力呢!

◎刘姥姥屡屡信以为真影射什么?◎

刘姥姥,眼花头晕,醉了。

刘姥姥,辨不出路径,来到怡红院。

"我象到了天宫里似的。"

怡红院就是人间天宫!

天宫精致:

四面墙壁,玲珑剔透。

天宫恢弘:

锦笼纱罩,金彩珠光。

天宫气派:

地上踮砖,碧绿凿花。

天宫千好万好。

天宫不过是"画中人"。

刘姥姥看见**迎面一个女孩儿,满面含笑的迎出来。**

"这么个好模样儿,别是个神仙托生的罢?"

刘姥姥笑了。

刘姥姥便赶来拉他的手——"咕咚"一声,却撞在板壁上,把头蹦的生疼。

刘姥姥疼醒了。

哪来的女孩儿?

原来是一幅画儿。

失望。

刘姥姥叹了两声。

天宫千好万好。

天宫不过是"镜中花"。

刘姥姥只见一个戴着满头花的老婆子也从外面迎着进来。

"这里的花好,亲家母也来凑热闹?"

刘姥姥笑了。

刘姥姥便伸手去羞他的脸,但觉得那老婆子的脸冰凉挺硬的,便把刘姥姥唬了一跳。

刘姥姥唬醒了。

哪来戴花的亲家母?

原来是富贵人家有种穿衣镜。

无奈。

刘姥姥走出来。

一次上当,二回受骗。

刘姥姥屡屡信以为真影射什么了?

妙 说 红 楼

史太君两宴大观园。

大观园处处似天宫。

别看现在**笙簧盈坐**。

终究是过眼烟云。

别看现在**罗绮穿林**。

到头来都是画中人,镜中花!

◎ 刘姥姥搭救巧姐有什么良策? ◎

忽喇喇似大厦倾。

荣国府厄运到了。

巧姐怎么样呢?

她落在**忘骨肉的狠舅奸兄**的魔掌之中。

谁搭救巧姐了?

刘姥姥就是救命的**恩人**!

家亡莫论亲。

对巧姐而言,刘姥姥比亲人还亲!

刘姥姥乃一介村妇。

刘姥姥搭救巧姐有什么良策?

刘姥姥二进荣国府。

刘姥姥带回家一包成药。

这包儿里头是你前儿说的药,每一样是一张方子包着,总包在里头了。

刘姥姥的良策就在包内。

良策的玄机也许就是这包里的四方药名。

梅花点舌丹　紫金锭　活络丹　催生保命丹

一、梅花点舌丹

良策:舌。

救巧姐,费口舌。

也许要论理,也许要求情。

这一点,刘姥姥不在话下。

生来的有些见识,世情上经历过的。

二、紫金锭

良策:金。

救巧姐,塞金银。

碰上狮子大开口怎么办?

这一点,刘姥姥可能不成问题。

刘姥姥受过**太太给的一百两**等,狗儿**做个小本买卖**也许"**发**"了。

三、活络丹

良策:络。

救巧姐,笼络人。

疏通关节,广找门路。

这一点难不倒刘姥姥。

荣国府上上下下当年就给刘姥姥哄得团团转。

歪说红楼小人物

四、催生保命丹。
良策：催。
救巧姐，催促办。
夜长梦多，容易节外生枝。
兵贵神速，速战速决。
这一点，刘姥姥生来急性子。
刘姥姥刚与女婿商议打抽丰之事，次日天未明时就进城至宁荣街来了。
俗话说：药到病除。
刘姥姥用上了舌、金、络、催。
巧姐绝处逢生了。
真所谓：刘姥姥，救巧姐，有良方。
三个指头捏田螺。
十拿九稳了！

◎刘姥姥为什么会如此老当益壮？◎

刘姥姥，活菩萨。
她为荣国府"大"的祈寿。
"我请些高香，天天给你们念佛，保佑你们长命百岁的。"
她为荣国府"小"的祷福。
"就叫做巧姐儿好，必然长命百岁。"
好人有好报。
刘姥姥是否百岁不得而知，刘姥姥长命那是肯定的了。

有关情节	刘姥姥（岁）	贾母（岁）	巧姐（岁）
刘姥姥二进荣国府	75（今年七十五了。）	72上下（刘姥姥比她大好几岁呢。）	2左右（奶妈抱了大姐儿。）
贾母八旬大庆	83上下	80	10左右
巧得遇恩人	约90（凤姐曾济困扶贫；巧姐今忽遇恩人。）	寿终正寝（荣国府势败家亡，应该是仙逝了。）	16以上（一美人在那里纺绩，成年了。）

刘姥姥起码活过90岁，高寿了！
刘姥姥不但高寿，而且没有什么"老年病"。

老年病（部分）	病症	刘姥姥状况（例）
骨质疏松	骨骼疼痛、易于骨折。	刘姥姥：那里说的我这么娇嫩了？那一天不跌两下子？要都搕起来，还了得呢！
白内障	眼前模糊，视力下降，有部分人能感觉到眼中有一个小黑点之类的东西（切身感受）。	刘姥姥：眼睛还都好。
老年痴呆	认知和记忆功能不断恶化，日常生活能力进行性减退，并有各种神经精神症状和行为障碍。	刘姥姥：咱们哄着老太太开个心儿，你先嘱咐我，我就明白了。金鸳鸯三宣牙牌令，刘姥姥应付自如。
高血压	头痛、头晕、耳鸣、心悸、眼花、注意力不集中、记忆力减退、手脚麻木、疲乏无力、易烦躁	史太君两宴大观园，刘姥姥登梯、上船，一个园子倒走了多半个，她头不晕、心不慌，没什么不惯，十分劳累。

刘姥姥不但没有什么"老年病"，而且**还这么硬朗**：

七十多岁的人，**打抽丰**，一趟趟**进城至宁荣街来**。

九十岁的人，救巧姐，一次次与**狼舅奸兄**周旋。

刘姥姥为什么会如此老当益壮？请见下表：

生活要素	刘姥姥是如何生活的？
环境	"绿色"居住。"我们成日家和树林子做街坊，困了枕着他睡，乏了靠着他坐。"
饮食	清淡新鲜。地里现结的瓜儿菜儿吃。"这是野意儿，不过吃个新鲜。"
活动	劳动为本。刘姥姥原来做做那些庄稼活，只靠两亩薄田度日。刘姥姥如今帮女婿照管青板姊弟两个。
心态	生活平和。刘姥姥乃是个久经世代的老寡妇。庄户人家儿，老老实实守着多大的碗儿吃多大的饭。
娱乐	自找乐趣。刘姥姥说起玩牌"我们庄家闲了，也常会几个人弄这个儿，少不得我也试试。"

愿天下人都像刘姥姥一样**长命百岁**！

《王善保家的（王善保家的——司棋的姥姥）》

◎人人喊打◎

王善保家的：重臣。

邢夫人封了**绣春囊**，打发王善保家的送给王夫人瞧的。

王善保家的参与邢夫人这么机密的事，可见王善保家的是邢夫人之得力心腹人。

王善保家的：奸臣。

惑奸谗抄检大观园。

惑：

王夫人。

奸：

王善保家的！

王善保家的为何要**谗**？

因素日进园去，那些丫鬟们不大趋奉他，他心里不自在，要寻他们的故事。

王善保家的**谗**之一：

"头一个是宝玉屋里的晴雯丫头，仗着他的模样儿比别人标致些，又长了一张巧嘴，天天打扮的象个西施样子，在人跟前能说惯道，抓尖要强，一句话不投机，他就立起两只眼睛来骂人，妖妖调调，大不成个体统。"

王善保家的暗算了晴雯。

俏丫鬟抱屈夭风流。

王善保家的就是元凶之一。

王善保家的**谗**之二：

"等到晚上园门关了的时节，内外不通风，我们竟给他们个冷不防，带着人到各处丫头们房里搜寻，想来谁有这个，断不单有这个，自然还有别的，那时翻出别的来，自然这个也是他的了。"

哦，原来抄检大观园主意不是出

自王夫人，也不是出自凤姐，而是出自王善保家的。

司棋、入画一个个中招了。

撵的撵，退的退。

王善保家的又是元凶之一。

王善保家的是个十足的坏"伯嚭"！

王善保家的谗也谗了。

王夫人惑也惑了。

王善保家的捞到什么好处？

嘻嘻。

三次耳刮子！

第一次耳刮子是在**秋掩书斋**。

"啪。"

王善保家的脸上早着了探春一巴掌。

探春登时大怒。指着王家的问道："你是什么东西，敢来拉扯我的衣裳！你就狗仗人势，天天作耗，在我们跟前逞脸。你打量我是和你们姑娘那么好性儿，由你们欺负，你就错了主意了！"

探春这一巴掌打得好：奸人威风扫地。

王善保家的讨了个没脸，赶紧躲出窗外，只说："罢了，罢了，这也是头一遭挨打！这个老命还要他做什么！"

第二次耳刮子在**缀锦楼**。

"啪。啪……"

王善保家的打着自己的脸。

王善保家的一心只要拿人的错儿，不想反拿住了他外孙女儿，又气又臊。只好自骂自身："老不死的娼妇，怎么造下孽了？说嘴打嘴，现世现报。"

王善保家的自打耳光打得好：奸人无地自容。

凤姐抿着嘴儿嘻嘻的笑，向周瑞家的道："这倒也好。不用他老娘操一点心儿，鸦雀不闻，就给他们弄了个好女婿来了。"周瑞家的也笑着凑趣儿。

王善保家的只恨无地缝儿可钻。

第三次耳刮子大概是在邢夫人房内。

"啪。啪。啪……"

邢夫人对王善保家的打了几个嘴巴子。

邢夫人嗔着王善保家的多事。

邢夫人这几个嘴巴子打得好，奸人众叛亲离。

往日里，王善保家的为什么可以**把亲戚和伴儿们都看不到眼里？**

邢夫人是靠山。

现在连邢夫人都嫌她，她还有什么脸面做人？

王善保家的如今他也装病在家，不肯出头了。

多行不义必自毙。

王善保家的改过自新了?

偃旗息鼓而已。

侍书说得好:"你去了,叫谁讨主子的好儿?调唆着考察姑娘,折磨我们呢?"

王善保家的只是装忘了,日久平复了再说。

再说:秋后算账。

奸人东山再起时——

人人喊打!

嬷嬷篇

《李嬷嬷（李嬷嬷——贾宝玉乳母）》

◎李嬷嬷为什么拄拐？◎

皇恩重元妃省父母。
元妃按例赐物。
贾母的其中有沉香拐杖一根。
邢夫人等二分却减了拐等。
贾母近80岁了。
贾母有拐，她是实实在在荣国府的老祖宗！
李嬷嬷来请安。
李嬷嬷拄拐进来。

李嬷嬷去叫云哥儿。
李嬷嬷拄着拐一径去了。
李嬷嬷拄拐。
她也"七老八十"了？
李嬷嬷拄拐。
她现在到底多大了？
这里。以宝钗年龄作为基准进行推测：

回数	回目	宝钗年龄	宝玉年龄	李嬷嬷情况
22	听曲文宝玉悟禅机	"薛大妹妹今年15岁。"	<15岁	
8	贾宝玉奇缘识金锁	<15岁	<14岁	李嬷嬷还在当差。
19	情切切良宵花解语	<15岁	<14岁	李嬷嬷却告老解事出去了。

按常理，荣国府选用的奶娘应该是青壮年妇女。

李嬷嬷"奶"宝玉时绝不可能超过35岁。

歪说红楼小人物

按表推算。

李嬷嬷告老解事50岁不到。

50岁不算老。

李嬷嬷身子有什么不妥需要拄拐吗？

凤姐请她去**喝酒**。

凤姐请她去吃**烧的滚热的野鸡**。

李嬷嬷脚不沾地，跟凤姐去了。

李嬷嬷的**拐棍子**呢？

丰儿，**拿着**。

可见，李嬷嬷走路根本不需要拄拐！

李嬷嬷为什么拄拐？

李嬷嬷原来够风光的了。

"这些奶子们，一个个仗着奶过哥儿姐儿，原比别人有些体面。"

李嬷嬷现在拄拐了。

李嬷嬷成了久经老妪。

人们更敬重她。

年轻的主子都亲热地叫她**妈妈**。

丫头们有的喊她**李奶奶**，有的称她李老太太。

李嬷嬷现在拄拐了。

李嬷嬷成了久经老妪。

人们更谦让她。

她受委屈了。

"你说谁不好，我替你打他。"

她排揎谁了。

"倒要让他一步儿的是。"

李嬷嬷现在拄拐了。

李嬷嬷成了久经老妪。

人们更信任她。

慧紫鹃情辞试莽玉。

宝玉突然"呆"了怎么办？

李嬷嬷年老多知。

"先要差人去请李嬷嬷。"

拐棍子。

李嬷嬷的法宝。

拄拐。

李嬷嬷的高招。

装模作样。

倚"拐"卖老！

◎李嬷嬷为什么早早被"清退"？◎

李嬷嬷嘴巴厉害。

一是嘴碎。

"话"，李嬷嬷要占上风。

她埋怨袭人。

"不过是几两银子买来的小丫头。"

她数落宝玉。

"把你奶了这么大，到如今吃不着奶子，把我扔在一边儿。"

嘴碎不是好事。

主子责备。

"难道你倒不知规矩,在这里嚷起来,叫老太太生气不成?"

丫头厌恶。

"好个讨厌的老货!"

二是嘴馋。

"吃",李嬷嬷要占三分光。

她看见宝玉沏的**枫露茶**,眼红了,喝了。

她看见宝玉留给袭人的**酥酪**,心动了,吃了。

贾宝玉奇缘识金锁。

薛姨妈留宝玉**喝茶吃果子**。

李嬷嬷便家去了。

李嬷嬷为什么要回家去?

她也许根本不是去**换了衣服**。

宝玉和珍大嫂子要了晴雯爱吃一碟子的豆腐皮儿的包子。

李嬷嬷看见,说:"宝玉未必吃了,拿去给我孙子吃吧。"

孙子吃,也许是借口。

李嬷嬷,垂涎三尺。

她,此时此刻或许在家与孙子对坐吃。

她,此时此刻或许在家独吞呐!

李嬷嬷"离岗"很久很久。

宝玉已经**喝酒、喝汤、吃粥、又酽酽地喝了几碗茶**。

李嬷嬷"离岗"很久很久。

宝玉回去时,"跟你们的妈妈都还没有来呢。"

李嬷嬷,失职了!

嘴馋不是好事。

老主子生气。

"李奶子怎么不见?"

小主子动怒。

"如今惯的比祖宗还大,撵出去大家干净。"

不久,李嬷嬷告老解事出去了。

"告老"是假。

不过给个落场势。

"解事"是真。

"我出去了不大进来。"

李嬷嬷为什么早早被"清退"?

也许,是她嘴巴惹的祸。

◎袭人拿谁下马的?◎

听。

李嬷嬷向袭人发难了。

她骂。

"忘了本的小娼妇儿!"

她嚷。

"见了我也不理一理儿。"

歪说红楼小人物

她揭"老底"。

"谁不是袭人拿下马的？我都知道那些事！"

袭人拿谁下马的？

虚则虚。

袭人也许是拿茜雪下马了。

茜雪，荣国府里老人。

她与鸳鸯等从小儿什么话儿不说，什么事儿不做？

她应该在怡红院里是与袭人并起并坐的大丫头。

茜雪，李嬷嬷的亲信。

她热情地称老人家为**李奶奶**。

她让老人家喝了三四次后才出色的枫露茶。

去了的茜雪。

去了，闪烁其词。

谁最有可能把茜雪看作拦路虎？

谁最有可能把茜雪看作绊脚石？

"打量上次为茶撵茜雪的事我不知道！"

李嬷嬷一伙料想是袭人做了什么小动作！

袭人拿谁下马的？

实则实。

袭人拿李嬷嬷下马了。

袭人，在这屋里作起耗来。

袭人，一心只想妆狐媚子哄宝玉。

袭人，哄得宝玉不理李嬷嬷。

袭人，哄得宝玉那里还认得李嬷嬷！

李嬷嬷下马了。

她失去了往日的尊严。

有的丫头并不理他。

有的丫头说她是好个讨厌的老货。

李嬷嬷下马了。

她失去了往日的待遇。

她不能随便吃**酥酪**。

她不能随便将**豆腐皮儿的包子拿去给我孙子吃**。

李嬷嬷下马了。

她失去了往日的宠信。

宝玉骂她"他是你那一门子的奶奶？"

宝玉扬言"撵出去大家干净！"

茜雪下马了。

李嬷嬷下马了。

袭人势必上马了。

李嬷嬷蔑视袭人：

"什么阿物儿？"

她"不过是几两银子买来的小丫头"。

她不过是自己"调教出来的毛丫头"。

李嬷嬷嫉妒袭人：

她执掌小金库，操纵"咱们常日

23

积攒下的钱"。

宝玉只听她的话。

怡红院里有什么要紧的事都要等**花姑娘**回来作主。

李嬷嬷将袭人看作"眼中钉"。

不是你上马了,

就是我上马。

李嬷嬷将袭人看作"肉中刺"。

不是我**扔在一边儿**,

就是你**扔在一边儿**。

李嬷嬷一心想把往日的威风争回来。

李嬷嬷一心想把失去的天堂夺回来。

她恨不得拿袭人下马。

"拉出去配一个小子!"

她生死也置之度外。

"我也不要这老命了!"

◎李嬷嬷"气"谁?◎

听。

李嬷嬷对袭人发难了!

"忘了本的小娼妇儿,这会子我来了,你大模厮样儿的躺在炕上,见了我也不理一理儿。"

宝玉赶过去为袭人解围。

少不得替她分辨说:"病了,吃药……"

李嬷嬷**越发**气起来了。

气!

李嬷嬷气谁?

袭人?

非也。

"项庄舞剑,意在沛公。"

宝玉!

李嬷嬷为什么气宝玉?

"人比人,气死人。"

看赵嬷嬷:

贾琏两口子对她多亲热。

贾琏凤姐让他喝酒,叫他上炕去。

一会儿说"那一碗火腿炖肘子很烂,正好给妈妈吃"。

一会儿又说"妈妈,你尝尝你儿子带来的惠泉酒"。

看自己:

宝玉看她就是不顺眼。

宝玉早起沏了碗枫露茶,她喝了。

宝玉生气了,将手中茶杯顺手往地下一摔。

宝玉动怒了,"**撵出去**大家干净!"

李嬷嬷与赵嬷嬷比一比。

李嬷嬷怎能咽得下这口气!

歪说红楼小人物

李嬷嬷为什么气宝玉？
"人比人，气死人。"
看袭人：
宝玉将她捧上天。
宝玉是**只护着那起狐狸**。
宝玉是**只听袭人的话**。
看自己：
宝玉视她为陌路人。
"宝玉不理我。"
"那里还认得我了。"
李嬷嬷与袭人比一比。
李嬷嬷怎能咽得下这口气！
李嬷嬷对袭人是"怨"。
"一心只想妆狐媚子哄宝玉。"
李嬷嬷对宝玉是"气"。
"逗着丫头比我强！"
李嬷嬷气宝玉，习以为常。
"李嬷嬷老病发了。"
李嬷嬷气宝玉，根深蒂固。
李嬷嬷**诉委屈，说个不了**。

李嬷嬷不是**老背晦**。
李嬷嬷毕竟是**年老多知之人**。
"胳膊拧不过大腿。"
李家的人还要在贾府混饭吃呐！
李嬷嬷每次气也气过了。
她厚着面皮，依然来怡红院。
李嬷嬷拄拐进来请安。
李嬷嬷每次气也气过了。
她拼着一身老骨头，依然为宝玉奔忙。
"好好儿的，又看上了那个什么'云哥儿'，这会子逼我叫了他来。"
李嬷嬷，伸，
能出手时就出手。
李嬷嬷，缩，
该落篷时就落篷。
名不虚传。
李嬷嬷是贵他娘。
老龟（贵）也！

◎ 谁能收作她？◎

贾母，久经沙场。
贾母，说话句句一针见血。
"这些奶子们，一个个仗着奶过哥儿姐儿，原比别人有些体面，他们就生事——比别人更可恶！"
李嬷嬷就是**这些**中的一个。

李嬷嬷居功自傲。
"难道他（宝玉）不想想怎么长大了？我的血变了奶，吃得长这么大！"
李嬷嬷惹是生非。
大节下，李嬷嬷输了钱，迁怒于人，排揎宝玉的丫头，一面说，一面哭,又吵,又骂,一片声嚷。

　　李嬷嬷是老人家。

　　有的视她老糊涂。

　　"倒要让他一步儿的是。"

　　有的视她老背晦。

　　待他也罢了。

　　有的视她"好个讨厌的老货!"

　　不过**总胡乱答应就是了。**

　　李嬷嬷如此生事。

　　李嬷嬷如此可恶。

　　谁能收作她?

　　贾母!

　　贾母随时要"查岗"。

　　贾母想起跟宝玉的人来,遂问众人:"李奶子怎么不见?"

　　贾母常常要训斥。

　　那日李嬷嬷眼错不见,不知那个没调教的,只图宝玉喜欢,给宝玉一口酒喝,**葬送的李嬷嬷挨了两天骂。**

　　贾母的威,令李嬷嬷心惊肉跳。

　　贾母的严,令李嬷嬷闻风丧胆。

　　李嬷嬷"老病"又发了。

　　他随随便便喝了宝玉**早起沏了枫露茶。**

　　他自作主张将**豆腐皮儿包子拿去给孙子吃。**

　　宝玉一席话说得李嬷嬷坐立不安。

　　"不过是我小时候儿吃过他几口奶,如今惯得比祖宗大,撵出去大家干净!"说着立刻便要去回贾母。

　　李嬷嬷急了。

　　刚才,目空一切。

　　顿时,成了热锅上的蚂蚁。

　　李嬷嬷不敢上前,只悄悄的打听睡着了,方放心散去。

　　李嬷嬷服帖了。

　　不识相,要吃辣花酱!

　　李嬷嬷"老病"又发了。

　　她当地骂袭人:"忘了本的小娼妇儿!"

　　她数落宝玉:"你只护着那起狐狸,那里还认得我了呢?"

　　王熙凤一席话说得李嬷嬷不寒而栗。

　　"老太太刚喜欢了一日,你倒不知规矩,叫老太太生气不成?"

　　李嬷嬷急了。

　　刚才,浊浪排空。

　　顿时,一丈水退了十尺!

　　李嬷嬷脚不沾地,跟了凤姐走了。

　　李嬷嬷乖了。

　　"蜡烛"!

◎李嬷嬷的眼线是谁？◎

"太太亲自来园里查人了。"

晴雯、四儿、芳官被撵了出去。

咦？

王夫人隔得远。

"况这里事也无人知道。"

她如何就都说着了？

王夫人有耳报神。

王夫人就是通过耳报神掌握怡红院里内情的。

耳报神是谁？

李嬷嬷！

一是李嬷嬷有自供状。

"我只和你到老太太、太太面前讲讲。"

二是李嬷嬷为邀功，已经跳到前台来为王夫人指认人了。

"这一个蕙香，又叫四儿的，是同宝玉一日生日的。"

李嬷嬷已经告老解事出去，她怎么会知道怡红院里的内情？

李嬷嬷有眼线。

李嬷嬷就是通过眼线获得怡红院里内情的。

李嬷嬷的眼线是谁？

这个眼线要有两个条件。

1．"可知我身子虽不大来，我的心耳神意时时在这里。"（王夫人语）

"时时"。

这个眼线是天天生活在怡红院里的人。

2．"咱们私自玩话，怎么知道了？又没外人走风，这可奇怪了！"（宝玉话）

私自玩话、没外人走风。

这个眼线是熟悉怡红院里核心层说话的"内人"。

李嬷嬷的眼线是谁？

袭人、麝月、秋纹、碧痕、绮霞中的一个。

再回过头来看三段事。

其一，

李嬷嬷当地骂袭人。

"忘了本的小娼妇儿！"

李嬷嬷认真排揎袭人。

"拉出去配一个小子，看你还妖精似的哄人不哄！"

袭人不可能是李嬷嬷的眼线。

其二，

李嬷嬷向袭人发难时说过的话值得推敲。

"谁不是袭人拿下马的？我都知

道那些事！"

那些事，袭人私密的事。

知道**那些事**一定是比较熟悉袭人的人。

袭人只**陶冶教育**了两个姐妹。

谁告诉李嬷嬷**那些事**？

麝月、秋纹中一个。

其三，

李嬷嬷向袭人发难是有备而来。

隔日里，李嬷嬷还是好好的**进来请安**。

今日里，她就来个突然袭击。

这天夜里，发生了什么事？

【镜头回放：

情切切良宵花解语。袭人以压其气。宝玉气已馁堕。】

李嬷嬷也许知道了此事。

她气袭人一心只想妆狐媚子哄宝玉，哄的宝玉不理我，只听你的话。

她特来"找茬"。

她特来闹一场子。

李嬷嬷怎么会知道此事？

【镜头回放：

二人（宝玉和袭人）正说着，只见秋纹走进来，说："三更天了，该睡了。方才老太太打发嬷嬷来问，我答应睡了。"】

秋纹偷听了？

秋纹犯舌了？

秋纹通过"妥当"的人去密报了李嬷嬷。

这个"妥当"的人也许就是**老太太打发来的嬷嬷**。

这个妥当人，也许就是贾宝玉**奇缘识金锁**那时候，在贾母面前为李嬷嬷打掩护，众人只说："才进来了，想是有事，又出去了。"中的一个。

秋纹，平时很少有机会见到"真神"。

她难得有像**进一瓶桂花给太太**的差事。

她不可能是王夫人的耳报神。

秋纹，完全有可能是李嬷嬷埋藏极深的眼线。

她嫉妒心大。

小红为宝玉**倒茶了**。

她**兜脸啐了一口**。

她浪声浪语骂开了。

"**没脸面的下流东西，难道我们倒跟不上你么？你也拿镜子照照。**"

秋纹心态极不平衡，她可能会心甘情愿充当内奸的。

秋纹，完全有可能是怡红院里潜伏极长的叛徒。

她虚荣心强。

贾母叫人给她钱，她受宠若惊。

"**几百钱是小事，难得这个**

脸面。"

王夫人赏了**她现成的衣裳**,她感激涕零。

"衣裳也是小事,年年横竖也得,却不像这个彩头。"

秋纹实足奴才相,她可能会死心塌地充当鹰犬的。

假如秋纹果真是李嬷嬷的眼线——

李嬷嬷,好眼力。

李嬷嬷,好手段!

◎附:李贵是"粗胚"吗?◎

李嬷嬷好奶水。

李贵从小底子就打着实了。

他如今身强力壮。

一介大汉也。

美中不足。

他胸无点墨。

他不懂《诗经》。

他将"呦呦鹿鸣,食野之萍"误听成了**"攸攸鹿鸣,荷叶浮萍"**。

他惹得贾政和清客相公都笑了。

李贵是"粗胚"吗?

人不可貌相。

李贵不是粗胚。

李贵做事细致。

一说嗔顽童茗烟闹书房。

他喝骂茗烟。

"仔细回去我好不好先捶了你,然后回老爷、太太,就说宝哥儿全是你调唆的。"

他劝说宝玉。

"这都是瑞大爷的不是。若说起那一房亲戚,更伤了兄弟的和气了。"

他要挟贾瑞。

"就闹到太爷跟前去,连你老人家也脱不了,还不快作主意撕掳开了吧。"

他施压金荣。

"原来是你起的头儿,你不这样,怎么了局呢?"

李贵一步一个脚印,圆满解决了纷争。

他不是粗胚!

二说**秦鲸卿夭逝黄泉路**。

秦钟既死,宝玉痛哭不止,李贵等好容易劝解半日方住。

好容易:引经据典。

劝解:苦口婆心。

半日:锲而不舍。

李贵费尽口舌,宝玉的情绪稳定下来了。

他不是粗胚!
李贵处世细巧。

训劣子李贵承申饬。

在贾政面前,李贵受过。

李贵忙双膝跪下,摘了帽子碰头。

(插曲:

闻秘事凤姐讯家童。

旺儿:磕了个头。

兴儿:**连忙把帽子抓下来,在砖头上咕咚咕咚碰的头山响。**)

贾府奴才大概只有犯了大错的人才摘帽磕响头。

李贵没有什么大错。

他为什么郑重其事摘帽磕响头?

其实,他是在讨好老主子。

其实,他是在博取老主子欢心。

他不是"粗胚"!

在宝玉面前,李贵抱怨。

"我们这些奴才白陪着挨打受骂的,从此也可怜见些我们。"

妙 说 红 楼

"小祖宗,谁敢望'请',只求听一两句话就是了。"

李贵心里是想**跟主子赚些个体面**。

他为什么口是心非呢?

其实,他是在讨好小主子。

其实,他是在博取小主子欢心。

他不是"粗胚"!

男主子信任李贵。

贾政要他向学里太爷传话。

"就说我说的,只是先把《四书》一齐讲明背熟,是最要紧的。"

女主子信任李贵。

宝玉去秦钟家探病,**贾母吩咐派妥当人跟去**。

李贵茗烟等跟随。

李贵不是"粗胚"。

李贵就是**妥当人**!

《玉柱娘（玉柱娘——迎春乳母）》

◎恶老太婆◎

恶老太婆是谁？

迎春之乳母。

迎春之乳母有个媳妇，书称玉柱儿媳妇。这里，就称迎春之乳母为玉柱娘。

玉柱娘如何恶？

玉柱娘是一个赌棍。

大观园园里的人竟开了赌局，甚至头家局主，或三十吊五十吊的大输赢。

园里的人中有大头家三人，小头家八人，聚赌者统共二十多人。

大头家三人中就有一个玉柱娘。

玉柱娘是"三只手"。

迎春那一个攒珠累金凤，竟不知哪里去了？

玉柱儿媳妇这样说的：

"姑娘的金丝凤，原是我们老奶奶老糊涂了，输了几个钱，没有捞梢，所以借去。"

玉柱娘是输了几个钱，没有捞梢吗？

不一定。

也许是他拿了去摘了肩儿了。

也许是当了银子，放头儿了。

玉柱娘是所以借去吗？

不可能。

借去——

玉柱娘她应该悄悄的拿了去，不过一时半晌，仍旧悄悄的放在里头。

如今，玉柱娘谁知他就忘了。

忘了——

大有侵吞之嫌。

玉柱娘是个无赖。

玉柱儿媳妇是个在外头伺候的下人。

玉柱儿媳妇竟敢无故到姑娘屋里来混插嘴的。

"自从邢姑娘来了,太太吩咐一个月俭省出一两银子来给舅太太去。"

这是邢夫人之私意,是谁告诉玉柱儿媳妇的?

不言而喻——

玉柱娘!

"这里饶添了邢姑娘的使费,反少了一两银子,时常短了这个,少了那个,那不是我们供给?谁有要去?不过大家将就些罢了。算到今日,少说也有三十两!我们这一向的钱,岂不白填了限呢?"

这是玉柱儿媳妇明目张胆捏造假账,有谁指使他如此?

不言而喻——

玉柱娘!

玉柱儿媳妇是玉柱娘的代言人。

婆媳沆瀣一气,图的什么?

"谁的妈妈奶奶不仗着主子哥儿姐儿得些便宜?"

揩油有理。

好一对恬不知耻的婆媳!

邢岫烟为什么要去当衣?

"二姐姐他那些丫头妈妈,那一个是省事的?那一个是嘴里不尖的?我虽在那屋里,却不敢使唤他们,过

三天五天,我倒得拿些钱出来,给他们打酒买点心吃才好。"

玉柱娘是缀锦楼的"地头蛇",想必这喝酒这吃点心局局有份!

玉柱娘为什么会如此嚣张?

贾母说得好:

"大约这些奶子们,一个个仗着奶过哥儿姐儿,原比别人有些体面,他们就生事。比别人更可恶!"

对!

玉柱娘就是明欺迎春素日**好性儿**,胆大妄为,比别人更可恶。

玉柱娘,恶老太婆也。

恶,出典来自贾母之口。

怎样惩处玉柱娘这样的恶老太婆?

经济从严。

该没收的就没收。

所有的钱入官,分散与众人。

该清退的就清退。

平儿是这样关照玉柱儿媳妇的:

"迟也赎,早也赎,趁早儿取了来。"

玉柱儿媳妇赶晚将把累金凤送回了。

法治从重。

骰子纸牌一并烧毁。

从者每人打二十板,革去三月月钱,拨入圊厕行内。

像玉柱娘为首者每人打四十大

板,撵出去,总不许再入。

玉柱娘被撵出去了,大观园从此万无一失?

大意不得,也许会有新的恶势力滋生出来。

只有除恶务尽,天下始得太平!

《赵嬷嬷（赵嬷嬷——贾琏乳母）》

◎吃奶像三分◎

贾琏"花擦擦"是小节。
贾琏正直性格儿是大节。
贾琏办事正经。
王熙凤弄权铁槛寺。
王熙凤为什么不拖贾琏下水？
王熙凤为什么要**假托贾琏所嘱修书**？
知夫莫若妻。
贾琏知道了一定会阻拦的。
贾赦看上了石呆子他家二十把旧扇子。
贾琏先是力主诚信交易：
回来告诉了老爷，便叫买他的。
贾琏后对明抢豪夺忿忿不平。
"为这点子小事弄得人家倾家荡产，也不算什么能为。"
贾琏做人正直。

贾雨村是个**没天理**之辈。
贾琏对待贾雨村深恶痛绝。
"他的官儿未必保得长，只怕将来有事，咱们宁可疏远着他好。"
旺儿的那小子吃酒赌钱，无所不至，不成人。
贾琏听了怒上心来。
"我竟不知道这些事，既这样，那里还给他老婆，且给他一顿棍，锁起来。"
正直性格儿，一朝一夕培养不出的。
正直性格儿，潜移默化中形成的。
谁打小起影响贾琏的性格儿？
贾琏的性格儿与他的父亲无关。
贾赦一是**不管理家务**。

歪说红楼小人物

这样的父亲没有管教儿子的责任心。

贾赦二是**成日和小老婆喝酒**。

这样的父亲沉湎酒色哪有心思去管教儿子!

谁打小起影响贾琏的性格儿?

贾琏的性格儿与他的生母无关。

贾琏是正出,还是庶出?

谁是贾琏的生母?

这是一个谜。

首先排除眼前的正房太太邢夫人。

"倒是我无儿无女的一生干净。"

这句话说明有两个可能:

一、贾琏是先前的正房太太所生。

邢夫人不过是填房。

邢夫人出阁时邢大舅还小呢世事不知。

可见那位正房太太二十年前早死了。

冷子兴演说荣国府。

疏漏了?

也许压根儿没先前正房太太这回事!

二、贾琏是姨娘养的。

书中虽然没有明说。

但是,凤姐在议论探春时,她说了下面几句话:

"虽然正出庶出是一样,但只女孩儿,却比不得儿子。"

"殊不知庶出,只要人好,比正出的强百倍呢!"

"也不知哪个有造化的,不挑正庶的得了去。"

这是否话中有话:

儿子——正出——庶出——一样。

【庶出:贾琏。】

庶出——人好——强百倍。

【人好:贾琏。】

有造化的——不挑——得了去。

【有造化的:凤姐。】

好一个凤丫头!

借题发挥?

聊以自慰?

假如果真如此,贾琏就与迎春一样。

"你是大老爷跟前的人养的。"

俗话说母以子贵。

这个姨娘从没有提及,也许早早故世。

谁打小起影响贾琏的性格儿?

贾琏的性格儿与邢夫人无关。

邢夫人与贾琏没有感情。

这个名义上的母亲不来"横戳

抢"，贾琏就"阿弥陀佛"了。

不是嘛？

贾琏和鸳鸯借当，**那边太太怎么知道了。**

邢夫人硬敲竹杠。

"不管那里先借二百银子，做八月十五节下使用。"

贾琏无可奈何地叹：

"何苦来又寻事奈何人！"

谁打小起影响贾琏的性格儿？

贾琏的性格儿与贾母无关。

贾母偏心是秃子头上的虱子——明摆着。

薛姨妈直言相谈。

"老太太偏心，多疼小儿媳妇，也是有的。"

贾赦含沙射影。

"不知天下作父母的，偏心的多着呢！"

贾母心目中只有宝玉：

爱如珍宝。

对宝玉是**命根子一般。**

相比之下，贾母对待贾琏不过如此。

谁打小起影响贾琏的性格儿？

贾琏的性格儿与王夫人无关。

贾琏目今现在叔政老爷家去住，帮着料理家务。

目今，说明什么？

36

妙　说　红　楼

原来，贾琏不与叔叔婶婶住一起的。

谁打小起影响贾琏的性格儿？

赵嬷嬷，**贾琏的乳母。**

赵嬷嬷是影响贾琏的性格儿的重要一环。

贾珍、贾琏、凤姐**从小儿就一同玩笑的。**

凤姐非常了解赵嬷嬷与贾琏的感情。

"**你从小儿奶大的儿子还有什么不知道他脾气的？**"

原来如此：

贾琏打小起是赵嬷嬷像儿子一般带大的！

在赵嬷嬷面前，贾琏像乖顺的儿子。

贾琏为赵嬷嬷**拣肴馔。**

在赵嬷嬷面前，贾琏像腼腆的儿子。

贾琏不好意思，讪笑着。

在赵嬷嬷面前，凤姐也像热情的儿媳。

"妈妈很嚼不动那个，没的倒硌了他的牙。那一碗火腿炖肘子很烂，正好给妈妈吃。"

"妈妈，你尝尝你儿子带来的惠泉酒。"

在贾琏凤姐面前，赵嬷嬷笑个

歪说红楼小人物

不住。

在贾琏凤姐面前,赵嬷嬷乐了。

瞧:好欢畅的一家子!

荣国府里有些嬷嬷实在不像腔。

"一个个仗着奶过哥儿姐儿,原比别人有些体面,他们就生事。"

我们见识过李嬷嬷的"狂"。

我们领教过玉柱娘的"恶"。

赵嬷嬷虽已年事趋高。

赵嬷嬷虽有功劳情份。

赵嬷嬷,依然遵规守矩。

贾琏凤姐叫他上炕去,赵嬷嬷执意不肯。

贾琏凤姐让他一起吃酒,赵嬷嬷在炕沿脚踏上坐了,在设下一几上自吃。

荣国府里有些嬷嬷只想现实惠。

"谁的妈妈奶奶不仗着主子哥儿姐儿得些便宜?"

李贵,跟宝玉上学。

玉柱媳妇,是该在外头伺候的媳妇。

赵嬷嬷的奶哥哥哪一个不比人强?

赵嬷嬷要贾琏另眼看他们些谁敢说过不字儿?

赵嬷嬷,依然安分守己。

赵天梁、赵天栋的差事如今还是落空。

赵嬷嬷到了这个份上仍然在体谅贾琏的难处。

"要说'内人'、'外人'这些混账事,我们爷是没有的,不过是脸软心慈,搁不住人求两句罢了。"

(贾琏也许并不是不想帮忙,更不是忘了,只是没有空缺。贾府的蔷儿、芸儿、芹儿,不同样都是"待业青年"!)

赵嬷嬷的一举一动看得出她是个心地善良的老太太。

赵嬷嬷在口里念佛:"阿弥陀佛!"

赵嬷嬷的一言一行看得出她是个掌握分寸的老太太。

"喝一盅,怕什么,只不要过多了就是了。"

俗话说:吃奶像三分。

就贾琏而言——

在赵嬷嬷的哺育下,奶了你这么大了。

在赵嬷嬷的呵护下,他也成了一个正直之人。

婆子篇

《祝家姑嫂》

◎她不是鱼眼睛◎

祝家是个大家族。

祝家许多人都在荣国府里当差。

"我们是一家子,没人记得清楚谁是谁的亲故。"

这里,不妨将出场的几个祝家人来理上一理。

1. 何妈。

何妈的女儿春燕。

2. 何妈她姐夏婆子。

夏婆子有外孙女小蝉儿,便是探春处当差的。

3. 何妈他哥、他嫂(祝妈)、他内侄。

"老祝妈,是个妥当的,况他老头子和他儿子,代代都是管打扫竹子。"

4. 何妈还有一个姐妹,这姐妹的儿子是管角门的小幺儿。

柳家的:"今年这些东西都分给你舅母姨娘两三个亲戚管着,怎么不和他们要!"

何妈、夏婆子和老祝妈是姑嫂。

这里,先说说何妈。

何妈,有亲生女儿春燕。

何妈,她曾被派到梨香院,芳官认了她作干娘。

宝玉:女孩儿未出嫁是颗无价宝珠,出了嫁不知怎么就变出许多不好的毛病了,再老了,竟是鱼眼睛了。

何妈看似竟是鱼眼睛。

她先打了干的。

何妈说芳官:"没良心!"便向她身上拍了几下。

何妈其实不是鱼眼睛。

何妈为什么打了干的？

芳官数落何妈了。

"把你女儿的剩水给我洗？我一个月的月钱都是你拿着，反倒给我剩东剩西的。"

凡事总是有个先后。

无凭无证，谈不上老的也太不公平。

无根无据，谈不上她偏心！

晴雯也看不惯。

"这是芳官不省事，不知狂什么？也不过是会两出戏，倒像杀了贼王，擒来反叛来的！"

反叛，芳官对干娘大不敬。

袭人更说了句公道话。

小的也太可恶些。

可恶，芳官在挑幺挑六，咸嘴淡舌，咬群的骡子似的。

何妈其实不是鱼眼睛。

何妈对芳官是可以的。

芳官他失亲少眷的在这里，谁说没人照看？

芳官又跟了他干娘去洗头。

何妈不是在照看干女儿！

芳官他失亲少眷的在这里，谁说又作践她？

芳官为宝玉喝的汤依言果吹了几口。

何妈向里忙跑进来，笑道："她老不成，看打了碗，等我吹罢。"

何妈怕芳官闯祸想代劳的。

这样的干娘绝不可能存心作践干女儿！

何妈其实不是鱼眼睛。

何妈赚了芳官的钱吗？

何妈掌管芳官的钱财是实。

"我一个月的月钱都是你拿着。"

干娘为干女儿掌管钱也许是大观园的惯例。

被掌管的都认为掌管的赚了。

芳官说何妈赚了。

藕官也这样说干娘夏婆子赚了。

"他们不知足，不知赚了我们多少东西。"

何妈赚了没有？

是实？是虚？

无凭无证，谈不上克扣钱。

无根无据，谈不上沾光！

退一步讲，即使何妈赚了——

"一日叫娘，终身是母"——

何妈与芳官如今毕竟是母女关系！

袭人聪明，就是不想接手去掌管芳官的月钱。

"没的招人家骂去。"

谁骂？

芳官。

到那时节，芳官将要说袭人赚了。

袭人不想重蹈覆辙!
何妈看似竟是**鱼眼睛**。
何妈又打亲的。
她娘恨春燕不遂她的心,便走上来打了个耳刮子,骂道:"小娼妇,你是我自己生出来的,难道也不敢管你不成?"
何妈其实不是**鱼眼睛**。
春燕惹姑妈生气了。
"你瞧瞧,你女孩儿这么大孩子顽的!她领着人糟蹋我,我怎么说人?"
"你来瞧瞧!你女孩儿连我也不服了,在这里排揎我呢!"

何妈是气不过春燕目无尊长才管教女儿的。
何妈其实不是**鱼眼睛**。
何妈喜欢亲女儿是情理之中的事。
何妈听春燕说宝玉想将这屋里的人放出去,与本人父母自便呢。
何妈为自己的女儿前程高兴。
婆子听了,边念佛不绝。
何妈,看似不晓事,打了干的打亲的。
何妈,骨子没坏心,爱了亲的疼干的。
何妈不是**鱼眼睛**!

◎小心火烛哟!◎

深宅大院最忌讳什么?
火!!!
"南院子马棚里走了水。"
荣国府那东南角上火光犹亮。
贾母最胆小的,唬得口内念佛。
贾母足足的看着火光熄了,方领众人进来。
"动火"(现代消防术语)。
荣国府有严格的规矩。
"动火"。
"连我们的爷(宝玉)还守规矩呢!"

杏子阴假凤泣虚凰。
藕官,太兴头过余了。
藕官满面泪痕,蹲在那里,手里还拿着火,守着些纸钱灰作悲。
藕官的干娘不徇情。
"藕官,你要死,怎么弄些纸钱进来烧?"
"这是尺寸地方儿,你是什么阿物儿,跑了这里来胡闹。"
夏婆子管得及时。
夏婆子管得对!
探春袒护夏婆子。

她将艾官的"小报告"置之脑后。

探春听了,不肯据此为证。

她清楚藕官他们**本皆淘气异常!**

宝玉附议夏婆子。

宝玉,不愿看到藕官挨骂受打,出于好心才为藕官打掩护了。

宝玉,自始至终对藕官烧纸的行为持否定的态度。

宝玉一开始就指责藕官。

"快别在这里烧!"

宝玉接着嘱咐芳官。

"须得你告诉他,以后断不可烧纸。"

宝玉还是不放心,最后又叮嘱芳官。

"以后快叫她不可再烧纸了!"

赵姨娘支持夏婆子。

赵姨娘遂将以粉作硝,轻侮贾环之事说了一回。

夏婆子也将烧纸的事一一地说了。

赵姨娘唱前台。

"你只管说去。"

夏婆子在幕后。

"还有我们帮着你呢。"

赵姨娘、夏婆子向唱戏的小粉头发起进攻了。

荣国府里的管事也支持夏婆子。

夏婆子已经回了奶奶们。

"奶奶们气得不得了。"

奶奶们,应该是如林之孝家的一样有头面的管事们。

大观园里支持夏婆子的还大有人在。

这里,不提何妈看见了藕官,又是他姐姐的冤家,四处凑成一股怒气。

这里,也不论那一干怀怨的老婆子,看见赵姨娘教训芳官之流,也都趁愿。

就说说探春的丫头翠墨吧。

翠墨听见艾官在探春面前告夏婆子。

翠墨就将此事告诉夏婆子的外孙女儿小蝉儿。

"你到后门顺路告诉你老娘,防着些儿。"

有理无理,出在众人嘴里。

众人都站在夏婆子一边!

"梆,梆,梆。"

夏婆子好比一个尽职的敲更婆。

"前门闩闩,后门关关,小心火烛哟!"

夏婆子的声音,飘啊,飘啊,越飘越远……

◎园圃三英◎

扯起招军旗,自有吃粮人。

大观园的一草一木要搞承包了。

瞧,招来一群竞争的婆子。

众人听了,无不愿意。

有说:"那片竹子单交给我,一年工夫,明年又是一片。"

这一个说:"那一片稻地交给我,我还可以交钱粮。"

探春、李纨、宝钗好眼力,素昔冷眼取中:

老祝妈,如今竟把这所有的竹子交与他。

老田妈,种植稻香村一带菜蔬稻稗之类。

老叶妈,料理蘅芜院和怡红院这两处大地方香料香草。

三个老妈妈说老,确实是老。

老祝妈走路已经拄了**拐杖**。

姜还是老的辣。

三个老妈妈个个是老实人。

三个老妈妈**老成本分**,都是三四代的老妈妈,**最是循规蹈矩**。

老祝妈,是一个妥当的老妈妈。

老叶妈,那是个诚实的老人家。

老田妈,也是**老成本分**,最是循规蹈矩。

三个老妈妈个个是老行家。

老祝妈,他老头子和他儿子,代代都是管打扫竹子。

老田妈,本是种庄稼的。

老叶妈,她园艺虽然推板些,但她后面有强大后盾。

莺儿他妈,就是会弄这个的。

老叶妈他和我们莺儿极好。前日莺儿还认了叶妈作干娘,请吃饭吃酒,两家和厚得很呢。

老叶妈他有不知的,就找莺儿的娘去商量了。那怕叶妈全不管,竟交与那一个,这是他们的私情儿。

三个老妈妈个个是老干将。

三个老妈妈不减当年勇。

夏末秋初,老祝妈拿着掸子在葡萄架下不停地赶蜜蜂儿。

老祝妈每日起早睡晚,自己辛苦了还不算,每日逼着何妈和春燕来照看,老姑嫂两个照看得谨谨慎慎,一根草也不许乱动。

举一反三。

老田妈、老叶妈虽**不必认真大治大耕**,也须得他去再细细按时加些植养。

一分耕耘就有一分收获。

歪说红楼小人物

三个老妈妈不负众望。

各房里姑娘丫头戴的，另有插瓶的。

不是都有老祝妈送些折枝去？

一年这些玩的大小禽鸟、鹿、兔吃的粮食。

想必都是老田妈春播秋收的出产？

怡红院，百花斗艳。

春夏两季的玫瑰花，还有蔷薇、月季、宝相、金银花、藤花……

蘅芜院里利害，香气扑鼻。

这几色草花，干了卖到茶叶铺、药铺去，也值好些钱。

不难想象，这都是老叶妈浇水施肥摆弄的成果。

宝玉更是现得实惠。

却有一碗火腿鲜笋汤，忙端了放在宝玉面前。宝玉便就桌上喝了一口，说道："好汤！"

这汤为什么好喝？

其中之一：笋特别新鲜。

家里吃的笋都是老祝妈采挖供给的。

主子节省了开支：

园子里有专定之人修理花木，省了花儿匠、山子匠并打扫人等的工费；将此有余，以补不足。

三个老妈妈自家增加了收入：

老妈妈们也可借此小补，不枉成年家在园中辛苦。

那些不得管地的其他妈妈们也沾带些的：

三个老妈妈没有稳吃三注，她们拿出若干吊钱来，大家凑齐，单散与这些园中的妈妈们，更多喜欢起来。

你乐，我乐，大家乐。

一靠政策。

改革深得民心。

兴利除弊就是好。

二靠人。

三个老妈妈老当益壮。

三个老妈妈不愧是精英。

《红楼梦》中的大观园究竟在哪里？

在北京？在南京？在苏杭？

中华大地好像到处都有大观园。

往事越千年。

如今的大观园，一年更是**好似一年**。

《无名氏婆子》

◎ 老妈妈是个聋婆子吗?◎

夹忙头里膀牵筋。

宝玉听见贾政吩咐他"不许动",早知道凶多吉少。

他怎得个人往里头捎信,偏偏的没个人来。

他正在厅上旋转。

一个老妈妈出来了。

宝玉说道:"快去,快去!要紧,要紧!"

老妈妈便笑道:"跳井让他跳去。"

宝玉便着急道:"你出去叫我小厮来。"

那婆子道:"有什么不了的事?"

老婆子偏偏又是耳聋。

老妈妈是个聋婆子吗?

不一定!

要紧!

跳井。

紧(jǐn)与井(jǐng)话音相仿。

小厮。

不了的事。

厮(sī)与事(shì)话音又相仿。

老妈妈不是"着地聋"。

老妈妈只是年龄大了,有点耳背。

老妈妈听见宝玉说什么话了吗?

也许一。

她不曾听清。

宝玉一则急了,说话不明白。

如果是这样,老妈妈情有可原。

也许二。

她听清了。

她为什么不快进去告诉?

歪说红楼小人物

老妈妈是老奴才,应该了解贾政脾气的。

"有人传信到里头去,立刻打死。"

她想多活几年。

多一事不如少一事!

她难道不怕将来里头怪罪下来?

"聋",挡箭牌。

不知者无罪!

如果是后者,老妈妈就是个活络人。

《红楼梦》中似聋非聋的大有人在。

一、智通寺一个龙钟老僧。

那老僧既聋且昏,又齿落舌钝,所答非所问。

老僧也许不是聋子。

门旁对联文虽甚浅,其意则深。

老僧看来是翻过筋斗来的,也未可知。

二、林之孝。

林之孝两口子,他们倒是配就了的一对儿:一个天聋,一个地哑。

林之孝不是聋子。

"彩霞这孩子,这几年我虽没看见,听见说,越发出跳的好了。"

听见说?

林之孝耳朵尖得很呢!

那老僧、林之孝都是城府极深之人,装聋只是一种手段。

老妈妈能与那老僧、林之孝他们画等号吗?

现实生活中,人与人关系是错综复杂的。

装聋,有时倒确实可以派派用场。

◎ 管住你的嘴巴! ◎

"天上星多,地下人多,念佛老太婆话多。"

老太婆确实话多。

话多不是好事。

祸从口出。

今岁八月初三乃贾母八旬大庆。

宁荣两处,齐开宴席。

凤姐却在哭。

凤姐不觉一阵心灰,落下泪来。

这是什么缘故?

这都是三个婆子惹的祸。

这日晚上,尤氏一径来至园中,只见园中正门和各处角门仍未关好,犹吊着各色彩灯。

尤氏回头命小丫头叫该班的女人。

小丫头到二门外鹿顶内,只有两

个婆子分果菜吃。

小丫头要两个婆子去**传管事的奶奶**。

两个婆子原来乐呀，只顾吃了酒，分菜果。

两个婆子现在怨呀，"半路上杀出个程咬金"，打断了她们的兴头。

两个婆子心里不愿意，**混说话**了。

她们，出言不逊。

"我们只管看屋子，不管传人，姑娘要传人，再派传人的去。"

"我们的事传不传，不与你相干。"

她们，口无遮拦。

"各门各户的，你有本事排揎你们那边的人，我们这边，你离着还远些呢！"

她们，出口伤人。

揭短处。

"你想想你那老子娘，在那边管家爷们跟前，比我们还更会溜呢。"

骂粗话。

"扯你的臊！"

两个婆子得罪了小丫头。

丫头听了，气白了脸。

两个婆子得罪了尤氏。

尤氏听了，半晌冷笑。

此事传到凤姐耳朵里。

凤姐便命："将那两个捆了送到那府里，凭大奶奶开发。"

妙 说 红 楼

凤姐处理得对。

两个婆子确实不知天高地厚！

两个婆子，失职了。

只问他们为什么不去**传管事的奶奶**？

两个婆子，失礼了。

"只问他们谁说'各门各户'的话？"

一波未平，又生一波。

两个婆子中一个婆子的闺女现给了那边大太太的陪房费大娘的儿子。

费婆子更是个大不安静的。

费婆子知道了此事，嘴里一直没停过。

费婆子开局：便隔墙大骂一阵。

费婆子杀手锏：搬弄是非。

费婆子走了来求邢夫人，说他亲家与大奶奶的小丫头白斗了两句话，周瑞家的挑唆了二奶奶，现捆在马圈里，等过两日还要打呢。求太太和二奶奶说声，饶他一次罢。

结果，上演了**嫌隙人有心生嫌隙**这出戏。

凤姐回房哭泣，又不使人知觉。

两个婆子是放了。

费婆子你也不要太高兴了：

凤姐为人"明是一盆火，暗是一把刀"。

凤姐事后一旦知道是你脚底下就

使绊子。

　　费婆子，有你的好果子吃！

　　这三个婆子会是怎样下场？

　　四姑娘屋里小丫头彩儿的娘是先例。

"嘴里不好。""就撵他出去！"

世界是多姿多彩的。

谁都喜欢生活在和谐的环境里。

从何做起？

管住你的嘴巴！

姑子篇

《谁自相矛盾了?(马道婆)》

自相矛盾。

人人熟悉的寓言。

自相矛盾。

《红楼梦》中就有一个典型的范例。

谁自相矛盾了?

马道婆!

说矛。

赵姨娘嫉妒宝玉。

"我们娘儿们跟的上屋里哪一个儿?宝玉儿还是小孩子家,长的得人意儿,大人偏疼他些儿。"

赵姨娘起黑心了。

"怎么暗里算计?"

马道婆卖矛了。

马道婆向赵姨娘要了张纸,拿剪子铰了纸人儿,问了年庚写在上面,又找了一张蓝纸,铰了五个青面鬼,叫他并在一起,拿针钉了,"回去我再作法,自有效验。"

赵姨娘满心喜欢。

将首饰拿了些出来,并体己散碎银子,又写了五十两欠约,递与马道婆。

(马道婆挑了几块零星绸子、缎子掖在袖里不计在内)。

说盾。

贾母心疼宝玉。

宝玉自己承认自己烫伤的,贾母免不得又把跟从的人骂了一顿。

贾母上心事了。

"这有什么法儿解救没有呢?"

马道婆售盾了。

"西方有位大光明普照菩萨,专管照耀阴暗邪祟。善男信女一天多添几斤香油,点个大海灯,可以永葆儿孙平安。"

贾母满心喜欢。

"既这么样,就一日五斤,每月打总儿关了去。"

假如马道婆的矛厉害，宝玉就绝了。

假如马道婆的盾厉害，宝玉就**永葆康宁**。

两者必居其一。

马道婆自相矛盾了。

说穿了。

马道婆的盾也许还会派派用场。

一天多添几斤香油，点个大海灯。

拿人钱财，与人消灾。

"长单"，马虎不得。

她毕竟还是宝玉寄名的干娘。

说穿了。

马道婆的矛也许就不了了之了。

她知道**这些事罪罪过过的**。

她也怕**造孽**遭报应。

"短线"，见机就收。

她铰纸人、铰纸鬼纯粹是在糊弄赵姨娘。

说也巧，道也巧。

魇魔法叔嫂逢五鬼。

没几天，宝玉恰恰欠安。

宝玉大叫一声，将身一跳，离地有三四尺，口内乱嚷，尽是胡话。

宝玉得的什么疑难杂症？

病根找着了：

声色货利所迷！

真相大白。

宝玉的病由万万不可算在马道婆的"矛"上。

马道婆当面是人，背后是鬼。

马道婆自相矛盾说明什么？

江湖诀万万不可信。

戳穿了，一文不值！

《谁财迷心窍了？（静虚）》

修道、证道、弘道。
出家人本分。
五欲、六尘。
修行人大忌。
财、色、名、食、睡。
财欲：第一魔障。
财欲：首当舍弃。
《红楼梦》有个老尼背道而驰。
谁财迷心窍了？
静虚，原来在长安县善才庵里出家。
静虚，如今是馒头庵当家师太。
静虚不缺净财。
馒头庵进项主要来自三处。
一是佛事。
"这几日因胡老爷府里产了公子，太太送了十两银子来这里，叫请几位师父念三日'血盆经'，忙的就没有来得及来请奶奶的安。"
二是化缘。

静虚师徒常来常往荣府。
"你们师徒怎么这些日子也不往我们那里去？"
王夫人爱斋僧布施。
荣府是馒头庵施主之一。
三是素斋。
庙里做的馒头好。
静虚，人心不足。
静虚，贪得无厌。
她凭着手眼通天的人际关系。
她凭着三寸不烂之舌。
她做"黑中介"。
她赚黑心钱了。
"善才案"，凤姐图的什么？
银子。
凤姐却安享了三千两。
"善才案"，静虚图的什么？
也是银子。
凤姐说了这样一句话："我比不得他们扯篷拉纤的图银子。"

他们是谁？**扯篷拉纤**的是谁？

当然就是静虚。

静虚捞到多少中介费？

书中虽然没有明写，但一定相当丰厚。

其一，**张施主是大财主**。

张施主手头有的是钱。

其二，**张家哪怕倾家孝敬，也是愿意的**。

张施主手头不但有钱，而且愿意出倾家的钱。

作孽：

静虚到手的钱是一堆肮脏的银子。

自此凤姐胆识愈壮，以后所作所为，诸如此类，不可胜数。

静虚，把原本也不做这样的事的荣国府管事奶奶拖下水了。

作孽：

静虚到手的钱是一堆沾血的银子。

张家的女儿，闻得退了前夫，另许李门，他便一条汗巾悄悄的寻了自尽。

那守备之子谁知也是个情种，闻得未婚妻自缢，遂投河而死。

静虚，葬送了两个**知情多义**的年轻人的生命。

静虚，财迷心窍。

静虚，罪孽深重。

阿弥陀佛。

《谁哄蒙拐骗了?(智通和圆信)》

"三姑六婆"。

姑在前。

尼、道、卦。

尼为首。

尼姑,说是"实淫盗之媒"未免太过分了。

尼姑,哄蒙拐骗的倒是有一些。

《红楼梦》中,谁哄蒙拐骗了?

智通和圆信,就是这样两个秃歪剌!

美优伶斩情。

芳官勾引上藕官蕊官,只要铰了头发做尼姑去。

智通和圆信听得此信。

她们心里就想**拐骗两个女孩子去做活使唤**。

智通和圆信听得此信。

她们嘴上哄蒙王夫人了。

一唱高调。

"如今两三个姑娘'苦海回头',立意出家,也是他们的高意。"

"虽然说'佛门容易难上',也要知道'佛法平等',我佛立愿,愿度一切众生。"

二吹喇叭。

"府上到底是善人家,因太太好善,所以感应得这些小姑娘们皆如此。"

三抬轿子。

"善哉,善哉!若如此,可是老人家的阴功不小。"

智通与圆信哄蒙拐骗成了。

她们人财两得。

王夫人又送了两个姑子些礼物。

两个姑子领了芳官等去了。

可怜,芳官三姐妹。

在戏班里。

她们苟延残喘。

"你们家把好好儿的人弄了来,关在这牢坑里。"

歪说红楼小人物

可怜,芳官三姐妹。
在大观园里。
她们任人宰割。
王夫人:"每人打一顿给他们,看还闹不闹!"
麝月:"有了主子,自有主子打骂;再者,大些的姑娘姐姐们也可以打得骂得。"
芳官的干娘何妈:"'一日叫娘,终身为母',我就打得。"
可怜,芳官三姐妹。
进庵堂了。
她们怎么了?
"除非我出了这个牢坑,离了这些人,才好呢。"
啊,原来这庵堂也是牢坑:
木鱼像枷锁,
佛珠似绳索。
做不完的**素斋、馒头**……
念不尽的《**金刚经**》、《**血盆经**》……
倒茶、摆果碟子。
夜晚还要独在那里洗茶碗。
啊,原来这些人都是凶神恶煞:

当家师太一何怒。
小尼姑们一何苦。
哭了。
打怕了的,万不敢说。
清净寡欲,熬得住。
当牛做马,何年何月是头?
三十六招,走为上招。
私逃?
到时候,芳官三姐妹尚无下落。
到时候,智通与圆信又要起忙头了。
送年疏、送供尖……
她们又要去哄蒙拐骗**活使唤!**
善有善报,恶有恶报。
智通等辈,哄蒙拐骗的人不会有好结果。
到时候,庵堂**门巷倾颓,墙垣剥落,门旁对联破旧**。
到时候,老尼既聋且昏,有齿落舌钝,所答非所问。
此时此刻,**翻过筋斗爬起来的人**大彻大悟了:
身后有余忘缩手,眼前无路想回头。

《谁好吃懒做了？（水仙庵老姑子）》

谤僧。
《红楼梦》，旌旗飘飘。
谤僧。
《红楼梦》，实例多多。
有法名的师太：
静虚："黑中介"。
智通、圆信：**两个拐子**。
有个师太法名无考：
她虽寥寥数笔过过场而已。
她的习性却勾画得一清二楚。
她精于吃。
她疏于做。
谁好吃懒做了？
水仙庵老姑子！
宝玉来了。
宝玉来得突然。
事出意外，竟像天上掉下个活龙来的一般。
老姑子来不及准备。
老姑子来不及掩饰。

接下来老姑子的一举一动都是"原生态"。
接下来老姑子的一言一行都是本来面目。
说她懒做一。
宝玉和他借香炉烧香，那姑子去了半日，连香供纸马都预备了来。
试想：
庵里的香炉、香供纸马应该信手拈来，那姑子竟要去了半日。
看来，老姑子等平时偷懒了。
本来就七零八落，现在是临时抱佛脚凑拢的。
说她懒做二。
宝玉和焙茗出至后园中，拣一块干净地方儿，竟拣不出。
试想：
佛门乃是清净之地，那后园竟拣不出干净地方儿。
看来，老姑子等平时偷懒了。

从来没去打扫过,现在是何等龌龊!

说她好吃。

焙茗:**合姑子说了二爷还没用饭,叫他收拾了些东西,二爷勉强吃些**。

那姑子:**收拾了一桌好素菜**。

试想:

水仙庵地处荒郊野外。

出了城门,一气跑了七八里路出来,人烟渐渐稀少。

姑子**收拾**的假如是家常便饭倒有一说,如今竟是**好素菜**。

看来老姑子等平时好吃了。

好素菜要好材料。

姑子等用惯了,一应俱全。

宝玉烧香蜻蜓点水。

宝玉掏出香来焚上,含泪施了半礼,回身命收了去。

姑子**收拾**的假如是两三菜蔬时间尚可,如今竟立马摆上一桌。

看来老姑子等平时好吃了。

立马摆上一桌需要好厨艺。

姑子等烧惯了,得心应手。

水仙庵是荣国府**咱们家的香火**。

老姑子长往荣国府咱们家去。

月例香供银子派什么用了?

姑子好吃了。

老道好喝了。

当然。

"**翩若惊鸿,婉若游龙**"的洛神心明肚知。

遗憾。

"**荷出绿波,日映朝霞**"的洛神有口难开!

七大姑八大姨篇

《人之亲情(老太妃　庄农老婆子)》

老太妃已薨。

皇家的丧事惊动普天之下。

凡诰命等皆入朝随班,按爵守制。

敕谕天下,凡有爵之家,一年内不得筵宴音乐,庶民皆三月不得婚姻。

在大偏宫二十一日后,方请灵入先陵。

恢宏。庄重。

老太妃出足风头。

可惜啊,这不过是哀荣!

老太妃生前活得开心吗?

老太妃是从贵妃娘娘过来的。

可以说,元春是老太妃年轻时的写照。

听听元春的倾诉吧。

"当日,送我到那不得见人的去处。"

"一会子我又去了,又不知多早晚才能一见!"

伤感。悲切。

年年岁岁分离。

朝朝暮暮思念。

小的哭。

元妃不由的满眼又滴下泪。

老的泣。

贾母等已哭得哽噎难言。

高高的宫墙隔断骨肉亲情。

奈皇家规矩,违错不得的。

皇宫是妃子的牢坑。

皇宫是妃子的坟墓。

元春垂泪。

老太妃在呜咽!

妃子们羡慕谁呀?

"田舍之家,齑盐布帛,得遂天伦之乐。"

《红楼梦》直接写田舍之家的少得可怜。

狗儿祖上也做过一个小小的京官,只能算半路出家的乡巴佬。

这里说个实实在在的**庄农人家**。

歪说红楼小人物

宁府送殡，凤姐等同入一庄门内歇歇更衣。

庄稼人住的是自己盖的房。

凤姐进入茅屋。

庄稼人吃的是自己种的粮。

宝玉见到了**庄家动用之物**。

"'谁知盘中餐，粒粒皆辛苦'正为此也。"

庄稼人穿的是自己织的布。

宝玉见炕上有个纺车儿。

这是纺线织布的。

这户庄稼人家**无多房舍**。

这户庄稼人家祖孙三代同堂。

老婆子应该是奶奶辈的人物。

老婆子子孙缠膝。

此时此刻，男子回避了。

那妇人应该是儿媳。

二丫头是孙女。

两个小女孩也许是二丫头的两个妹妹。

二丫头怀里抱着个小孩子是孙子。

农家人淳朴。

凑热闹，习以为常。

那些村姑野妇见了凤姐、宝玉、秦钟的人品、衣服，几疑天人下降。

农家人勤劳。

二丫头道："你不会转，等会转给你瞧。"那丫头纺起线来，果然好看。

农家人听话。

那边老婆子叫道："二丫头，快过来！"

那丫头丢了纺车，一径去了。

农家人实在。

外面旺儿预备赏封，赏了那户人家，那妇人等忙来谢赏。

妃子们今虽富贵，但是**骨肉分离，终无意趣**。

农家人生活固然清淡，但是一家子朝夕相伴，小敬老，老疼小。其乐融融。

想一想——

贾元春、二丫头，他们的生活谁温暖？

问一问——

老太妃、庄农老婆子，他们的生活谁精彩？

如今是21世纪了。

"父母在，不远游"将是笑柄。

"三十亩田一头牛，老婆娃娃热炕头"也成了老黄历。

然而，无论你进城，出国……

别忘了：常回家看看！

人之亲情哪为首？天伦之乐！

《人之天性（卜氏 杨氏）》

贾氏宗族里独多寡妇。
一个妇人没了丈夫，**寡妇失业的**。
她们有什么巴望？
她们更是把希望寄托在子女身上。
一说卜氏。
卜氏，**廊下住的五嫂子**。
她的儿子就是贾芸。
五嫂子，早年守寡。儿子尚幼。
"我父亲没的时候儿，我又小，不知事体。"
五嫂子，丈夫走了，没有什么家底。
"巧媳妇做不出没米的饭来。"
五嫂子，世态炎凉，兄嫂又是势利人。
"再休提赊欠一事！"
五嫂子靠什么支撑？
五嫂子靠的是一双手。
天气黑了。
已是掌灯时候。
看：五嫂子**还在炕上拈线**。

一个多么辛劳的母亲。
这样的母亲谁不敬佩！
"榜样的力量是无穷的。"
贾芸在母亲的熏陶下是一个好小官。
贾芸知道自律。
"家里有一亩地，两间房，在我手里花了不成？"
贾芸知道自重。
"还亏是我呢！要是别的，死皮赖脸的三日两头儿来缠舅舅，要三升米两斤豆子，舅舅也就没法儿呢！"
贾芸知道自强。
贾芸自个儿寻找差事。
贾芸经过一番努力接到了**园里种树种花儿的活儿**。
贾芸，倒比先越发出跳了。
五嫂儿为有这样的儿子高兴。
母子俱喜。
想一想，这样的孩子谁不称赞！

歪说红楼小人物

表过五嫂子,再来说说杨氏。

杨氏,后街上住的,三屋里。

她的儿子就是贾芹。

杨氏生活并不宽余。

那两年,贾芹无事没进益,还去过宁国府领取年物。

杨氏十分溺爱贾芹。

贾芹有小厮伺候。

贾芹领了三个月的供给,命小厮拿了回家。

贾芹老大不小了,什么事都要依靠母亲。

找差事:

杨氏坐车来求凤姐。

办差事:

贾芹回家与母亲商议。

"筷子头上出逆子。"

杨氏宠得贾芹成了一个浪荡子。

贾芹不知道自律。

贾芹有钱时摆阔气。

贾芹领了**白花花三百两,随手拈了一块与掌平的人,叫他们"喝了茶罢"**。

贾芹自己坐着好体面车,又带着四五辆车,有四五十小和尚道士儿,往家庙里去了。

贾芹没钱时装熊样。

"这会子花得这个形象。"

"你穿的可像个手里使钱办事的?先前你说没进益,如今怎么了?比先倒不像了?"

贾芹不知道自重。

又到领取年物时节。

贾芹如今在那府里管事,一月有分例,"还来取这个来!太也贪了!"

贾芹不知道自强。

贾芹在家庙里为王称霸起来,夜夜招聚匪类赌钱,养老婆小子。

贾芹,哪有一丝一毫倒出息了?

"领一顿驮水棍去才罢!"

"等过了年,我必和你二叔说,换回你来。"

想一想,这样的孩子谁不厌恶!

舐犊情深,人的天性。

爱,应该怎样爱?

如卜氏?如杨氏?

做父母的好好把握吧!

《人之美德（甄家娘子 卜家娘子）》

她是一个善人。

她就是甄家娘子。

贾雨村，葫芦庙内寄居的一个穷儒。

贾雨村每日卖文作字，故士隐常与他交接。

甄家的一个丫头娇杏偶见贾雨村。

"想他定是主人常说的什么贾雨村了，怪道又说他必非久困之人，每每有意帮助周济他，只是没什么机会。"

连娇杏都知道主人要**每每有意帮助周济**贾雨村，可见此事甄家众所周知。

甄家娘子当然知道这事。

一日到了中秋。

甄士隐另具一席于书房，特邀贾雨村小酌。

两人说起明年正当大比春闱之事。

贾雨村忽叹道："只是如今行李路费，一概无措。"

甄士隐不待说完，就当下命小童进去速封五十两白银并两套冬衣。

进去？

小童就是到后宅去。

小童进去问谁取？

当然是甄家娘子。

甄士隐每日只以观花种竹，酌酒吟试为乐，倒是神仙一流人物。

甄家银两进出、衣服增减等凡人琐事应该都是甄家娘子主管的。

甄家虽不甚富裕。

甄家娘子**性情贤淑，深明礼义**。

甄家义利二字，却还识得。

甄家娘子二话没说，就如数交给了小童。

甄家资助是无私的。

雨村得了**赠银**，起身赴京，大比之期，中了进士。

歪说红楼小人物

再说说另一个她。

她就是卜家娘子。

卜家娘子与卜世仁是一条心的。

"我天天和你舅母说，只愁你没个算计儿。"

卜家娘子与卜世仁是合穿一条裤的。

卜世仁拒绝了外甥借贷，虚留便饭。

"怎么这么忙，你吃了饭去罢。"

卜家娘子立即跳了出来。

"你又糊涂了，说着没有米，这里买了半斤面来下给你吃，这会子还装胖呢。留下外甥挨饿不成？"

谁能相信：堂堂有伙计们的香料铺掌柜家会无隔宿之粮？

"银姐，往对门王奶奶家去问：有钱借几十个，明儿就送了来的。"

谁能相信：区区几十个小钱会让这么精明的老板娘捉襟见肘？

卜世仁舍不得的是冰片麝香。

卜家娘子舍不得的是一顿晚饭。

卜家娘子的势利心与卜世仁相比有过之而无不及。

贾芸的心都凉透了。

贾芸早说了几个"不用费事"，去的无影无踪。

甄家与贾雨村非亲非故。

甄家却伸出双手援助贾雨村。

卜家与贾芸是至亲。

卜家却把求助的贾芸拒之门外。

甄家，卜家。

天壤之别。

助人为乐，人之美德。

济贫。

扶贫。

这些词似乎呆板了。

时髦话怎么讲来着？

送温暖。

献爱心！

《人之本分（宋妈 坠儿妈）》

虾须镯，黄澄澄的。

平儿那日彼时洗手时不见了。

虾须镯哪里去了？

虾须镯一下子牵出两个绝然不同的老妈子来。

一个是宋妈。

宋妈，怡红院里跑里跑外打杂的老妈子。

宋妈是一个有心人。

说一。

虾须镯如何失而复得？

"你们这里的宋妈拿着这支镯子，说是小丫头坠儿偷起来的，被他看见。"

平儿了解宝玉是**争胜要强**的。

平儿叮咛宋妈千万别告诉宝玉，只当没有这事，总别和一个人提起。

宋妈言听计从，滴水不漏。

说二。

怡红院里，袭人是一人之下，众人之上的"内阁总理"。

宋妈只听袭人的。

晴雯要将坠儿今儿务必打发他出去。

宋嬷嬷听了，笑道："虽如此说，也等花姑娘回来，知道了，再打发他。"

麝月是袭人陶冶教育的。

麝月是袭人一伙的。

麝月发话了，"早也是去，晚也是去，早带出去，早清净一日。"

宋嬷嬷听了，只得出去，唤了她（坠儿）母亲来。

说三。

那媳妇赌气带着坠儿就走。

宋妈忙道："怪道你这嫂子不知规矩，你女儿在屋里一场，临去时也给姑娘们磕个头。没有别的谢礼，他们也不稀罕，不过磕个头尽心罢咧，这么说走就走？"

歪说红楼小人物

宋妈,知规矩。

这里就是出处。

另一个就是坠儿妈。

坠儿妈,成年家只在三门外头混的老妈子。

坠儿妈是一个缺心眼的人。

说一。

坠儿偷了东西,撵出去是迟早的事。

"你们以后防着他些,别使唤他到别处去。"

"你们商议着,变个法儿打发出去就完了。"

坠儿妈明知自己女儿干了丑事,还要死皮赖脸不愿动身。

"你侄女儿不好,你们教导他,怎么撵出去?也到底给我们留个脸儿。"

说二。

晴雯说话中直叫宝玉了。

坠儿妈冷笑又来挑这个了。

"虽背地里,姑娘就直叫他的名字,在姑娘们就使得,在我们就成了野人了。"

坠儿妈公然指责晴雯是**野人**。

冷笑,好一副得意忘形的嘴脸。

怡红院里姑娘怎么容得坠儿妈如此猖狂?

麝月一番话立即镇住了坠儿妈。

"都是老太太吩咐过的,为的是好养活。"

"嫂子原也不得在老太太、太太跟前当些体面差使,怪不得不知道我们里头的规矩。"

坠儿妈,不知规矩。

这里就是出处。

宋妈知规矩。

知规矩的人处处受欢迎。

晴雯被撵了。

袭人把他的衣裳各物已打点了,且等到晚上,悄悄地叫宋妈给他拿去。

宋妈,袭人信得过的人。

坠儿妈不知规矩。

不知规矩的人处处遭讨厌。

麝月嫌她站脏地了。

"拿了擦地的布来擦地。"

麝月发逐客令了。

"这里不是嫂子久站的。"

那媳妇唉声叹气,口不敢言,抱恨而去。

循规蹈矩,人之本分。

没有规矩,不成方圆。

《人之大忌（胡氏 袭人娘）》

白花花的银子——
摸摸应该是冷冰冰的。
白花花的银子——
有时却是烫手的。
烫手的银子万万碰不得！
一说胡氏。
胡氏，金荣的母亲。
胡氏，璜大奶奶的嫂子。
胡氏一心栽培儿子。
"若不是仗着人家，咱们家里还有力量请得起先生么？"
"你姑妈又千方百计的和他们西府里琏二奶奶跟前说了，你才得了这个念书的地方儿。"
胡氏得了什么烫手的银子？
"你不在那里念书，你就认得什么薛大爷了？那薛大爷一年也帮了咱们七八十两银子。"
七八十两银子不是小数目。
贾二舍偷娶尤二姐。

贾琏给外宅一月出十五两银子，做天天供给。
十五两银子要养多少人？
尤家母女三人一处吃饭，外加又买了两个小丫鬟和鲍二两口子。
照此推算，七八十两银子是胡氏母子一年绰绰有余的供给了。
薛大爷为什么凭白无故要帮这么多银子？
胡氏是"瞎子吃馄饨——肚里有数。"
薛蟠偶动"龙阳"之兴，因此也假说来上学，只图结交些契弟。
谁想这学内的小学生，图了薛蟠的银钱穿吃，被他哄上手了，也不消多记。
金荣本来就又爱穿件体面衣裳，当然就成了薛蟠当日的好友。
好友，男宠，mb（moneyboy）。
这七八十两银子烫手不烫手？

歪说红楼小人物

二说袭人娘。

袭人娘心里有这个女儿的。

袭人的母亲又亲来回过贾母,接袭人家去吃年茶。

袭人之母接了袭人与几个外甥女儿、几个侄女来家,正吃果茶。

袭人娘得了什么烫手的银子?

"当日原是你们没饭吃,就剩了我还值几两银子。"

这是女儿的卖身钱。

也许,袭人娘万般无奈出此下策。

"要不叫你们卖,没有个看着老子娘饿死的理。"

也许,不然。

这里不妨来一下"象牙筷扳雀丝"。

其一,

袭人娘为什么卖女儿是**卖倒的死契**?

按常规,死契比活契所卖的银子多。

袭人娘从一开始就不想将袭人赎身。

其二,

袭人娘**这会子又赎袭人做什么?**

知母者,女儿也。

"把我赎出来,再多掏摸几个钱。"

她要给女儿找个有钱的老公。

聘礼,就是一宗大买卖。

接下来,袭人娘见宝玉和袭人两个那光景儿。

袭人娘心中更明白了。

袭人娘越发一块石头落了地。

她当然再别无他意。

她与荣国府攀上了亲戚就不愁没银子进账了!

袭人卖身的钱是好得的吗?

袭人低人一等。

"跟主子,却讲不起这孝与不孝。要是他跟我,难得这会子也不在这里?"

袭人积劳成疾。

"一应针线,并宝玉及诸小丫头出入银钱衣履等物,也甚烦琐,且有**吐血之症**。"

袭人成了永远生活在水深火热中的奴隶。

这几两银子烫手不烫手?

胡氏,一个为银子出卖儿子青春的肉体。

可鄙。

袭人娘,一个为银子葬送女儿终身的自由。

可唾!

勿以恶小而为之。

人之大忌。

《人之福气（李婶娘 邢舅妈）》

白雪，红梅。

有客自远方来。

大观园来了好些姑娘奶奶们。

李婶娘带着两个女儿来了。

李婶娘，**李纨寡婶**。

在稻香村。

只见众姐妹都在那里，都是一色大红猩猩毡与羽毛缎斗篷。

李纹、李绮如此装束，足以看出李家的家底实力。

李婶娘，小事糊涂。

"怎么那一个带玉的哥儿和那一个挂金锁的姐儿，那样干净清秀，又不少吃的，他两个在那里商议着要生吃肉呢。"

李婶娘叫不出史大姑娘情有可原。

李婶娘叫不出大名鼎鼎的宝玉确实有些糊涂了。

李婶娘，大事聪明。

元宵夜，贾母大批**编出来糟蹋人家，编出来取乐儿的才子佳人书。**

李婶娘笑说："连我们家也没有这些杂话叫孩子们听见。"

由此可见，李婶娘家教严谨。

李婶娘是一个乐天派。

李婶娘不习惯深居简出。

"我婶娘又上京来了。"

李婶娘之弟又接了李婶娘、李纹、李绮家去住几天。

两个姨娘到明年冬天，也都家去了。

从南到北，从北到南，来来往往，走亲戚就是消闲旅游。

李婶娘是一个乐天派。

玻璃世界，年轻人在吟诗作乐。

李婶娘也出来看热闹。

史太君元宵摆几席酒。

李婶娘是座上客。

李婶娘，一个老有所乐的人。

邢舅妈**带着女儿岫烟来了。**

邢舅妈，邢夫人的嫂子。

邢舅妈，家道贫寒。

邢舅妈**素寒**到如今连个"窝"都没有。

在南边，玄墓蟠香寺赁屋居住，就赁了他庙里的房子。一住住了十年。

这一上京，还仗的是邢夫人与他们治房舍。

邢舅妈，**家中艰难**。

邢舅妈**艰难**到甚至日常花销都没有着落。

邢舅妈**进京来投邢夫人**，指望邢夫人**帮盘缠**。

邢岫烟自己一月二**两银子还不够使**，还得省一两送出去，贴补给爹妈。

邢舅妈的苦日子快熬到头了。

邢舅妈，一个**看似偏是酒糟透的人**。

她生养了一个**极温厚可疼的好姑娘**。

薛姨妈忽想起薛蝌未娶，看他两人，恰是一对天生地设的夫妻。

邢岫烟与薛蝌的终身大事，有贾母硬作保山，有尤氏婆媳二人主亲，定了下来。

薛家根基不错，且现今大富，薛蝌生得又好。

女婿，半子。

邢舅妈，一个老有所靠的人。

老有所乐。

人之福气。

老有所靠。

也是人之福气。

谁不想老有所乐、老有所靠？

愿天下人人都有如此福气！

管家篇

《赖(大)家》

◎赖大如今怎么了?◎

赖家是宁荣两府奴才中的大族。

赖家,威震一方。

赖大:荣国府大总管。

赖二:宁国府中都总管。

年轻的:小时候,公子哥儿似的;长大了,当了那一处父母官。

年长的:在家里,老封君似的;在外面比年轻的主子还有体面呢。

赖家,富甲一方。

住:前前后后,**楼房厦厅**;花园齐**整宽阔,泉石林木,楼台亭轩**,也有几处动人的。

行:进进出出,坐个轿子。

仆:里里外外、丫头、老婆、奶子捧凤凰似的。

财:显显赫赫,仅赖嬷嬷的钱却比他们(尤氏李纨)多。

赖家是奴才。

赖家的荣华富贵是从哪里来的?

是赖大爹和赖大**熬了两三辈子**换来的。

是赖大爹和赖大**受**的那苦恼得来的。

太爷们是武将。

赖家男儿想必是兵勇。

太爷们出过三四回兵。

赖家男儿想必从小儿跟着出兵放马。

在沙场上,他们也许几天几夜**挨着饿、没水喝**。

在沙场上,他们也许从死人堆里逃出命来。

赖家的荣华富贵来之不易。

赖大功不可没。

歪说红楼小人物

荣华了,富贵了。

赖大如今怎么了?

赖大没有仗着**功劳情分**,哪里有主子在眼里。

赖尚荣得了官,他连摆三日酒,头一日就请老太太、太太、奶奶、姑娘们;老爷们、爷们。

荣华了,富贵了。

赖大如今怎么了?

赖大没有对属下不公道,欺软怕硬。

吴贵一味胆小老实、无能为。

赖大**给他娶了一房媳妇**。

荣华了,富贵了。

赖大如今怎么了?

他没有一味的好酒,以后不用**派他差使**,他依然为荣国府操劳。

贾元春的喜讯是他回来向贾母禀告的。

下姑苏的银子是他亲口向大爷谋划的。

荣华了,富贵了。

赖大如今怎么了?

他没有**留在家里**,只当他是个死的就完了。

他花更大的精力培养下一代。

赖大为儿子根治**从小儿三灾八难**。

他是花的银子照样打出你这个银人儿来了。

赖大为儿子**读书写字捐前程**。

他是**就倾了家,我也愿意**。

赖大为儿子**选出来**。

他是**不知怎么弄神弄鬼**,求了主子。

如今的赖尚荣**倒发的威武了**。

如今的赖家更加**荣耀光彩**了。

岁月不饶人。

赖大老矣。

凤姐说他是**老头子**。

贾蔷称他是**赖爷爷**。

他遇上急事跑起来也喘吁吁了。

为了赖家的荣华富贵,赖大付出了毕生的心血。

为了赖家的荣华富贵,赖大付出了终身的精力。

赖大,好样的!

◎ 赖大有什么能耐? ◎

贾府要下姑苏请聘教习,采买女孩子,置办乐器行头了。

这一项银子动哪一处的?

贾蔷说**赖爷爷**有地方出账。

赖爷爷是谁？

他不可能指赖尚荣的爷爷。

老人家即使健在，也七老八十，**告老解事了**。

他不可能指赖尚荣的叔叔。

贾蔷前面提到他，并没有那样称呼。

赖爷爷是谁？

应该是指赖大。

其一，

贾府风俗，年高服侍过父母的家人，比年轻的主子还有体面。

赖大是服侍太爷、老爷辈的。

贾蔷是草字辈，叫声赖（大）爷爷不足为奇。

其二，

筹建大观园，**只凭贾赦、贾珍、贾琏、赖大等几个安插摆布。**

赖大是荣国府头号管家。

赖大对**官中**的账目了如指掌，参加议事绝对有份。

赖大有什么能耐？

论财。

他是"黄鳝笼"。

他为主子追债。

他主张下姑苏的银子动用**江南甄家还收着我们的那五万两。**

贾琏连声称许。

"这个主意好！"

他为自家聚富。

他将小园子一年还有人包了去，年终足有二百两银子剩。

探春不由赞叹。

"我才知道一个破荷叶，一根枯草根子，都是值钱的。"

赖大有什么能耐？

论利。

他是"铁算盘"。

过去，他为什么曾跟着父亲**受那苦恼**？

除了想**发财享乐**。

还有一条是指望儿子脱胎换骨。

果然，赖尚荣一**落娘胎胞儿，主子的恩典，放你出来了。**

现在，他为什么还**喘吁吁**为主子奔前跑后？

除了想**增光领赏**。

还有一条是指望儿子青云直上。

果然，赖尚荣又**蒙主子的恩典，捐了前程在身上，又选出来了。**

眼前，他为什么要为下姑苏的银子出谋划策？

也许，他想主子对他两个子侄**另眼照看些**。

果然，下姑苏的名单里首推**赖管家两个子侄**。

赖大还有什么能耐？

这能耐究竟有没有露底。

他也许为了财,势利了。
他也许为了利,薄情了。
贾府得意时。

他搭顺风船。
贾府落难了。
他站干岸儿?

◎赖二怎么能坐得稳这把金交椅?◎

赖二,赖升也。
赖二,宁国府中都总管。
夫唱妇随。
赖升媳妇是宁国府的女领班。
赖二不是称职的大总管。
混乱,实是宁府中风俗。
赖二放任自流。
人口混杂,遗失东西。
事无专管,临期推诿。
需用过费,滥支冒领。
任无大小,苦乐不均。
家人豪纵,有脸者不能服钤束,无脸者不能上进。
赖二不是称职的大总管。
宁国府为什么会如此混乱?
赖二难逃其责!
他也许没有每日揽总查看。
他也许看见偷懒的、赌钱吃酒打架拌嘴的,徇情了。
他办事自说自话。
"这府原是这样的。"
他安排差使不公道,欺软怕硬。
这样黑更半夜送人,就派了又有功劳情分又老了的焦大。
赖二不是称职的大总管。
宁国府如此混乱难道没人觉察?
赖二四面楚歌。
主子生气。
尤氏埋怨。
"我常说给管事的以后不用派他差使。""偏又派他作什么?那个小子派不得,偏又惹他!"
凤姐警告。
"错我一点儿,管不得谁是有脸的。"
属下不满。
有的抱恨。
"没良心的忘八羔子,瞎充管家!"
有的嘲笑。
"论理,我们里头也得他来整治整治,都忒不象了。"
赖二不是称职的大总管。
赖二怎么能坐得稳这把"金交椅"?
说一:
也许他是宁国府老人了。

主子看在三四辈子的老脸上。
说二：
赖二还有一套本领。
他台面上处处应付主子。
"琏二奶奶管理内事，小心伺候才好。"

他台底下暗暗笼络同事人等。
"宁可辛苦这一个月，过后再歇息。"
刀切豆腐——两面光。
这也许就是赖二始终立于不败之地的诀窍。

◎为什么人人喜欢赖嬷嬷？◎

赖嬷嬷是老主子的座上客。
闲取乐偶攒金庆寿。
贾母忙命拿几张小杌子来，给赖大母亲等几个高年有体面的嬷嬷坐了。
闲时坐个轿子进来，和老太太斗斗牌，说说话儿。
赖嬷嬷在年轻的主子面前是有脸人。
赖嬷嬷进来，凤姐等忙站起来，笑道："大娘坐下。"
在家里。
"谁不敬你，自然也是老封君似的。"
在贾府。
"谁好意思的委屈了你！"
为什么人人喜欢赖嬷嬷？
一、她人正派。
她平时教育小辈不能仗势欺人。
她孙子选出来了，她叮嘱他"作哪一处的官，就是哪一方的父母，安分守己，尽忠报国"。
二、她不忘本。
她平时"蒙主子的恩典"不离口。
她孙子选出来了，她又提醒他"你不孝敬主子，只怕天也不容你。"
三、她懂规矩。
贾母赐坐。
赖大的母亲等三四个老嬷嬷告了罪，都坐在小杌子上。
四、她会做人。
晴雯当日系赖大买的。
贾母见了喜欢。
赖嬷嬷就孝敬了贾母。
五、她热心肠。
周瑞家的儿子犯事了，凤姐要撵了他。
赖嬷嬷为周瑞家的说情。
"奶奶听我说，他有不是，打他骂他，叫他改过就是了。"
周瑞家的儿子饭碗保住了。

周瑞家的给**赖嬷嬷**磕头。

六、她会说话。

下面是赖嬷嬷说过的一些话，就可以看出赖嬷嬷嘴巴是多么活络。

奉承话。

"要不是主子恩典，我这喜打哪里来呢？"

"托主子的洪福，想不到的这么荣耀光彩。"

自谦话。

"少奶奶们十二两，我们自然也该矮一等了。"

直爽话。

"在小孩子们，全要管得严。"

"不怕你嫌我，如今老爷不过这么管你一管，老太太就护在头里；当日老爷小时候，你爷爷那个打，谁没看见的！"

"你心里明白，喜欢我说，不明白，嘴里不好意思，心里不知怎么骂我呢。"

风趣话。

"这可反了，我替二位太太生。在那边是儿子媳妇，在这边是内侄女儿，倒不向着婆婆姑姑，倒向着别人。这儿媳妇倒成了陌路人，'内'侄女倒成了'外'侄女了！"

赖嬷嬷，人见人爱。

赖嬷嬷，夕阳无限美。

◎赖嬷嬷是怎样降住凤姐的？◎

周瑞家的儿子出事了。

凤姐儿动了肝火。

"这样无法无天的忘八羔子，还不撵了做什么！"

谁去为周瑞家的求情？

赖嬷嬷就是这样的热心人。

凤姐是个**说一是一、说二是二**，没人敢拦他的主子。

赖嬷嬷是怎样降住凤姐的？

说一。

赖嬷嬷求情有板有眼。

她忌用单刀直入。

她先说些**陈谷子，烂芝麻**的事。

"当日老爷小时，你爷爷那个打，谁没有看见！……"

她**方起身要走**的时候才说到实处。

"可是还有一句话问奶奶。"

这正是赖嬷嬷老到之处。

一则凤姐不会起疑心。

二则凤姐不会责怪她多嘴。

说二。

妙 说 红 楼

赖嬷嬷求情有勇有谋。
她巧施"自投罗网"。
"这周嫂子的儿子，犯了什么不是，撵了他不用？"
不对。
赖嬷嬷已经知道周瑞家的儿子犯事，难道她会不知道她犯什么事？
这正是赖嬷嬷圆滑之处。
一则装了糊涂，有些该说的话让凤姐自己说。
二则装了糊涂，万一弄僵了，也为自己留个退步。
说三。
赖嬷嬷求情有理有据。
她有冠冕堂皇的高论。
"他现是太太的陪房，奶奶只顾撵他，太太的脸上不好。"
"不看他娘，也看太太。"
这正是赖嬷嬷精明之处。

一则以上压下，
凤姐回驳不得。
二则以上压下，
凤姐不得不就范。
说四。
赖嬷嬷求情有决有断。
她有两全其美的妙招。
"我说奶奶教导他几板子，以戒下次，仍旧留着才是。"
这正是赖嬷嬷周全之处。
一则给足了凤姐威势。
二则给周瑞家的儿子一定惩罚。
赖嬷嬷求情有口皆碑。
周瑞家的为儿子保住饭碗。
凤姐心里兴许感激赖嬷嬷的提醒。
王夫人假如知道，
应该也会点头。
赖嬷嬷求情有目共睹。
开言欺陆贾，出口胜萧何。

◎谁在为周瑞家的求情？◎

赖大家的是好媳妇。
她敬重婆婆老封君似的。
赖大家的是好母亲。
赖尚荣**托着你老子娘，也是公子哥儿**似的。
赖大家的是好老婆。
她是赖大的贤内助。
她治家有方，她家**那小园子。一**年还有人包了去，年终足有二百两银子剩**。
她是赖大的好帮手。
她手眼通天，她，**又进来请贾母**去出席赖大为儿子**选出来的贺喜**酒。
赖大家的对同事怎样呢？
这里就从她对周瑞家的说起。
周瑞家的儿子出事了。

凤姐儿动了肝火。

"这样无法无天的忘八羔子,还不撵了做什么!"

周瑞家的搬救兵了。

谁在为周瑞家的求情?

表面上是赖嬷嬷。

"他有不是,打他骂他,叫他改过就是了。"

"他现在是太太的陪房,奶奶只顾撵了他,太太脸上不好看。"

谁在为周瑞家的求情?

实际上也许是赖大家的。

这是有预谋的。

周瑞家的恳请赖大家的帮忙。

赖大家的怂恿赖嬷嬷去求情。

贾府风俗,年高服侍过父母的家人,比年轻的主子还有体面呢。

在凤姐面前,赖大家的哪有为周瑞家的求情的资格?

在凤姐面前,赖嬷嬷说话多少能起一点作用!

这应该是一出双簧。

赖嬷嬷在前台,赖大家的在幕后。

看:

赖嬷嬷来到凤姐这里串门好一段时间了。

只见赖大家的来了,接着周瑞家的、张材家的都进来。

她们来做什么?

赖大家的来是打听打听奶奶姑娘赏脸不赏脸?

不对!

赖嬷嬷已经特来**正经说的**,她何需再来跑一趟!

周瑞家的是来**回事情**。

不对!

从头至尾,她并没有汇报什么。

她们到底来做什么?

说白了——

她们知道赖嬷嬷在做说客。

他们借故进来是打探赖嬷嬷说了没有。

他们借故进来是打探凤姐火气消了没有。

事情最终圆满解决了。

周瑞家的要给赖嬷嬷磕头,赖大家的拉着方罢。

他三人去了。

珠联璧合。

赖大家的、赖嬷嬷得胜而归。

颊齿留香。

赖家婆媳对同事的一片热忱!

◎谁是奸夫?(兼陈谷子,烂芝麻别解)◎

吴贵家的是荡妇。

她每日家打扮得妖妖调调。

吴贵家的是淫妇。

她两只眼儿水汪汪的，招惹的赖大家人如蝇逐臭，渐渐做出些风流勾当来。

这里的**赖大家人**指哪些（个）人？

谁是奸夫？

东窗事发了。

吴贵**他便央及晴雯，转求凤姐，合赖大家的要过来。**

谁是奸夫？

这就是说赖家当家人知情。

这就是说凤姐也知情。

谁是奸夫？

赖嬷嬷自露家丑。

"他们还偷空儿闹出乱子来，恨的我没法儿，常把他老子叫了来骂一顿。"

"他"指谁？

赖尚荣。

"乱子"指什么？

也许是通奸。

凤姐直言不讳。

"他不好，还有他的父母呢。"

"他"又指谁？

赖尚荣。

"不好"指什么？

也许也是通奸。

赖尚荣大有可能就是奸夫。

他与柳湘莲素昔交好。

眠花卧柳知音？

小孩子们年轻，馋嘴猫儿似的。

赖尚荣看见身边这么娇艳的野花怎么会不伸手去采摘！

赖尚荣出事了。

不要紧。

他有一个好妈妈。

赖大家的随了凤姐的调定，摆平了吴贵两口儿。

赖尚荣出事了。

不要紧。

他有一个好爸爸。

赖大弄**神弄鬼**，求了主子，赖尚荣照样又选出来了。

赖尚荣出事了。

不要紧。

他有一个好奶奶。

赖嬷嬷奔前跑后为孙子揩屁股。

赖嬷嬷到凤姐处请酒是有备而来的。

一为孙子说好话。

"这小孩子们，全要管得严。"

"他才好些了。"

二为堵住凤姐的嘴。

赖嬷嬷为什么要**说些"陈谷子，烂芝麻"的**？

看似她在开导宝玉。

其实她在提醒凤姐。

她的潜台词：

歪说红楼小人物

不要再说我孙子不好了。你们贾府几代人不都是"淘气"过来的？

不要再说我孙子不好了。

你们贾府现在着三不着两的难道不该管一管自己！

赖尚荣上任去了。

他的后事不得而知。

他会安分守己吗？

别把好话当成耳边风！

◎ 他们是"凤凰"吗？◎

在荣国府。

宝玉庆寿来到了花厅上。

众人真如得了"凤凰"一般。

宝玉就是凤凰！

在赖家。

那些下人将赖尚荣**捧凤凰似的**。

赖尚荣也是凤凰！

赖尚荣和宝玉他们是"凤凰"吗？

宝玉是个青少年。

赖尚荣今年活了三十岁。

当然，说不得宝玉像赖尚荣。

然而，赖尚荣和宝玉像是从一只模子里刻出来的。

一相同。

他们身份相似。

宝玉贵**为衔玉公子**。

赖尚荣**也是公子哥儿似的**。

二相同。

他们都不喜读书。

宝玉是**荒疏学业，每日在园中任意纵情游荡**。

赖尚荣的功名是考出来的吗？

许你捐了前程在身上。

"捐"，靠的是大把的银子。

不知怎么弄神弄鬼，求了主子，又选出来了。

"弄"，靠的是不正当的手腕。

赖尚荣的功名走的歪门邪道。

看来赖尚荣读书大好不妙！

三相同。

他们整天在脂粉堆里做文章。

宝玉最喜在**内帏厮混**。

赖尚荣身边有的是丫头、老婆、奶子。

赖尚荣身边也不缺姐妹。

探春还和他们家的女孩儿说闲话儿。

四相同。

他们交一样的朋友。

柳湘莲赌博吃酒、眠花卧柳、无所不为。

宝玉与柳湘莲亲密如"鱼"

如"水"。

赖尚荣与柳湘莲**素昔交好，故今儿请来作陪。**

也许，柳湘莲、宝玉、赖尚荣是一个圈子里的人物。

五相同。

他们都是闯祸胚。

宝玉**在家逼淫母婢。**

宝玉**在外流荡优伶。**

你看气得他父亲，**不肖种种大承笞挞。**

赖尚荣**饶这么严，还偷空儿闹个乱子来。**

这个**乱子**，看来凤姐和李纨都知情，否则赖嬷嬷不会自露家丑的。

这个**乱子**，一定不是小乱子，否则不可能传进贾府深宅内院。

你看气得他祖母，**恨的我没法儿，常把他老子叫来骂一顿。**

六相同。

他们也许有一样的命运。

妙 说 红 楼

宝玉以后怎么了？

锦衣卫查抄宁国府。

宝玉牵连身陷囹圄？

赖尚荣以后又会怎么了？

"从小看看，到老一半。"

赖尚荣年轻时闹的**乱子**也许根本不是**小孩子们淘气。**

赖尚荣年轻时闹的**乱子**也许就是**仗着主子财势欺人。**

赖尚荣如今**你是官了。**

他也许会更不安分守己。

他也许会更**横行霸道的。**

赖尚荣也许闹出更大**乱子。**

"只怕天也不容你。"

"致使锁枷扛！"

赖尚荣和宝玉他们是"**凤凰**"吗？

宝玉是半斤。

赖尚荣是八两。

他们不是"**凤凰**"。

他们都是"抱不上的刘阿斗"！

《林(之孝)家》

◎林之孝家的为什么没去抄检？◎

抄检大观园。
哪些人去了？
王家的请了凤姐一并入园。
王家的，王善保家的。
凤姐带的无非是周瑞家的这一干人。
咦？
林之孝家的在大观园里是管"巡察"的。
她为什么没去**抄检**？
抄检。
冷不防的。
突然袭击？
参与的人应该越少越好。
抄检。
内外不通风的。
秘密搜查？

参与的人是经过严格挑选。
什么条件？
什么资格？
抄检大观园为的是绣春囊。
事关风化。
事关脸面。
参与的人一要嘴紧。
"不能走话。"
参与的人二要可靠。
主子贴近之亲信。
哪些奴才符合"资质"？
王善保家的，邢夫人得力心腹人。
王夫人和凤姐现在五大陪房：周瑞家的与吴兴家的、郑华家的、来旺家的、来喜家的。
林之孝家的是荣国府"部门

主管"。

林之孝家的在奴才堆里也是响当当的。

她为什么落选了？

她是**家生子**。

原来是**府中世仆**。

她的地位怎能与那些陪房相比！

主子信任陪房。

陪房重任在肩。

例如：

凤姐安排来旺为自己放债收账。

邢夫人吩咐王善保家的**送香袋来的**。

主子信任陪房。

陪房不可一世。

例如：

来旺妇倚势霸成亲。

王善保家的做了心腹人，便把亲戚伴儿们都看不到眼里了。

家生子是最底层奴才。

林之孝家的在主子面前不敢多说话。

地哑！

林之孝家的在主子面前矮十分。

四五十岁的人去做了一二十岁**奶奶的干女孩儿**！

林之孝家的不是主子的亲信。

她成了**抄检大观园**的局外人。

◎林之孝家的她是地哑吗？◎

凤姐：**林之孝两口子，都是锥子扎不出一声儿的，我成日家说，他们倒是配就了一对儿，一个天聋，一个地哑。**

林之孝家的她是**地哑**吗？

凤姐看走了眼！

林之孝家的是个"**那摩温**"。

林之孝家的手下有一批婆子，负责荣国府上更查夜。

在**蓼溆一带**。

林之孝家的带了几个婆子遇见**藏躲不及的柳五儿**。

林之孝家的对付可疑人上前就是"盘问"。

"我听见你病了，怎么跑到这里来？"

"方才我见你妈出去，我才关门。他如何不告诉我说你在这里呢？竟出去让我关门，什么意思？可是你撒谎。"

在芍药栏中红香圃三间小敞内。

林之孝家的同几个老婆子来了。

林之孝家的在探春这个新掌柜面前一味"讨好"。

"太太们不在家，自然玩罢了。"

歪说红楼小人物

"我们怕有事,来打听打听。"

"天长了,姑娘们玩一会儿,还该点补些小食儿。"

在怡红院。

已是掌灯时分,林之孝家的和几个管事的女人走来。

林之孝家的对凡上夜的人摆出威势进行"训导"。

"别耍钱吃酒,放倒头睡到大天亮,我听见是不依的。"

林之孝家的对宝玉来一套"说教"。

"如今天长夜短,该早些睡了,明天方起的早;是个读书上学的公子了。"

"这些时,我听见二爷嘴里换了字眼,赶着这几位大姑娘们竟叫起名字来。还该嘴里尊重些才是,读书知礼的,越自己谦逊,越尊重,这才是受过调教的公子行事。"

在侧门前。

林之孝家的出来,就有才两个婆子的女儿上来哭着求情。

林之孝家的为其"谋划"。

"糊涂东西,你放着门路不去求,尽缠着我!你姐姐现给了那边大太太的陪房费大娘的儿子,你过去告诉你姐姐,叫亲家太太和大太太一说,什么完不了的?"

"糊涂攮的,他过去一说,自然都完了。没有单放他妈,又打你妈的理。"

盘问。

讨好。

训导。

说教。

谋划。

林之孝家的都是在用口说话。林之孝家的她不是**哑哑**。

林之孝家的非但不是**哑哑**,而且**唠三叨四**的,是个能说会道的行家。

凤姐为什么会看走眼?

凤姐平时所看到的只是林之孝家的局部。

太太那边丢了露。

林之孝家的正因这事没主人儿,每日凤姐儿使平儿催迫他。

这时,林之孝家的一定是**哑哑**。

理缺矮三分。

贾母查赌。

大头家中有一个是林之孝家的两姨亲家。

贾母将林之孝家的申饬了一番。

这时,林之孝家的一定是哑哑。

英雄气短!

林之孝家的是个"问题干部"。

五儿出事,柳家的赶出厨房。

林之孝家的暂且**将秦显的女人派**

了去伺候姑娘们的饭。

林之孝家的为什么要如此太派急了些?

秦显家的一面又打点送林之孝家的礼,悄悄地备了一篓炭一担粳米,就遣人送到林家去了。

林之孝家的受贿了!

这里说句调笑的话:

即使将林之孝家的"双规"——

林之孝家的又成"地哑"了。

"零口供"。

◎林之孝为什么戳壁脚? ◎

来旺妇倚势霸成亲。

林之孝叫贾琏莫插手。

"二爷竟别管这件事。"

林之孝说得有根有据的。

"那小子,虽然年轻,在外吃酒赌钱,无所不至。"

林之孝在贾琏身边当差。

来旺家的在凤姐身边当差。

抬头不见低头见。

林之孝为什么戳壁脚?

其一,

林之孝应该看到过旺儿之子。

林之孝也听见说过彩霞这孩子。

一个儿酗酒赌博,

而且容貌丑陋。

一个儿越发出跳得好了。

林之孝为彩霞着想。

"到底是一辈子的事。"

林之孝为彩霞担忧。

"何苦来白糟踢一个人呢?"

林之孝是戳壁脚了。

他是在说公道话。

其二,

林之孝的言行有点反常。

他在外书房,却不动身,坐在椅子上在说闲话。

待机放邪火?

他趁势说:"里头的女孩子们,一半都大了,也该配人的配人。"

引诱琏爷上钩?

这桩婚事,彩霞之母,满心纵不愿意。

这桩婚事,彩霞心中越发懊恼。

林之孝也许应了彩霞母女之托。

林之孝也许受了彩霞母女之礼。

林之孝贪财是有前科的。

秦显家的不是送过一篓炭一担粳米?

林之孝是戳壁脚了。

他是在"拿人钱财,与人消灾"。

歪说红楼小人物

其三，

贾琏和凤姐亲上做亲四五年了。

自娶了这位奶奶之后，琏爷倒退了一舍之地。

换句话说。

自嫁了琏爷之后，这位奶奶倒进了一舍之地。

主子一进一退。

跟主子的奴才也是一进一退。

林之孝跟琏爷。

一落千丈？

旺儿是奶奶的陪房。

一步登天？

来旺家的不是省油的灯。

仗势。

来旺家的不是省油的灯。

霸道。

林之孝是戳壁脚了。

他是在宣泄沉积心中多年的怨气。

不管是说公道话。

不管是与人消灾。

不管是宣泄怨气。

林之孝是戳壁脚了。

戳对了！

◎小红看中贾芸什么？◎

小红是个出色的姑娘。

她有貌。

一头黑鸦鸦的好头发。

容长脸面，细挑身材。

两只眼儿水水灵灵的。

十分俏丽甜净。

她有才。

"难为你说得齐全。"

"口角儿就很剪断。"

小红是个苦楚的姑娘。

林家是府中世仆。

家生子代代做牛做马。

她父亲不是**天聋**。

他也许是忍气吞声！

她母亲不是**地哑**。

她也许是苦不堪言！

小红年方十四，进府当差。

小红，今年十七岁了。

三年来，她受尽欺侮。

三年来，她受尽凌辱。

她争强些。

有些主子就说她是**眼空心大**，是个头等刁钻古怪的丫头。

她好胜些。

伶牙利爪的大丫头就骂她："没脸面的下流东西，你也拿镜子照照，配递茶水不配？"

小红是个要强的姑娘。

她不信邪。

"也犯不着气他们。"

她要抗争。

"谁守一辈子呢?"

她有信心。

"不过三年五载,各人干各人的去了。"

她下手了。

第一手:

她,"每每在宝玉面前现弄现弄"。

第二手:

她,跟凤姐儿"学些眉眼高低"去了。

第三手:

小红看中贾芸什么?

她看中的不是芸哥的相貌。

她没有一见钟情。

见了贾芸,抽身要躲。

她看中的是芸哥的地位。

那丫头听见,方知是本家的爷们,便不似从前那等回避,下死眼把贾芸盯了两眼。

她下手了。

她将芸哥看作跳板。

她可以跳出了这园子。

她将芸哥看作长梯。

她可以长长远远地在高枝儿才算好的呢!

小红是个薄命的姑娘。

小红终究怎么样?

也许她没有跳出牢笼。

也许她没有脱离苦海。

"怕什么?还不如早死了倒干净!"

她,怎么说这些话?

这预示小红将有一个悲惨的归宿。

《周(瑞)家》

◎周瑞一家为什么会如此张狂？◎

近来，周家的小辈不安分。

儿子出事了。

他贪杯。

里头还没喝酒，他小子先醉了。

他不在外头张罗，倒坐着骂人。

他偷懒。

老娘那边送了礼来，礼也不送进来。

两个女人进来了，他才带领小幺儿们往里搬。

他鲁莽。

他拿的一盒子倒失了手，撒了一院子馒头。

他胡闹。

凤姐打发彩明去说他，他倒骂彩明一顿。

主子发威了。

凤姐要撵了他不用。

凤姐吩咐两府里不许收留！

女婿出事了。

女婿，冷子兴，半子也。

冷子兴是都中古董行中贸易。

冷子兴是个有作为大本领的人。

冷子兴的本领是什么？

他黑心。

他的古董来历不明。

冷子兴的作为是什么？

他蛮横。

近日因卖古董，

和人纷争起来。

对方较劲了。

放了把邪火。

告到衙门里，要将冷子兴递解还乡。

周家的儿子是**无法无天的忘八羔子**。

周家的女婿是**欺行霸市的奸商**。

周家的小辈他们为什么会如此张狂？

上梁不正下梁歪。

有其父必有其子。

周瑞他奸刁。

他只管春秋两季的地租子。

试想——

近年水旱不收，年成实在不好。

他手不狠能收到吗？

他心不毒能收到吗？

他凶险。

昔年争买田地一事，多得狗儿他父亲之力。

试想——

田地人人视为命根子。

周瑞手不狠能争到吗？

周瑞心不毒能争到吗？

周家的小辈他们为什么会如此张狂？

看，女婿叫女人来讨情。

亲娘老子是保护伞！

亲娘老子有什么天大的本事？

看，**晚上只求求凤姐便完了。**

大小主子是后台老板。

仗势——

周家老老少少都是一票货色。

◎ 周家谁是主心骨？ ◎

周家现在是小富。

他们有田。

昔年争买田地一事，多得狗儿他父亲之力。

他们有房。

周家在后一带住着，家里还有一个院子。

他们有仆。

周瑞家的命雇的小丫头倒上茶来。

他们有钱。

刘姥姥要留下一块银子给周家的孩子们买果子吃，周瑞家的哪里放在眼里，执意不肯。

周家谁是主心骨？

周瑞家的！

周瑞是跑"外勤"的。

他春秋两季去庄子收租子。

他闲了带小爷们出门。

他有时还得**往南边去了**。

南边，金陵？

周瑞那是一时半刻回不来的。

周瑞常年不在家。

歪说红楼小人物

"他们奶奶儿倒在家。"

周家的重担压在周瑞家的一个人的身背上。

周瑞家的不是"全职太太"。

她要**管太太出门的事**。

周瑞家的着实不容易。

主子事,家里事,一肩挑!

周瑞家的是好当家。

儿子惹事了。

主子要**撵**了。

周瑞家的忙跪下央求。

在赖嬷嬷帮衬下,周瑞家的儿子保牢饭碗。

周瑞家的是好当家。

女婿被告了。

女儿**来讨情**。

周瑞家的只求求凤姐。

女婿这才赢了官司。

周瑞家的是好当家。

刘姥姥来了。

周瑞家的笑脸相迎。

她"**破个例给你通个信儿**"。

她"**岂有个不叫你见个真佛儿的呢**"?

刘姥姥感谢不尽。

周瑞家的为什么如此热情?

一是**周大爷先时和(狗儿)父亲交过一桩事**。

周瑞家的要为周家还情。

二是**显弄自己的体面**。

周瑞家的要为周家增光。

三是"**与人方便,自己方便**"。

日后可能还要麻烦狗儿?

周瑞家的为周家伸条后路。

周家离不开周瑞家的。

周瑞家的是周家顶梁柱。

周家少不了周瑞家的。

周瑞家的是周家主心骨。

◎ 周瑞家的真是凶神恶煞吗? ◎

逐司棋、撵司棋。

宝玉瞪周瑞家的。

"**混账!**"

宝玉恨周瑞家的。

"**可杀!**"

周瑞家的真是凶神恶煞吗?

逐司棋、撵司棋。

周瑞家的是有令箭的。

"我只知道太太的话,管不得许多。"

"太太吩咐不许少挨时刻,又有什么道理。"

周瑞家的忠于职守。

周瑞家的**做这些事,便是不得已了**。

她不是凶神恶煞!
逐司棋、撵司棋。
周瑞家的有准绳的。
"把姑娘都带的不好了,你还赶紧着缠磨他!"
"一个小爷见了面,也拉拉扯扯的什么意思。"
周瑞家的各处献勤讨好。
周瑞家的顾全了各房主子的脸面。
她不是凶神恶煞!
逐司棋、撵司棋。
周瑞家的有尺度的。
往日。
司棋素日大样。
司棋有姑娘护着,任你们作耗。
周瑞家的深恨司棋。
眼前。
周瑞家的没有乘人之危。
周瑞家的没有痛打"落水狗"。
她为司棋生死担忧。
"倘或那丫头瞅空儿寻了死,反不好了。"
她为司棋设计后路。
"不如直把司棋带过去,不过打一顿配了人。"
她开导司棋。
"便留下,你也难见园里的人。"
"倒是人不知鬼不觉的去罢。"
她宽慰司棋。
"明儿还有打发的人呢,你放心罢。"
她规劝司棋。
"谁是你一个衣胞里爬出来的?辞他们做什么?"
周瑞家的有恻隐之心。
周瑞家的有怜悯之意。
她不是凶神恶煞!
逐司棋、撵司棋。
周瑞家的有专权的。
"要不听说,我就打得你!"
周瑞家的却没有重骂一句。
周瑞家的却没有轻打一下。
她不是凶神恶煞!
谁说周瑞家的混账?
谁说周瑞家的她可杀?
不禁好笑起来。
大白天说梦话!

《来(旺)家》

◎来旺真是凤姐使出来的好人？◎

强将手下无弱兵。

凤姐有两个得力干将。

平儿主内。

对外当然是来旺了。

王熙凤弄权铁槛寺。

来旺**假托贾琏所嘱，修书一封。**

来旺**连夜奔波两日工夫，到百里**之遥的长安县送信。

来旺为主子跑断腿。

他是主子信赖的马仔。

苦尤娘赚入大观园。

来旺威迫张华写一张状子，往都察院处喊了冤。

来旺甘愿上衙门对词。

来旺为主子跪了堂。

他是主子忠实的走卒。

如此说来——

来旺真是凤姐**使出来的好人**？

适得其反——

来旺却是个与凤姐离心离德的**混账忘八崽子**！

凤姐多行不义。

来旺哪能处处为虎作伥！

贾二舍偷娶尤二姐。

外头两个小厮走了风了。

来旺为什么要吆喝？

看来，他原来是**知道新奶奶**的。

来旺为什么要拦人？

看来，他原来是要**瞒旧奶奶**的。

来旺为什么不早向凤姐密报**内中深情底里**？

他也许想"你新奶奶好疼你"。

来旺为什么会是一条藤儿的？

他也许想"在那糊涂爷跟前讨了

好儿了"。

来旺身怀二心。

他是个有头脑之辈!

凤姐多行不义。

来旺那能事事助纣为虐!

凤姐要剪草除根。

凤姐命旺儿遣人务将张华治死。

来旺,反感。

"人已走了完事,何必如此大做?"

来旺,明智。

"人命关天,非同儿戏。"

他避。

在外躲了几日。

他哄。

只说"张华已被截路打闷棍的打死了"。

他硬。

凤姐不信。

"你要撒谎,敲你的牙。"

来旺一口咬定挺过来了。

方丢过不究。

来旺瞒天过海。

他是个有头脑之辈!

◎这桩姻缘合适吗?◎

贾琏会花钱。

贾琏是油锅里的还要捞出来花呢。

来旺家的不识相。

"那行利钱银子,这会子二爷在家,他偏送这个来!"

平儿埋怨了。

"旺儿嫂子越发连个算计儿也没了。"

越发?

平儿好眼力。

旺儿嫂子是越来越没个算计儿!

来旺妇倚势霸成亲。

这桩姻缘合适吗?

说一。

旺儿小子是酗酒赌博,而且容貌丑陋。

彩霞是越发出跳得好了。

"癞蛤蟆想吃天鹅肉。"

彩霞不能如意。

彩霞心中越发懊恼。

大吵三六九,小吵天天有。

旺儿嫂子算计儿没有?

说二。

来旺家的是"剃头挑子一头热"。

"我就烦了人过去说一说,谁知白讨了个没趣儿。"

"强扭的瓜不甜。"

"日后你们两亲家也难走动。"

旺儿嫂子算计儿没有？

说三。

彩云、彩霞是太太身边的两个贴身丫头。

（湘云招待吃螃蟹，鸳鸯、琥珀、彩霞、彩云、平儿坐一席。）

彩云、彩霞像是一对十分相似的难姐难妹。

彩云、彩霞相似一：她们身子都单薄。

彩云最终交代**染了无医之症**。

彩霞平时就是**多病多灾的**。

来旺家的讨个媳妇是"病西施"。

旺儿嫂子算计儿没有？

说四。

来旺家的平时十分关注彩霞。

"我素日合意儿试他。"

来旺家的应该清楚彩霞的底牌的。

彩云、彩霞相似二：她们都与贾环好。

彩云，偷了东西给了环哥儿。

彩霞，**与贾环有旧。**

旧？

旧到什么程度？

彩霞与贾环将来会怎样？

难保不藕断丝连！

来家拿着的是只"烫手山芋"。

旺儿嫂子算计儿没有？

彩霞进门。

来家也许从此不太平。

彩霞进门。

来家也许永无宁日。

怪谁呐？

"比彩霞好的多着呢。"

"旺儿嫂子是越来越没个算计儿！"

丫鬟篇

《金(鸳鸯)家》

◎贾琏为什么向鸳鸯笑？◎

贾琏在笑。

贾琏在向鸳鸯笑。

贾琏碰头先是两个热身笑。

第一笑。

贾琏走至门前，忽见鸳鸯坐在炕上，便煞住脚，笑道："鸳鸯姐姐，今儿贵步幸临贱地！"

贾琏此一笑，笑得多么甜蜜。

第二笑。

贾琏笑道："姐姐一年到头辛苦，服侍老太太，我还没看你去，那里还敢劳动来看我们。"

贾琏此一笑，笑得多么热诚。

接下来，贾琏又是两笑。

第一笑。

贾琏未语先笑，道："因有一件事竟忘了。"

好一个未语先笑——

柔情万般，沁人肺腑。

第二笑。

贾琏垂头含笑，想了想，拍手道："我如今竟糊涂了！……竟大不像先了。"

好一个垂头含笑——

意味深长，回味无穷。

贾琏为什么向鸳鸯笑？

说明贾琏和鸳鸯关系非同一般。

贾琏为什么向鸳鸯笑？

说明贾琏对鸳鸯有意思。

一个儿，荣国府管事的公子。

一个儿，老太太贴身的丫头。

儿时，青梅竹马？

眼下，常来常往！

贾琏钟情鸳鸯——

歪说红楼小人物

一厢情愿？

贾琏钟情鸳鸯——

不一定是一厢情愿！

贾琏送她一个个笑。

鸳鸯还他也是一个个笑。

鸳鸯只坐着，笑道："来请爷奶奶的安，偏又不在家的不在家，睡觉的睡觉。"

鸳鸯笑道："也怨不得：事情又多，口舌又杂，你再喝上两盅酒，那里记得许多？"

一个儿，"投我以木瓜"。

一个儿，"报之以琼琚"。

以笑传情，

相映成趣。

笑，

只是序曲。

好戏还在后头呐！

贾琏要鸳鸯**暂且把老太太查不出的金银家伙，偷着运出一箱子来，暂押千数两银子。**

鸳鸯安排得妥妥帖帖，晚上送东西来了。

一个儿，出谋划策。

一个儿，言听计从。

一搭一档，同舟共济。

看官：

鸳鸯女誓绝鸳鸯偶。

贾赦说过鸳鸯："多半是看上了宝玉，只怕也有贾琏。"

自那日之后——

鸳鸯一向未与宝玉说话。

虚晃一枪？

鸳鸯与贾琏依然说说笑笑。

真情所在！

◎鸳鸯为什么把贾琏给"吃没"了？◎

尴尬人难免尴尬事。

邢夫人对鸳鸯说了一句令人费解的话。

"你如今这一来，堵一堵那些嫌你的人的嘴。"

咦？

鸳鸯平日里行事做人，**温柔可靠**。

她，一投主子的缘法。

她，二对同伴不曾当外人待。

谁会排揎她？

谁是嫌你的人？

问题也许出在贾琏身上。

贾琏本来就是**一只馋嘴猫儿**似的。

贾琏在平时的言谈中，也许已经流露了对鸳鸯的好感。

贾琏在平时的神情中，也许已经流露了对鸳鸯的爱恋。

谁是嫌你的人？

一是凤姐。

凤姐早给鸳鸯敲过警钟。

"你少和我作怪，你知道你琏二爷爱上了你，要和老太太讨了你做小老婆呢。"

凤姐吃醋了。

她就是**嫌你的人！**

二是平儿。

平儿也给鸳鸯凿过冷拳。

"你只和老太太说，就说已经给了琏二爷，大老爷就不好要了。"

平儿吃醋了。

她也是**嫌你的人！**

三是贾赦。

贾琏的心思甚至惊动了他的老子。

贾琏为什么对鸳鸯家事**偏你这么知道**？

"上次南京来信，金彩已经得了痰迷心窍，那边连棺材银子都赏了。"

一看，就知道他平时十分留意鸳鸯景况。

贾琏为什么对贾赦要将鸳鸯收在屋里说得处处难字当头？

"金彩即便活着，人事不知，叫来无用。他老婆子又是聋子。"

一看，就知道他以怠工对抗老子！

贾赦嫌儿子了。

混账，没天理的囚攘的！

贾赦嫌鸳鸯了。

"他必定嫌我老了，大约他恋着少爷们，只怕也有贾琏。"

贾赦吃醋了。

他更是嫌你的人！

凤姐、平儿没有嫌错人。

贾赦也没有嫌错人。

郎有情，妹有意。

贾琏喜欢鸳鸯喜形于色。

鸳鸯心里也许也有这个念想！

贾赦在金文翔面前说鸳鸯一件**大约多半是看上了宝玉或是贾琏**。

贾赦在金文翔面前说鸳鸯二件**想将来外边聘个正头夫妻去**。

金文翔回家，也等不得告诉他女人转说，竟自己对鸳鸯面说了这话。

鸳鸯女誓绝鸳鸯偶。

鸳鸯在贾母面前却是另一番表白。

"因为不依，方才大老爷越发说我'恋着宝玉'，不然，要等着往外聘。"

"我这一辈子，别说是宝玉，就是'宝金'、'宝银'、'宝天王'、'宝皇帝'，横竖不嫁人就完了。"

鸳鸯只提宝玉、外聘。

鸳鸯为什么把贾琏给"吃没"了？

看来是无意。

或许，是故意？

鸳鸯信誓旦旦犹如在作秀。

所谓的报应都是有前提的。

"天地鬼神、日头月亮照着。"

或是寻死，或是剪了头发当姑子去？只有她恋着宝玉和外聘才会发生。

嗓子里头长疔？也只有她恋着宝玉和外聘才会发生。

鸳鸯心里明白：贾母上上下下那不是她操心，老太太逼着她做宝玉姨娘是不可能的。

鸳鸯心里明白：贾母要留下他服侍几年，老太太疼他，将她外聘是不现实的。

这里鸳鸯不过是暂且拿话支吾，以解自己燃眉之急。

鸳鸯赌神罚咒犹如在演戏。

所谓的报应都是有范围的。

"天地鬼神、日头月亮照着。"

一刀子抹死了？她恋着贾琏不在其内。

也不能从命了？她恋着贾琏也不在其内。

这里鸳鸯暗藏伏笔，她为自己和贾琏铺平后路了。

由此可见：

鸳鸯推出宝玉和外聘不过是挡箭牌。

鸳鸯避说贾琏，贾琏才是真神！

◎ 谁骂得最脏最臭？◎

骂人是一门学问。

骂，既要骂得凶狠。

骂，又要切忌下作。

听《红楼梦》中女人开骂煞是有趣。

主子骂人比较得体。

"烂了舌头的混账老婆！"（贾母骂赵姨娘）

"好娼妇！"（凤姐骂鲍二家的）

奴才骂人也有分寸。

"扯你的臊！"（大观园一婆子骂尤氏的小丫头）

"不识抬举的东西，咬群的骡子似的！"（何妈骂芳官）

冷锅子里爆出热栗子。

一个意想不到的人竟然张口喷出了刺耳的一骂。

谁？

谁骂得最脏最臭？

"快夹着你那毴嘴，离开这里！"（鸳鸯骂金文翔家的）

粗俗。

露骨。

这着实是《红楼梦》中女人最脏的一骂。

这着实是《红楼梦》中女人最臭的一骂!

鸳鸯骂是骂过了。

她无形中给自己脸上抹了黑。

今日里,她是如此**性子不好**。

她往日里的**温柔可靠**模样哪里去了?

鸳鸯这一骂糟蹋了自己。

鸳鸯本不该这么骂!

鸳鸯骂是骂过了。

她还带歪了几个最亲近的人。

说一。

鸳鸯是**这里家生的女儿**。

他爹的名字叫金彩。两口子都在南京看房子。

人们也许要议论:

"老鼠生儿掘壁洞。"

金彩也是粗鲁人?

"养不教,父之过。"

看房子的怎能教育出好女儿!

鸳鸯这一骂连累了自己的父母。

鸳鸯本不该这么骂!

说二。

贾母是**我得靠**鸳鸯。

鸳鸯是**老太太疼他**。

人家也许要议论:

"狗仗人势。"

老祖宗宠的?

"好马是驯出来的。"

老祖宗怎么调教出这样的丫头!

鸳鸯这一骂连累了自己的主子。

鸳鸯本不该这么骂!

鸳鸯女誓绝鸳鸯偶。

鸳鸯的胆量令人称颂。

鸳鸯的勇气令人敬佩。

就事论事:

鸳鸯这一骂,也许是唯一的遗憾了!

◎ 谁是尴尬人? ◎

老牛想吃嫩草。

贾赦要讨鸳鸯做小老婆。

"这一进去,就开了脸,就封你作姨娘。"

尴尬人难免尴尬事。

谁是**尴尬人**?

邢夫人、贾琏……

金文翔、金文翔家的。

金文翔两口子面对的是举足轻重的人。

歪说红楼小人物

金文翔两口子摊上的是左右为难的事。

一边是主子蛮横。

"我要他不来,以后谁敢收他?"

一个是亲妹妹倔强。

"'牛不喝水强按头'吗?我不愿意,难道杀我的老子娘不成!"

他俩臂膀该朝哪边弯?

他俩屁股该向哪边坐?

他俩成了名副其实的**尴尬**人。

哥哥劝导妹妹了。

怎么体面,又怎么当家做娘姨。

嫂子鼓动姑娘了。

"可是天大的喜事。"

金文翔两口子成了大老爷的说客。

他俩倒向主子一边了。

金文翔难道想封自己舅爷?

别冤枉了他!

金家是**家生子儿**。

金文翔应该知道贾府是按礼尊敬的。

奴才上不了高枝的。

赵姨娘不是也有兄弟?

探春却只认王夫人升了九省检点的弟弟是舅舅!

金文翔难道想在外头横行霸道?

别冤枉了他!

金家是家生子儿。

金文翔应该知道贾府是有家规的。

奴才掀不起浪的。

赵姨娘不是也有兄弟?

每日环儿出去,为什么赵国基又站起来,又跟他上学?

这不是,那不是。

他俩为什么倒向主子一边?

金家是家生子儿。

金家世世代代是贾府奴隶。

主子说一不二。

奴才唯命是从。

不是么?

贾赦传金文翔训话足足**四五顿饭的工夫。**

贾赦说一句,

金文翔应一声"是"。

贾赦威胁。

"难出我的手心!"

贾赦恐吓。

"仔细你们的脑袋!"

泰山压顶。

金文翔哪有招架的余地?

俯首帖耳。

金文翔两口子不得不倒向主子一边了。

金文翔,**说也说了。**

金文翔家的,话也话了。

他两口子也许心里在暗暗告曰亲妹子:

"对不住了。

带泥萝卜——汰一段吃一段。
对不住了。
家生子生来就是卑贱命!"
金文翔,逼也被逼过了。
金文翔家的,骂也被骂过了。

他两口子也许心里在暗暗庆幸老娘亲。
聋了。落得个清静。
聋了。**尴尬**不了!

《花(袭人)家》

◎花家是怎样复了元气的?◎

袭人,本姓花。
花家原本就是好人家。
其一,
袭人之兄名花自芳。
自芳?
"与善人居,如入芝兰之室,久而自芳也。"(隋颜之推)。
袭人本名蕊珠。
蕊珠?
"筐篚静开难似此,蕊珠春色海中山。"(唐钱起)
"沦谪千年别帝宸,至今犹识蕊珠人。"(唐李商隐)
取名者有文化底蕴。
花家有过诗礼之家史。
其二,
袭人素日心地善良。

她,那行事儿的大方。
她,见人说话儿的和气。
她,看来从小有过良好的家庭熏陶。
花家有过崇德之家史。
其三,
花家现在是**复了元气**。
复,意味什么?
花家本来就是有元气的。
当日没饭吃。
也许遇上飞来横祸?
当日卖女儿,
不过缓解燃眉之急?
由此可见:
花家有过殷实之家史。
花家如今摆脱了危难。
花家如今走出了困境。

花家现在**家成业就**。
花家是怎样复了元气的?
一靠花自芳。
他有志气。
袭人喝年茶身边只有她母亲的几个外甥女儿几个侄女儿。
袭人没有嫂子。
先立业后成家?
花自芳也许就是这样筹谋的。
他会当家。
贾宝玉从花家要回去了。
"有我送去,骑马也不妨了。"
雇车要出帐?
花自芳也许就是这样精打细算的!
二靠袭人。
袭人是月例一两的丫头。
晴雯**月钱一吊**。
袭人平时进帐比晴雯多得多。

晴雯身后留下了约有三四百金之数。
袭人超过晴雯几倍的钱哪里去了?
想必袭人接济花家家里了。
三靠花母。
她会做人。
她**接袭人家去吃年茶,亲自来会过贾母**。
有规,有矩。
她见宝玉来了,也早迎出来了;另摆果子,忙倒好茶。
周到,周全。
贾府不会忘了她的。
就是她死了还**赏银四十两**!
花家三个人拧成了一股绳。
齐心协力,复了元气。
"人心齐,泰山移!"

◎袭人为什么哭?(一)◎

宝玉来花家了。
袭人两眼微红,粉光润滑。
她哭了?
袭人笑道:"谁哭来着?才迷了眼揉的。"
她在**遮掩**。
她确实哭了。

袭人为什么哭?
是喜?是悲?
她眼眶里含的是激动的泪花!
袭人为什么激动?
首先说说主要原因。
宝玉的话震撼了她的心扉。
"我怪闷的,来瞧瞧你做什

么呢。"

宝玉少不了她。

宝玉离不开她。

"一日不见,如三秋兮。"

宝玉对她情真意切。

袭人心花怒放。

她不由自主地流出激动的眼泪!

袭人为什么激动?

继而说说重要原因。

宝玉的来到给她增添了莫大的光彩。

她是**卖倒的死契**丫头。

她往常在身边的三五个女孩儿面前是抬不起头来的。

宝玉的到来能说明什么?

贾府**恩多威少,从不曾作践下人**。

贾府对她**比平常寒薄人家的女孩儿更尊重**。

姊妹们另眼相看。

袭人扬眉吐气。

她不由自主地流出激动的眼泪!

袭人为什么如此激动?

最后说说附带的原因。

宝玉的到来给她解了围。

袭人知道**他母兄要赎他回去**。

袭人是**至死也不回去**。

宝玉的到来能说明什么?

她与宝玉**两个又是那个光景儿**。

她与宝玉关系不一般了。

她母兄**再无别意**。

袭人如释重负。

她不由自主地流出激动的眼泪!

袭人激动之余更有精彩一手。

"通灵玉"是何等**稀罕**物儿。

她居然能从**宝玉项上摘下来**。

"通灵玉"是何等**稀罕**物儿。

她居然能让**姊妹们见识见识**。

"通灵玉"是何等**稀罕**物儿。

在她嘴里"也不过这么着了。"

袭人把自己看作"花姨娘"了?

煞有介事!

◎袭人为什么哭?(二)◎

袭人哭。

袭人很少有激动的哭。

袭人哭。

袭人绝大多是伤心的哭!

呜咽——

大节下,李嬷嬷在当地骂袭人。

"你不过是几两银子买来的小丫头子罢咧,好不好的,拉出去配一个小子!"

袭人禁不住哭起来了。

袭人为什么哭?

袭人哭自己的身世。

袭人,**卖倒了死契的丫鬟**。

她,身心没有自由。

卖身契隔断了亲情。

跟主子,讲不起这孝与不孝。

卖身契是套在身上的枷锁。

跟主子,一刻也不能这会子不在这里!

她,肉体受到摧残。

袭人虽说未曾遭受**朝打暮骂**。

袭人也许隔三差五的也要受些皮肉苦。

主子们责罚,天经地义。

宝玉还当是那些小丫头们,满心里要把开门的踢几脚。

嬷嬷等**调教**,理所当然。

"大些的也可以打得骂得。"

此时,袭人听了李嬷嬷的羞辱,心酸了。

她哭了!

呜咽——

宝玉大承笞挞,他说出为什么打起来的原故。

"不过为那些事。"

袭人含泪料理伤口。

袭人为什么哭?

袭人哭自己的终身。

想当初:

宝玉遂强拉袭人同领警幻所训之事。

强?

"霸王硬上弓"?

扭捏了半日。

袭人半推半就成其好事。

从此,袭人将希望寄托在"准丈夫"宝玉身上。

谁承望:

宝玉双性恋习性至今未改。

袭人:"那一日,那一时,我不劝二爷,只是再劝不醒,偏偏那些人又肯亲近他,也怨不得他这样。"

宝玉:"我便是为这些人死了,也是情愿的。"

此时,袭人又见宝玉惹祸,心碎了。

她哭了!

呜咽——

王夫人整饬怡红院。

王夫人吩咐袭人、麝月等人:"你们小心,往后再有一点分外之事,我一概不饶!"

宝玉送众人往别处去,回来只见袭人在那里垂泪。

袭人为什么哭?

袭人哭自己的将来。

谁都有玩笑不留心的去处。

那时候太太再发放我们:

歪 说 红 楼 小 人 物

像晴雯一样揿架起来去了？
像四儿、芳官领出去配人？
此时，袭人听了王夫人的训话。心寒了。
她哭了！
袭人会是怎样的结局？
"堪羡优伶有福。"

优伶者，蒋玉菡，逃奴。
"女儿悲，丈夫一去不回归。"
到那时：
袭人也许成了孤苦伶仃的"活寡妇"。
袭人也许会终日以泪洗面。
呜咽——

◎ 袭人为什么叹气？◎

"唉！"
袭人叹。
袭人为什么叹气？
袭人背了黑锅！
怡红院里的丫鬟有两派。
"鹰派"：好强。主要有晴雯、芳官。
"鸽派"：温和。主要有袭人和由袭人陶冶教育的麝月、秋纹。
王夫人雷嗔电怒的来了。
王夫人**盛怒之际**把"鹰派"清除掉了。
晴雯退送了。
四儿领出去配人。
芳官**就赏他外头找个女婿罢**。
王夫人为什么办咱们家的那些**妖精**？
王夫人一字不爽听到了宝玉和几个丫鬟平时**私语**，惟怕丫头们教坏了宝玉。
谁是告密者？
袭人细揣宝玉有疑他之意。
"谁这样犯舌？况这里事也无人知道，如何就都说着了？"
谁？
矛头直指向袭人。
"怎么人人的不是，太太都知道了，单不挑出你和麝月、秋纹来？"
你？
矛头也是直指向袭人。
"只是晴雯，也是和你们一样从小儿在老太太屋里过来的，虽生的比人强些，也没什么妨碍着谁的去处；就只是他的性情爽利，口角锋芒，竟也没有他得罪了那一个！"
那一个？
矛头更是直指向袭人。
袭人不可能是告密者。

袭人没有告密史。

宝玉挨打后,王夫人单独召见过袭人,这样好的机会,袭人没有去捅谁的娄子。

袭人没有告密心。

平时,宝玉与丫鬟打闹时,袭人提醒过要注意分寸,**也曾使过眼色,也曾递过暗号。**

袭人不可能是告密者。

王夫人的一举一动印证袭人也是受难者。

王夫人处置时,乃从袭人起以至于极小的粗做小丫头们,个个亲自看了一遍。

审查,袭人首当其冲。

王夫人临走时,又吩咐袭人、**麝月等人:"你们小心,往后再有一点分外之事,我一概不饶。"**

训导,袭人也在之列。

这是一件疑案。

"唉!"

袭人因叹道:"天知道罢了!"

是啊。

此时也查不出人来了。之前,袭人是清白的。

疑者从无!

《秦（司棋）家》

◎司棋、潘又安中谁说了假话？◎

司棋姓什么？

秦显家的他是跟二姑娘的司棋的婶子。

司棋的叔叔是秦显。

司棋应该姓秦了。

潘又安、司棋是姑表亲。

司棋的姑妈给了潘家。

司棋是姐姐？

潘又安是哥哥？

他们谁长谁幼？

情节一：

鸳鸯女无意遇鸳鸯。

鸳鸯忙悄问："那一个是谁？"

司棋又跪下道："是我姑舅哥哥。"

连带情节：

忽有个婆子来悄悄告诉道："你表兄竟逃走了。"

由此看来：

潘又安是表哥，司棋是表妹。

情节二：

惑奸谗抄检大观园。

周瑞家的从**司棋箱中掣出一个字帖儿。**

凤姐看了署名是**表弟潘又安具。**

连带情节：

那王善保家的素日并不知道他姑表姐弟有这一节风流故事。

由此看来：

潘又安是表弟，司棋是表姐。

情节一与情节二有矛盾。

潘又安和司棋他们中谁说了假话？

他们到底谁长谁幼？

司棋比潘又安大的可能性为多。

其一，

看外表。
一个儿似"剩女",成熟,丰满。
穿红袄儿,梳鬅头,高大丰壮。
一个儿似"初男",灵活,轻便。
那小厮早穿花度柳,从角门出去了。
其二,
看行为。
司棋比潘又安主动。
司棋先**所赐香珠两串。**
潘又安后**特寄香袋一只。**
司棋比潘又安老练。
潘又安、司棋好事**惊散**了。
一个儿似见过风浪的"大姐大"。
她竟不听见有动静,方略放下心来。
一个儿似初涉世道的"小毛头"。
他竟先就走了!
其三,
谁最了解司棋和潘又安长幼?
潘家人、秦家人、包括秦家的近亲王家人。
潘又安和王善保家的话是无可置疑的。
有个婆子的话不足为凭的。

司棋说潘又安是她表哥,如何解释?
也许是:
男女偷情,男大女小比较顺畅。
相反,女大男小有些别扭。
这个姑娘似乎有勾引小伙子之嫌。
她会被指责不**安分守己**。
她会被看作**胡行乱闹**。
司棋,好面子?
司棋,说了假话!
《红楼梦》中另有一笔相同的"官司"。
青儿和板儿谁长谁幼?
有好事者说:
一定是板青兄妹。
因为对应的谐音似"反清"。
以此推论。
假如确实是棋安姊弟。
对应的谐音是"旗黯"。
对应的谐音似"旗完"。
"旗黯",八旗,黯了。
"旗完",八旗,完了。
有好事者,这会不会成为你们的又一枚"炮弹"?

◎ 他们为什么又"虽未成双"? ◎

司棋、潘又安有貌。
彼此出落得品貌风流。
司棋、潘又安有才。

司棋针线活儿上乘。
她为表弟完工了一双男子的锦袜并一双缎鞋。

歪说红楼小人物

潘又安舞文弄墨有一定功力。
他给司棋一个字帖儿：
从上到下，思路清晰。
从前到后，文笔通畅。
"所赐"、"特寄"、"略表我心"用词贴切。
"完你我心愿"、"千万，千万"！
好句连篇。
司棋、潘又安有情。
小儿时：
一处玩笑，都订下将来不娶不嫁。
近年大了：
眉来眼去，旧情不断。
《红楼梦》中有两对小厮丫头恋。
一对是茗烟和万儿。
茗烟也许看中的只是万儿白白净净儿的有些动人心处。
茗烟连他的岁数也不问问，就做这个事。
万儿呢？
一拍即合，就心甘情愿干那警幻所训之事了。

他们主要追求肉体融合。
他们以此为乐趣！
另一对就是潘又安和司棋。
常时司棋回家时。
他们没有下手。
今日赶乱，初次入港。
他们为什么又虽未成双？
他们一见面没有也不及情谈款叙，便宽衣动作起来。
他们没有一见面便如饿虎扑食，猫儿捕鼠的一般，亲嘴扯裤子。
他们有的是海誓山盟。
他们有的是私传表记。
他们在微月半天的夜晚卿卿我我。
他们在一块湘山石后，大桂树底下互诉衷肠。
他们主要追求心灵融合。
他们以此为无限风情！
同样是小厮丫头恋。
茗烟和万儿以淫为先。
同样是小厮丫头恋。
潘又安和司棋以情为重。
天壤地别！

◎司棋为什么并无畏惧惭愧之意？◎

惑奸谗抄检大观园。
司棋和他姑表兄弟这一节风流故事发了。
咦？

妙 说 红 楼

司棋出了如此事关风化的大事。
她不过低头不语。
司棋出了如此难见园里的人的丑事。
她为什么并无畏惧惭愧之意？
其一，
她爱潘郎不假。
仅仅缝锦袜，纳缎鞋而已。
她爱潘郎属实。
仅仅赐香珠，寄香袋而已。
他们没有下手。
他们没有成双。
她无须要畏惧。
她无须要惭愧！
其二，
她与迎春主仆一场。
她与迎春数年之情难舍。
明天，她去求了主子。
姑娘替我说个情儿。
姑娘的话应该管三分用的。
说不定准了？
司棋实指望（小姐）能救。
她现在何必要畏惧。
她现在何必要惭愧！
其三，
她父亲是大老爷那边的人。
她外婆王善保家的在邢夫人跟前做了心腹人。
明天，她去求爹娘。

亲人去求爷爷、告奶奶的。
迎春丫头乃那边的人。
说不定准了？
司棋实指望亲人能救。
她现在何必要畏惧。
她现在何必要惭愧！
其四，
"想这园里凡大的都要去的呢。"
现在撵出去。
"不过打一顿配了人。"
现在留下来。
难免新姑爷将及淫遍？
撵也罢。
在劫难逃。
留也罢。
死路一条。
丫头迟早都是这个命！
她现在何必要畏惧。
她现在何必要惭愧！
其五，
司棋早有殉情的念头。
"纵然闹出来，也该死在一起。"
假如事情闹大了。
"自寻短志。"
假如事情闹僵了。
"瞅空儿寻了死。"
人死都不怕，还怕什么丢脸？
她不想倒是人不知鬼不觉的去罢。
人死都不怕，还怕什么难为情？

她还要让**我到相好姐妹跟前辞一辞**。

司棋横下一条心。

破罐子破摔。

她就无所谓畏惧了。

她就无所谓惭愧了！

◎司棋的另一重性格是什么？◎

司棋有两重性格。

一重性格像她长相一般。

刚。

她傲气。

她素日大样。

她似二层主子。

她似副小姐。

她泼辣。

她受了柳家的气。

她**不免心头起火**来到小厨房。

她**喝命小丫头动手，一顿乱翻乱掷**。

她**连说带骂，闹了一回**。

她胆大。

大观园耳目众多。

她竟然做成了一双男子的锦袜并一双缎鞋。

大观园森严壁垒。

她竟然**买嘱园内老婆子们**与情郎幽会。

她坦然。

她表弟捎来的情书被抄检出来了。

她低头不语。

她**并无畏惧惭愧之意**。

司棋的另一重性格是什么？

柔。

女人有的是眼泪。

司棋哭声连连……

她以哭发泄自己的伤感。

她以哭博取人们的体恤。

司棋对鸳鸯一哭道。

"我们的性命，都在姐姐身上，只求姐姐超生我们罢了。"

司棋对鸳鸯二哭道。

"你若果然不告诉一个人，你就是我的亲娘一样。"

"从此后，把你立个长生牌位，我天天烧香磕头保佑你一辈子福寿双全。"

"我若死了时，变驴变狗报答你。"

女人的眼泪有时顶用的。

司棋的眼泪封住了鸳鸯的嘴巴。

鸳鸯赌咒发誓。

"横竖我不告诉人就是了。"

"我若告诉一个人,立即现死现报。"

司棋对迎春一哭道。

"姑娘好狠心!哄了我这两日,如今怎么连一句话也没有?"

司棋对迎春二哭道。

"好歹打听我受罪,替我说个情儿。"

女人的眼泪有时顶用的。

司棋的眼泪震撼了迎春的心。

迎春答应了一声宽慰话。

"放心!"

迎春赠送了一个绢包。

"这个给你做个念心儿吧。"

司棋对宝玉哭道。

"他们做不得主的,好歹求求太太去。"

女人的眼泪有时顶用的。

司棋的眼泪赢得了宝玉的同情。

宝玉不禁也伤心。

宝玉含泪感慨万分。

"我不知你做了什么大事!"

"如今你又要去了,这却怎么着好!"

司棋也对周瑞家的等人哭告道。

"让我到相好姐妹跟前辞一辞,也是这几年我们相好一场。"

这回女人的眼泪不顶用了。

司棋的眼泪引起周瑞家的反感。

周瑞家的发躁了。

"谁是你一个衣胞里爬出来的?辞他们做什么?"

"要不听说,我就打得你了。"

看来——

司棋不识相要吃辣花酱了。

眼泪不是万能药!

◎潘又安为什么走了?◎

鸳鸯女无意遇鸳鸯。

潘又安竟**无故**走了。

潘又安什么时候走的?

司棋是**次日后**,挨了**两日**得到音讯的。

有个婆子来悄悄告诉道:"你表兄竟逃走了,三四天没上家。如今打发人四处找他呢。"

照此推算,潘又安是出事那天当晚或次日走了。

潘又安走得匆忙。

他是**惧罪之故**?

不。

潘又安深信鸳鸯的话。

"横竖我不告诉人就是了！"

潘又安走得悄然。

他是**真真男人没情意**？

不。

潘又安深爱司棋的人。

海誓山盟，已有无限风情。

匆忙，悄然。

潘又安，他为什么走了？

也许一。

留，没有盼头。

终身大事靠谁？

父母？

父母已觉察，层层设卡。

"**若得在园内一见，倒比来家好说话。**"

亲戚？

舅舅、舅母**不从**。

靠主子？

单身小厮天生是奴才命。

二十五岁，应该娶妻成房时，只能等里面有该放的**丫头，好求指配**。

赶乱进来，没有办法的办法。

赶乱进来，不是长久之计！

左思，右想。

他爱姑娘情真意切。

他要出去闯荡了。

他想干出一番事业来娶他心上人。

也许二。

留，没有出息。

难道就这么虚度一辈子？

潘又安应该不是**家生子**。

王家、秦家独多**趁势作脸**之辈。

他们不大可能与**家生子**家攀亲搭戚。

潘又安应该不是家生子。

他可以天天上家。

他可以**等司棋回家时，二人眉来眼去，旧情不断**。

男子汉，大丈夫。

不能吊死在一棵树上！

左思，右想。

他爱姑娘情真意切。

他要出去闯荡了。

他想干出一番事业来娶他心上人。

潘又安会回来吗？

《红楼梦》前八十回里已有伏笔。

"**纵然闹出来，也该死在一处。**"

生不同枕。

死后同坟。

潘又安、司棋的结局还是一场悲剧。

◎她们为什么要乱？◎

大观园小厨房里一片混乱。

秦家女人来发威了。

一个是**穿红袄儿**，**梳鬏头**，高大丰壮身材。

远看似"虎妞"？

近看原来是司棋！

她来的势头不好。

她**喝命**小丫头动手："凡箱柜所有的菜蔬，只管扔出去喂狗。"

看：那些小丫头们七手八脚抢上去，一顿乱翻乱掷。

乱翻乱掷。

乱，乱，乱！

另一个是**高高儿的孤拐**，大大的眼睛。

远看似"白骨精"？

近看原来是秦显家的！

她好**容易**等了这个空子钻了来。

她兴头了半天。

看：她在厨房内正乱着收家伙、米粮、煤炭等物。

乱着收。

乱，乱，乱！

司棋是侄女。

秦显家的**他是跟二姑娘的司棋**的婶子。

在家，她们是亲戚。

在大观园，她们是私党。

她们为什么要乱？

权。

有权就有一切！

谁是箭靶子？

柳家的。

推倒柳家的。

秦显家的上台了。

司棋就可以顺顺当当**吃上炖的嫩嫩的鸡蛋**。

司棋假如想吃**蒿子秆儿**，厨娘还要问**肉炒鸡炒**？

司棋假如想炒个面筋儿，厨娘赶着洗手炒了，"狗颠屁股儿"似的，亲自捧了去。

推倒柳家的。

秦显家的上台了。

秦显家的不怕粳米短了**两担**，常用米又多支了一个月，炭也欠着额数。

秦显家的可以顺顺当当抹平许多亏空来。

秦显家的更能够让大家**赚得成**！

司棋、秦显家的她们有一伙人？

她们为了推倒柳家的。

大家先起了个大早,都悄悄地来**买转平儿。**

她们为了推倒柳家的。

秦显家的**悄悄地备了一篓炭一担粳米在外边,**就遣人送到林家去了。

乱,只是前奏。

乱,只是手段。

混水摸鱼开始了!

悄悄地买转。

悄悄地送礼。

悄悄地抢班夺权!

"怕园里没有人伺候早饭,我暂且将秦显的女人派了去伺候姑娘们的饭呢。"

柳家的树大根深。

她们推不倒柳家的。

"柳嫂子原无事,如今还交给他管了。"

看:秦显家的轰去了魂魄,垂头丧气,登时偃旗息鼓,卷包而去。

看:连司棋都气了个直眉瞪眼,无计挽回,只得罢了。

兔死狐悲。

敲碎了骨头伤着了筋。

◎附:祸根◎

她是《红楼梦》前八十回里仅有数笔的一个小人物。

她就是大观园看后角门的老张妈。

老张妈是个争强好胜的女人。

何以见得?

老张妈原和王善保家有亲,近因王善保家的在邢夫人跟前做了心腹人,便把亲戚和伴儿们都看不到眼里了。后来张家的气不平,斗了两次口,彼此都不说话了。

王善保家的是奸刁蛮横之辈,老张妈竟敢与她斗口。

老张妈、王善保家的都不是省油的灯!

老张妈看后角门虽然是个小小的差事,但求她行方便的人却不少。

"日后半夜三更,我不给你老人家开门,也不答应你,随你干叫去。"

老张妈就是利用手上这么一点小小的权力,大捞钱财。

宝玉去探望晴雯。

宝玉到园子后角门,央一个老婆子,带他到晴雯家去。宝玉死活央告,又许他些钱,那个婆子方带了他去。

老张妈是看后角门的,那个婆子

十有八九就是老张妈。

又许他些钱。老张妈见钱眼开。

宝玉是何等风光的主子，老张妈尚且雁过拔毛，足以看出老张妈捞横财到了无以复加的地步。

拿人钱财，与人消灾。

消灾，祸根也。

祸起萧墙。

入画、司棋之事东窗事发件件都与老张妈有牵连。

在蓼风轩。

谁知竟在入画箱中寻出一大包银锞子，约有三四十个。又有一副玉带版子，并一包男人的靴袜等物。

这是珍大爷赏给入画哥哥的。

"只是不该私自传送进来，这个可以传递，怕什么东西不可传递？"

"但不知传递是谁？"

惜春立马就想到了老张妈。

"若说传递，再无别人，必是后门上的老张，他常和这些丫头鬼鬼祟祟的，这些丫头们也都肯照顾他。"

想必老张妈一定曾与入画**鬼鬼祟祟**地传递东西。

想必入画也一定照顾老张妈。

照顾？

老张妈无非拿到什么好处。

在缀锦楼。

周瑞家的在司棋箱中**掣**出一双男子的锦袜并一双缎鞋，又有一个小包袱，打开看时，里面是一个同心如意，并一个字帖儿。

为察奸情，人证物证俱获。

绣春囊来路查明了。

司棋和他姑表兄弟旧情不断，二人设法，彼此里外买嘱园内老婆子们，留门看道，今日赶乱，方从外进来相会。

不知是谁为司棋二人大开方便之门？

老婆子们中一定有老张妈。

其一，老张妈是掌管后角门进出的。

其二，**司棋是王善保家的外孙女儿**，司棋与老张妈沾亲带故，关系非同寻常。

买嘱？有买必有卖。

老张妈又有什么进账！

一场风暴过去了。

入画解雇。

"今日嫂子来得恰好，快带了他去。或打，或杀，或卖，我一概不管。"

迎春清退。

那几个妇人不由分说，拉着司棋，便出去了。

两个年轻姑娘的命运怎不令人担忧？

老张妈却安享好处、进账。

一场风暴过去了。

预示了老张妈的末日即将来临。

"这倒是传递人的不是了。"

要不是凤姐**夜里下面淋血不止，次日便觉身体十分软弱起来，遂撑不住**，说不定老张妈早被揪出来了。

即使事后凤姐一时半刻忘了，王善保家的能放老张妈过门吗？

"这传东西的事关系重大，想来那些东西，自然也是传递进来的，奶奶倒不可不问。"

老张妈，你等着挨打受罚吧。

手莫伸，伸手必究！

《白(金钏)家》

◎谁也要为金钏投井"买单"？◎

含耻辱情烈死金钏。

谁要为金钏投井"买单"？

一是宝玉。

他勾引金钏。

他掏出**香雪润津丹向金钏儿嘴里一送**。

他挑逗金钏。

他拉着（金钏儿）手，悄悄地笑道："我和太太讨了你，咱们在一处吧？"

没有宝玉调戏金钏，金钏不会被撵出去。

二是王夫人。

她驱走金钏。

她叫玉钏儿"**把你妈叫来，带出你姐姐去**"。

她赶走金钏。

她不顾金钏儿苦求，也不肯收留。

没有王夫人撵走金钏，金钏不会投井。

宝玉、王夫人是直接责任人。

谁是间接责任人？

谁也要为金钏投井"买单"？

白老媳妇！

金钏**在家里哭天抹泪的，也都不理会他**。

都，所有。

都，金钏的母亲白老媳妇儿当然包括在内。

白老媳妇——

老，有一把年纪饱经风霜的人了。

她应该宽慰女儿。

她应该引导女儿。

她怎么可以**不理会他**？

歪说红楼小人物

匪夷所思。
她应该为金钏投井"买单"！
白老媳妇——
老，也许像李嬷嬷一样告老解事在家了。
她应该盯紧女儿。
她应该看牢女儿。
她怎么可以找不着他？
不可思议。
大意失荆州。
她应该为金钏投井"买单"！

金钏儿"走"了。
白老媳妇没有因此"倒"下来。
她依然身上好。
她靠什么力量支撑？
她得了现实惠。
王夫人赏了几件簪环。
她磕了头，谢了。
可怜她吧？
养儿养女确实不容易。
鄙视她吧？
铜钱银子看得比磨爿大！

◎还有谁也要为金钏投井"买单"？◎

含耻辱情烈死金钏。
谁要为金钏投井"买单"？
王夫人、宝玉、白老媳妇……
还有谁也要为金钏投井"买单"？
金钏儿自己！
金钏虽是苦主，但也是肇事者。
肇事一。
荣禧堂廊檐下。
宝玉奉命来见父亲。
金钏儿悄悄地说道："我这嘴上是才擦的香香甜甜的胭脂，你这会子可吃不吃了！"
王夫人心耳神意无处不在。
此事难免会传到王夫人耳朵里。

王夫人最讨厌什么？
成精鼓捣。
金钏儿这般顽劣。
王夫人所以要借故撵走她了。
肇事二。
王夫人上房里。
宝玉在挑逗金钏儿。
金钏儿笑道："你忙什么，'金簪儿掉在井里头——有你的只是有你的。'"
王夫人以往不过听来什么。
她如今是亲耳听见了。
王夫人最关心什么？
"我统共一个宝玉，就白放心凭你们勾引不成？"

金钏儿这般放浪。

王夫人所以要撵走她了。

肇事三。

还是"王夫人上房里"。

宝玉还在听金钏儿说话。

金钏儿接着说:"我告诉你个巧方儿:你往东小院儿里拿环哥儿和彩云去。"

王夫人原以为金钏儿说了一两句就完了。

她如今越听越觉得肆无忌惮了。

王夫人最痛恨什么?

"好好儿爷们,都叫你们教坏了。"

金钏儿这般下作。

王夫人所以要撵走她了。

金钏儿**领出去**了。

她最终选择了**投井**。

早知今日,何必当初。

她也为自己"买单"了。

自杀。

情烈?

自杀。

逃兵!

◎什么是"无耻之事"?◎

王夫人气愤不过。

她打了金钏。

她骂了金钏。

她**不肯收留**金钏。

金钏怎么了?

"金钏儿行此无耻之事。"

什么是无耻之事?

金钏儿对宝玉说了两节话。

第一节话:

"你忙什么?'金簪儿掉在井里头——有你的只是有你的。'连这句俗话难道也不明白?"

第二节话:

"我告诉你个巧方儿:你往东小院里头拿环哥儿和彩云去。"

金钏儿说了"第一节话"后王夫人并没有发威。

这有两个可能。

一是王夫人根本没有听到"第一节话"。

二是王夫人听到了"第一节话",她仅看作宝玉在与金钏儿开玩笑,金钏儿在搪塞宝玉,她听了没有当成一回事。

退一步讲,假如没有这次变故,将来王夫人将金钏儿**赏**给宝玉也不是不可能的事。

所以,"行此无耻之事"与"第一

歪说红楼小人物

"节话"无关。

什么是**无耻之事**？

金钏儿对宝玉说的"第二节话"。

"第二节话"怎能看成无耻之事？

"好好儿的爷们，都叫你们教坏了！"

关键词：**教、坏**。

教？

金钏儿**教**了没有？

"我告诉你个巧方儿。"

金钏儿确实教了。

告诉就是**教**！

坏？

金钏儿使坏了什么？

"你往东小院里头拿环哥儿和彩云去。"

金钏儿确实使坏了。

拿就是使坏！

假如宝玉真的去**拿**了。

环哥儿和丫头的私情败露了。

"好事不出门，坏事传千里。"

贾家的脸面往哪里放！

假如宝玉真的去拿了。

赵姨娘之流岂甘罢休？

"此仇不报非君子。"

荣国府从此不太平！

告诉、拿。

从表面上看，算不上**行此无耻之事**。

告诉、拿。

而一旦这么做了，后果确实不可设想。

王夫人一听刺耳。

王夫人立即发威了。

她**打**了金钏。

她**骂**了金钏。

她**不肯收留**金钏。

王夫人处置金钏儿是否过重？

另当别论了。

◎玉钏儿此刻表情可以比作什么？◎

金钏儿"走"了。

王夫人不用补人。

"剩下他妹妹跟着我。"

玉钏儿是活络人。

见了老太太、太太，可和气着。

活络人实惠多多。

她月钱涨了。

玫瑰露少了。

玉钏儿姐姐急得哭了。

"分明是彩云偷了给环哥儿。"

玉钏儿是活络人。

"他（宝玉）要应了，也就混着不

问了。"

　　活络人实惠多多。

　　她有好口碑了。

　　莲叶汤来了。

　　王夫人命玉钏儿与宝玉送去。

　　"这么远,怪热的,那可怎么端呢?"

　　玉钏儿是活络人。

　　她命一个婆子端了跟着。

　　活络人实惠多多。

　　她省力了。

　　莲叶汤到了。

　　为金钏儿的原故,玉钏儿心里不自在。

　　她**哭丧着脸**。

　　她**满脸娇嗔,正眼也不看宝玉**。

　　玉钏儿此刻表情可以比作什么?

　　阴雨天!

　　宝玉**哄他**。

　　宝玉**陪笑问长问短**。

　　玉钏儿是活络人。

妙 说 红 楼

　　她脸上方有三分喜色。

　　阴雨转多云了。

　　宝玉**甜嘴蜜舌**。

　　宝玉他自己**烫**了手,倒问(玉钏儿)**疼不疼**。

　　玉钏儿是活络人。

　　她和宝玉厮闹了。

　　多云转晴了。

　　活络人实惠多多。

　　白玉钏亲尝莲叶羹。

　　莲叶羹,借点新荷叶的清香。

　　莲叶羹,全仗着几只鸡的好汤。

　　白玉钏亲尝了。

　　她喝一口。

　　她鲜在嘴里。

　　她笑了。

　　她"乐"在心里。

　　活络人从来不吃亏。

　　玉钏儿往后也许要尝更多的"鲜"呐。

《翠缕》

◎ "说阴阳"预示什么？◎

大观园里有三个"外来妹"：宝钗、黛玉、湘云。

三个"外来妹"又带来三个"打工妹"：莺儿、雪雁、翠缕。

哪里有湘云，哪里就有翠缕。

翠缕出场虽多，却没有多少戏份。

因麒麟伏白首双星。

《红楼梦》前八十回中翠缕的唯一的一出重头戏。

荷花池旁，石榴树边。

湘云对众多丫鬟媳妇**说道：**"你们不必跟着，留着缕儿服侍就是了。"

湘云翠缕唱响了单对子戏"说阴阳"。

"说阴阳"好比上台阶。

上一个台阶，深入一层。

这里就按着湘云与翠缕的脚步一级一级登台阶吧。

台阶	论点	描述
第一层台阶	世间有阴阳	从古到今，开天辟地，都是些阴阳了。
第二层台阶	阴阳不过是气	天地间都赋阴阳二气所生。或正或邪，或奇或怪。
第三层台阶	气+物=形质	这阴阳不过是个气罢了。器物赋了，才成形质。
第四层台阶	形质包含自然	天是阳，地就是阴；水是阴，火就是阳。怪道人都管着日头叫"太阳"呢，算命的管着月亮叫什么"太阴星"。
第五层台阶	形质包含物品	咱们这手里的扇子，怎么是阴？怎么是阳？这边正面就为阳，那反面就为阴。

续表

第六层台阶	形质包含植物	一个树叶儿,还分阴阳呢:向上朝阳的就是阳,背阴覆下的就是阴了。
第七层台阶	形质包含动物	金麒麟这个难道也有阴阳? 走兽飞禽,雄为阳,雌为阴;牝为阴,牡为阳。
第八层台阶 (登顶)	人也有阴阳之分	翠缕:"怎么东西都有阴阳,咱们人倒没有阴阳了?"

"说阴阳",不是对自然的探秘。

"说阴阳",不是对哲理的论证。

前七层台阶仅仅是过过场而已。

只有登上顶峰,才能切入要害:

何谓人之阳?

何谓人之阴?

"说阴阳"预示什么?

其一,

"说阴阳"如药引子——

导出了湘云、翠缕的阴阳关系。

何谓人之阳?

何谓人之阴?

湘云避而不答。

"下流东西,好生走吧!越问越说出好的来了。"

翠缕自有见解。

"主子为阳,奴才为阴。"

"姑娘是阳,我就是阴。"

湘云连连叫好。

"很是,很是!"

"你很懂得。"

何谓人之阳?

何谓人之阴?

这其实是一个普通常识问题。

这里不妨就将错就错。

湘云是阳,翠缕是阴。

其二,

"说阴阳"似茧抽丝——

拉出来湘云翠缕的结局。

湘云现在是阳。

湘云的结局是早定局的了。

湘江水逝楚云飞。

云散高唐,水涸湘江。

阳尽了,就是阴。

湘云后来就是**阳尽了,就是阴**。

或许,湘云成了何方奴才?

反过来。

翠缕现在是阴。

阴尽了,就是阳。

或许,翠缕后来**阴尽了,就是阳**。

或许,翠缕成了何方主子?

"说阴阳"。

解得切?

歪说红楼小人物

男仆篇

《茗烟》

◎宝玉为什么偏偏给茗烟改名字？◎

宝玉喜欢给人改名字。
她给丫鬟改。
袭人本名蕊珠。
宝玉因知他本姓花，又曾见旧人诗句有"花气袭人"之句，即把蕊珠更名袭人。
他给小厮改。
贾芸：**茗烟小猴儿又淘气了！**
茗烟：**我不叫"茗烟"了，我们宝二爷改了叫"焙茗"了。**
宝玉先后有许多小厮。
以"五行"取名的：锄药（金）、墨雨（土或水）、茗烟（火）。
以"吉祥"取名的：双瑞、寿儿。
宝玉为什么偏偏给茗烟改名字？
宝二爷嫌"烟"字不好。
宝玉为什么不喜欢"烟"字？

这里不妨作一下大胆的猜测。
从字型看：
烟的繁体字：煙
烟的繁体字似有三部分组成。
粗看：火，西（形状像西字），土。
释疑：西面地方有火。
荣国府是西府。
街东是宁国府，街西是荣国府。
荣国府有火。
宝玉是**守规矩**的。
万一走了水？令人生畏。
所以宝玉不喜欢"烟"字！
从字音看：
《红楼梦》处处有吴文化的元素。
地名：阊门、虎丘、玄墓。
人名：唐寅、范成大。

品名：自行人、泥捏小像……

《红楼梦》中一定也有吴方言的元素。

烟的读音是yān。

茗烟，顽童。

吴方言中顽就说成"厌"（yàn）

譬如"你家的男孩子很顽皮"就说成"倷笃的小官很'厌'"。

烟、厌同音。

顽，"厌"，

惹人讨嫌。

所以宝玉不喜欢"烟"字！

从字义看：

烟的组词褒义少。

例如：烟波飘渺、炊烟袅袅。

烟的组词贬义多。

例如：乌烟瘴气、狼烟四起、七窍生烟、浓烟滚滚。

"烟"的有些组词从这一角度看明明是褒义的，从另一角度看却是贬义词。

例如：烟花。

褒义：

"烟花三月下扬州。"

贬义：

宝玉熟友之一有锦香院的妓女云儿。

青楼女，"烟花"，招人白眼。

所以宝玉不喜欢"烟"字！

综上所述：

宝玉为茗烟改名势在必行了。

◎茗烟是"弯"的吗？◎

现在称异性恋男人为"直男"（straight）。

贾琏和他的个别心腹小厮是"弯"的。

贾琏将小厮内清俊的选出来出火。

宝玉和他的心腹小厮茗烟是"弯"的吗？

宝玉：

宝玉是"弯"的，不容置疑。

他与秦钟**这般亲厚**。

他与柳湘莲，**如鱼得水**。

茗烟：

左看：他是"弯"的。

嗔顽童茗烟闹书房。

茗烟骂出又肮脏又露骨的"弯"话。

"我们**奋屁股不奋**，管你**毡把**相干？"

金荣**拿住**的是秦钟和香怜。

歪说红楼小人物

这里，茗烟不用"他们"而是用了"我们"，搭上宝玉不说，自己似乎也成了干故事的一份子了。

假如茗烟是"弯"的，不足为奇。

茗烟周边"弯"的人，比比皆是。

有主子。

有主子的许多同窗。

有主子的好友北静王、蒋玉菡……

茗烟的伙伴也有"弯"的。

就说寿儿。

后来贾珍有此名的小厮。

贾珍只留两个心腹小厮喜儿和寿儿牵马去探望尤氏母女。

原来宝玉也有此名的小厮。

宝玉去**冯紫英家赴宴，只带着焙茗、锄药、双瑞、寿儿四个小厮。**

两个寿儿可能是一个人。

（宁、荣两府的仆从大概是"流动"的。例如，喜儿：现在是贾珍的小厮，原来可能就是贾琏的小厮。**闻秘事凤姐讯家童。**谁惹祸了？"**就是里头兴儿和喜儿两个人在那里混说。**"喜儿就在其中。凤姐为什么**讯家童**只讯兴儿？喜儿已经是贾珍的小厮。）

以往，寿儿与隆儿、喜儿也许有过一腿。

至今，喜儿还念念不忘"**咱们公公道道贴一炉子烧饼**"。

寿儿有"弯"之嫌！

那些"弯"的人说"弯"话，大言不惭。

那些"弯"的人做"弯"事，无所顾忌。

茗烟耳濡目染。

茗烟潜移默化。

茗烟"弯"了。

茗烟：

右看：他不是"弯"的。

其一，他泡女孩。

明写：

茗烟**连他的岁数也不问问，就与万儿干那警幻所训之事。**

其二，查无实据。

茗烟骂的那句粗话，孤证，找不出茗烟还有哪些地方是"弯"了。

综上所述，茗烟只是疑似"弯"的小厮。

◎焙茗讨谁作媳妇了？◎

事与愿违。

当年：**贾宝玉初试云雨情。**

最终：**堪羡优伶有福，谁知公子无缘。**

125

妙 说 红 楼

当年，茗烟与万儿干那警幻所训之事。

万儿，不过十六七了。

万儿到里面该放时还有许多年，变数太大了。

"等我明儿说了给你作媳妇。"

最终：宝玉开的也许是"空头支票"！

焙茗讨谁作媳妇了？

《红楼梦》书中似乎就有隐喻。

从茗烟说。茗烟善逮雀。

贾芸到绮散斋书房里来，只见茗烟在那里掏小雀儿呢。

茗烟，改了叫"焙茗"了。

这小雀儿莫不是黄莺[1]？

小雀儿、姑娘串起来了。

焙茗和黄（金）莺有不解之缘。

焙茗大有可能将黄金莺**掏**（讨）到手！

从莺儿说。莺儿善打络子。

宝玉装玉的是黑珠儿线。

莺儿用金线把玉络上。

金线，好比莺儿。

这黑珠儿线所指莫不是焙茗[2]？

黑珠儿线、小厮串起来了。

黄（金）莺和焙茗有不解之缘。

黄金莺大有可能配给焙茗！

一个讨，一个配。

一定奉父母之命。

老叶妈，他就是焙茗的娘。

叶、黄两家和厚得很呢。

前日莺儿认了叶妈作干娘。

今儿"寄"再升级。

两亲家准保一百个乐意！

一个讨，一个配。

一定靠媒妁之言。

谁作伐了？

"金线拿来配着黑珠儿线，一根一根地拈上，打成络子，那才好看。"

不必解释配、拈、好。

明白人都能心领神会。

宝钗就是月老！

一个讨，一个配。

说缘分有缘分。说礼数有礼数。

天作之合！

注释：

[1]黄莺，也有称黄鹂。摘自《百度百科》。雀形目，鸣禽亚目，如画眉、乌鸦、黄鹂、灰喜鹊……。摘自《百度知道》

[2]茗：茶，如香~、品~、~具、煮~。摘自《百度词典》。焙茶：散条形茶放于茶焙中焙时，则先用大盆贮火，再在旧火灰里埋进未煮燃过的炭，再用已燃过的炭块盖子上面后，将火盆放于茶焙下烘茶。摘自《百度百科》。炭：加高热烧成的一种黑色固体燃料。摘自《百度百科》

《谁是清俊小厮？》

◎昭儿？◎

有这样的印象吗？

贾琏身边有个把**清俊小厮**。

《红楼梦》中，**清俊小厮**是不起眼的角色。

清俊小厮起什么作用呢？

贾琏是个双性恋者。

谁为满足贾琏之淫欲大开方便之门？

从"阴"。

清俊小厮拉皮条。

贾琏对多姑娘儿垂涎久了，少不得和心腹小厮计议，许以金帛，焉有不允之理。

是夜，贾琏便溜进来相会。

从"阳"。

清俊小厮自个儿上了贾琏的床。

大姐儿见喜了。

贾琏独寝了两夜，十分难熬，只得暂将小厮内清俊的选来出火。

谁是清俊小厮？

"我们二门上该班的人，共是八个人。"

这里权以"二一添作五"计。

知爷的心腹是四个。

清俊小厮必在这四人中间。

这里先说说昭儿。

林如海**身染重疾**。

贾琏同着黛玉辞别了众人，带领仆从，登舟往扬州去了。

荣国府的仆从有分档：

有小厮。

宝玉身边的茗烟、扫红、锄药、墨雨就是几个小厮。

有大汉。

宝玉身边就有李贵等三四个大汉。

"苏州去的昭儿回来了。"

贾琏**打发昭儿回来报个信儿请安。**

贾琏打发昭儿回来**还瞧瞧奶奶家里好。**

昭儿——

小厮？

大汉？

苏州—京城,千里迢迢。

试想:

小厮,**年轻不谙事。**

贾琏不可能安排一个毛头小厮。

昭儿一定是一个办事干练的成年奴仆。

这是常理。

贾琏重用昭儿,凤姐也看重昭儿。

"**在外好生小心些服侍你二爷。**"

"**时常劝他少喝酒。**"

时常？

昭儿是贾琏的贴身仆从。

劝？

昭儿在贾琏面前说得上话的。

试想:

小厮,岂有不淘气的。

◎隆儿？◎

大姐儿见喜了。

凤姐不可能信赖一个毛头小厮。

昭儿一定是一个忠诚老实的成年奴仆。

这也是常理。

从这两方面推断——

昭儿绝不可能是小厮。

昭儿绝不可能是清俊小厮。

贾琏为什么能与多姑娘儿成其好事？

小厮牵线搭桥。

贾琏与多姑娘儿的事与昭儿浑身不搭界。

倒不是凤姐的警告起作用了。

"**别勾引他认得混账女人,我知道了,打折了你的腿。**"

也不是昭儿把应诺忘得一干二净。

昭儿笑着答应。

昭儿不是"马泊六"。

小厮才是"马泊六"。

有些《红楼梦》作品里把昭儿说成是"马泊六"。

错了？

可怜昭儿——

代人受过！

贾琏独寝了两夜,十分难熬,只

得暂将小厮内清俊的选来出火。

谁是**清俊小厮**？

清俊？

情人眼里出西施。

选？

贾琏自有贾琏的审美尺度。

清俊小厮必须同时符合下面四个特征。

其一，

清俊小厮=娈童

小、童——

青少年也。

其二，

清俊小厮=心腹小厮

心腹——

贾琏之**心腹**也。

其三，

多姑娘儿生性轻薄，最喜拈花惹草。

宁荣二府之人，都得入手。

心腹小厮和这媳妇是旧交。

旧交——

有一腿！

其四，

贾琏将小厮内清俊的选来出火。

出火——

同性性行为。

清俊小厮假如乐意接受了。

他是一个同性恋者。

清俊小厮如果是被逼迫了。

他起码领略了同性恋的习性。

谁是**清俊小厮**？

知爷的心腹中谁最有可能是清俊小厮？

隆儿！

其一，

在贾琏外宅。

贾琏的心腹小童隆儿拴马去。

小童——

隆儿，青少年。

其二，

在贾琏外宅。

贾琏的心腹小童隆儿拴马去。

心腹——

隆儿，直接点明是贾琏之**心腹**。

贾二舍偷娶尤二姐。

这是一件瞒天过海的机密事。

隆儿跟随去了。

隆儿又来了。

隆儿时时来往外宅。

隆儿一定是贾琏**心腹之心腹**。

兴儿，**贾琏的心腹小厮。**

隆儿，**贾琏的心腹小童。**

隆儿带了兴儿，也回去了。

带？

隆儿比兴儿高人一等？

隆儿比兴儿更是贾琏**心腹之心腹**！

其三，

在贾琏外宅。

隆儿等三个见了多姑娘儿拦着不肯叫走，又亲嘴摸乳，口里乱嘈了一回，才放他出去。

隆儿等三个——

隆儿为主！

故伎重演？

重温旧梦！

其四，

在贾琏外宅。

喜儿对隆儿寿儿说什么"咱们今天可要公公道道贴一炉子烧饼了"。

贴一炉子烧饼——

同性性行为。

这里不妨作一个假设：

喜儿为什么会说这样的话？

也许喜儿和隆儿他们**曾经贴一炉子烧饼了**！

对号入座。

隆儿基本符合**清俊小厮**的四个特征。

清俊小厮有可能就是隆儿。

◎喜儿？◎

大姐儿见喜了。

贾琏独寝了两夜，十分难熬，只得暂将小厮内清俊的选来出火。

贾琏应该有多个小厮。

选？

也许是一个。

也许是数个。

谁是**清俊小厮**？

隆儿，大有可能。

喜儿，会不会也在其中？

这样一说，有人一定要说张冠李戴了。

喜儿不是贾珍的小厮？

贾珍去贾琏的外宅，**只留两个心腹小童牵马。**

两个心腹小童就是喜儿、寿儿。

其实，并没有搞混。

宁、荣两府的仆从大概是"流动"的。

今天在荣府，明天也许去了宁府。

就说寿儿。

现在是贾珍的小厮，原来不也是宝玉的小厮？

宝玉去冯紫英家赴宴，**只带着焙茗、锄药、双瑞、寿儿四个小厮。**

喜儿大概同样如此。

现在是贾珍的小厮，原来就是贾琏的小厮。

闻秘事凤姐讯家童。

谁惹祸了?

"就是里头兴儿和喜儿两个人在那里混说。"

喜儿就在其中。

凤姐为什么讯家童只讯兴儿那个忘八崽子?

喜儿已经是贾珍的小厮。

回过头来——

谁是清俊小厮?

喜儿,会不会也在其中?

再来对照一下清俊小厮四个特征。

其一,

喜儿,**小童,小厮**。

喜儿,青少年,不假!

其二,

喜儿如今虽然跟了新主子,心里还时时关切着旧主子。

"这个新奶奶比咱们旧二奶奶还俊呢,脾气儿又好。"

新奶奶,贾琏心上人。

喜儿站在新奶奶一边。

喜儿在荣国府时一定是**知爷的心腹**。

喜儿,原是贾琏心腹,也不假。

其三,

在贾琏外宅。

喜儿参与了与多姑娘儿调情。

拦着不肯叫走,又亲嘴摸乳,口里乱嘈了一回,才放他出去。

喜儿——多姑娘儿:

熟客?老相好?

其四,

在贾琏外宅。

就是喜儿,他直截了当向隆儿、寿儿提出"咱们今天可要公公道道贴一炉子烧饼了"。

贴一炉子烧饼——

同性性行为。

这里决不能看成是喜儿酒后失态。

这是喜儿酒后露真情。

喜儿就是一个同(双)性恋者。

也许喜儿是天生的。

也许是在贾琏熏陶下沾染的。

对号入座。

喜儿同样基本符合**清俊小厮**的四个特征。

谁是清俊小厮?

喜儿,极有可能也在其中!

◎兴儿?◎

谁是**清俊小厮**?

说过隆儿,表过喜儿。

千万别遗留了兴儿。

对照一下**清俊小厮**四个特征——

虽然，兴儿没有参与与多姑娘儿**亲嘴摸乳**。

虽然，兴儿也没有与喜儿、隆儿打趣贴一炉子烧饼。

不过，兴儿毕竟也是贾琏的**心腹小厮**。

清俊小厮中有兴儿也不是没有这种可能。

强将手下无弱兵。

凤姐麾下多巧嘴。

小红、兴儿……

《红楼梦》中前后有两"兴"演说荣国府。

一是冷子兴。

二是兴儿。

感觉到了吗？

冷子兴**演说**平铺直叙。

恰似报一本流水账。

兴儿**演说**形象生动。

丝丝入扣。

入木三分。

恰似一部说噱俱佳的评话。

"成也萧何，败也萧何。"

"嘴"——

巧嘴是天赋。

多嘴是祸害。

贾琏以前为什么对多姑娘儿不曾得手？

内惧娇妻，外惧娈童。

娈童=清俊小厮！

贾琏帮着料理家务。

贾琏有的是权。

贾琏可以随意处置奴仆。

贾琏有的是势。

"且给他一顿棍。"

贾琏有的是钱。

贾琏为女色可以**许以金帛**。

贾琏有权、有势、有钱，他何故还要**惧娈童**？

说穿了——

贾琏惧的是娇妻。

凤姐是**醋罐子**！

"他防我像贼似的。"

贾琏**惧娈童**什么？

口无遮拦。

一旦走漏了风声，贾琏哪里是凤姐的对手！

应该说——

贾琏**惧**娈童不无道理。

可叹贾琏：

躲得过初一，躲不过十五。

结果呢？

大意失荆州！

就是**娈童**——

泄露了天机。

"兴儿和喜儿两个人在那里混说

什么新奶奶旧奶奶的。"

一个小丫头听见,悄悄地和平儿说了。

就是奆童——

出卖了糊涂爷。

兴儿直蹶蹶地跪起来说出贾二舍偷娶尤二姐这件事来。

凤姐气得把眼直瞪瞪地瞅了两三句话的工夫。

从此后——

苦尤娘赚入大观园了。

苦尤娘吞生金自逝去了。

奆童是导火索。

奆童是闯祸胚。

"嘴上没毛,做事不牢靠。"

奆童不可信!

兴儿=奆童

奆童=清俊小厮

兴儿=清俊小厮?

《红楼三活宝》

◎虫儿◎

多官儿是荣国府内一个厨子。

多官儿在书中不过寥寥数笔,可名气响得呱拉拉。

多官儿本来实不起眼。多官儿是靠自己媳妇扬名的。

他父亲给他娶了个媳妇,众人都叫他"多姑娘儿"。

多姑娘儿,今年才二十岁。

多姑娘儿,有几分人材。

多姑娘儿,妖调异常,轻狂无比。

多姑娘儿,生性轻薄,最喜拈花惹草。

多姑娘儿,宁荣两府之人,都得入手。

此话不假。

宁荣两府之人中入手的有主子。

多姑娘儿也久有意于贾琏。招惹得贾琏似饥鼠一般。

一时事毕,不免海誓山盟,难舍难分。

宁荣两府之人中入手的有下人。

那鲍二向来却就和厨子多浑虫的媳妇多姑娘有一手。

宁荣两府之人中入手的甚至还有乳臭未干的小厮。

贾琏的心腹小厮况都和这媳妇子是旧交。

隆儿等三个拦着不肯叫走,又亲嘴摸乳,口里乱嘈了一回,才放他出去。

多姑娘儿的相好不计其数。多官儿可以开绿帽子店了。

多官儿,人都叫他作"多浑虫"。

浑虫是什么东西?

歪说红楼小人物

浑虫就是糊涂虫。

多官儿是怎样一个糊涂虫？

酒头！

酒头就是指好酒糊涂、被欺侮而不自知的人。

多官儿是个**懦弱无能**的窝囊废。

多官儿，嗜酒如命，**极不成材**。

多官儿，醉生梦死，**破烂不堪**。

多官儿，只要**有酒有肉有钱，就诸事不管**了。

多官儿，只要**有酒有肉有钱**，戴了绿帽子也**不理论**！

多官儿是十足的**酒头**。

多官儿是名副其实的**浑虫**。

多官儿这样的**浑虫**实属不该讨老婆。

多姑娘纵然有千不是、万不该，但她毕竟是一个有血有肉的年轻女子。

小夫小妻要的是**情谈款叙**。

小夫小妻要的是**宽衣动作**。

多官儿天天喝得死猪一般**醉倒在炕**。

多姑娘这样的日子过得还有什么滋味！

这里不妨假设一番：

多官儿不这样酗酒，多与媳妇温存温存，多姑娘不至于会到处放荡。

多官儿不这样酗酒，多对媳妇管束管束，多姑娘不至于能如此放肆。

多官儿为酒而活。

多官儿为酒而死。

后来多浑虫酒痨死了。

人死了，老婆走了，家散了。

多官儿留下的只有浑虫这个绰号。

多官儿留下的只有戴绿帽子这段话柄。

多官儿，可怜。

多官儿，可悲。

◎鸨儿◎

鲍二，鸨儿。

鲍二是个吃软饭的家伙。

鲍二出卖的是谁？

鲍二先后有两个媳妇。

鲍二是戴绿帽子的鸨儿。

先说说鲍二和他的第一个媳妇鲍二家的。

俗话说"苍蝇不叮无缝的蛋"。

贾琏为什么指名道姓要**鲍二的老婆叫他进来**？

鲍二家的说不准就是一个有些名气的"暗娼"。

鲍二默许了？鲍二怂恿了？

鲍二图什么？

135

钱，财。

看看，这回贾琏给了多少嫖资：

两块银子，还有两支簪子，两匹缎子。

乖乖隆地东，多大的一笔横财！

鲍二媳妇吊死了。

鲍二为什么没有**要告**呢？

银子堵住了鲍二的嘴巴。

鲍二为什么**仍然奉承贾琏**？

银子迷住了鲍二的心窍。

贾琏给了一百银子，叫他另娶一个。

鲍二又有体面，又有银子，有何不依。

在鲍二的心目中——

体面比媳妇的命更要紧。

在鲍二的心目中——

银子比媳妇的命更贵重。

再说说鲍二和第二个媳妇多姑娘儿。

到新房子里来服侍尤二姐是件美差。

贾琏为什么偏偏叫了鲍二他两口儿？

鲍二心里吃着萤火虫似的：

全仗妻子之力！

多姑娘儿原也和贾琏好的。

贾琏和多姑娘儿**遂成相契**。

鲍二既然明白个中奥妙，为什么还无所顾忌，**如何不来**？

在贾琏前十分有脸。

又是为了体面！

鲍二既然明白个中奥妙，为什么睁一眼、闭一眼地一概**不管**？

赚钱。

又是为了银子！

鲍二要这么些银子做什么？

鲍二本是酒色之徒。

论酒。

鲍二平时**爱吃酒**，吃了，便去睡觉。

撞丧那黄汤罢。撞丧醉了，夹着你的脑袋挺你的尸去。

论色。

鲍二看中多姑娘的是**几分人材**。

多姑娘看中鲍二的是手头**从容**。

鲍二也许就是靠鲍二家的"**卖肉钱**"，和厨子多浑虫的媳妇多姑娘有一手。

鲍二也就是靠死了的鲍二家的"抚慰金"，娶进了多姑娘。

为了银子，鲍二对贾琏俯首贴耳。

若小的不尽心，除非不要这脑袋了。

为了银子，鲍二对多姑娘放任自流。

一听他女人吩咐，百依百顺。

鲍二出卖的不是媳妇的姿色，而是自己的良心。

歪说红楼小人物

鲍二出卖的不是媳妇的肉体，而是自己的人格。

鲍二，可耻！
鲍二，可唾！

◎龟儿◎

吴贵，乌龟。

人都叫他贵儿。

贵儿，龟儿。

贵儿家的与赖大家人做出风流勾当来。

贵儿成了戴绿帽子的"龟儿"。

吴贵当龟儿怨谁？

贵儿娶了一个不该娶的老婆。

那媳妇却倒伶俐，又兼有几分姿色。每日打扮的妖妖调调，两只眼儿水汪汪的。招惹的赖大家人如蝇逐臭。

贵儿管不住自己的老婆。

贵儿一味胆小老实。

由于**贵儿无能为**——

贵儿家的简直就是一个荡妇。

"性骚扰"不是男人的专利。

贵儿家的见了**妙人儿就要缠磨**。

贵儿家的挑逗宝玉。

"看着我年轻长的俊，你敢来调戏我么？"

"我等什么儿似的，今日才等着你了！你要不依我，我就嚷起来。"

贵儿家的妄图强暴宝玉。

贵儿家的自己坐在炕沿上，把宝玉拉在怀中，紧紧的将两腿夹住。

那媳妇也斜了眼儿，就要动手，宝玉急的死往外拽。

由于**贵儿无能为**——

贵儿家简直就成了一个"猪圈"。

贵儿家的吃了饭，便自去串门。

炉台上黑煤乌嘴的吊子，也不像个茶壶；里面的茶咸涩不堪。

桌上一只碗，未到手内，先闻得油膻之气。拿些水，洗了两次，复用绢子拭了，闻了闻，还有些气味。

贵儿讨了一个这样的媳妇，贵儿值得同情吗？

不。

贵儿是一个忘恩负义的烂小人。

晴雯他又没有亲爹热娘，只有一个醉泥鳅姑舅哥哥。

贵儿就是晴雯的姑舅哥哥。

想当年——

晴雯对贵儿两口子不薄。

晴雯已在宝玉屋里。

晴雯求凤姐和赖大家的，贵儿两口儿就在园子后角门外居住，伺候园中买办杂差。

看如今——

一身重病的晴雯一时被撵出来，住在他家。

那媳妇哪里有心肠照看？

晴雯睡在一领芦席上。渴了半天，叫半个人也叫不着。

更甚的——

贵儿两口子还恶言恶语，把晴雯看作累赘。

晴雯受了哥嫂的歹话，病上加病。

嫂子是外头人倒还有一说，哥哥毕竟是血脉亲。

贵儿这样对待自己的妹妹，他还有人性吗？

贵儿两口子不图亲情图什么？

晴雯一咽气，他哥嫂便回了进去，希图早些得几两发送例银。

"一咽气，便回了进去"——

贵儿两口子为了区区的几两发送例银是何等猴急！

晴雯剩的衣裳簪环，约有三四百金之数，他哥嫂自收了。两人将门锁上，一同送殡去了。

"收了，一同送殡"——

贵儿两口子的态度来了个一百八十度的大转弯，正应了老话：有奶便是娘！

贵儿，可恼。

贵儿，可恨。

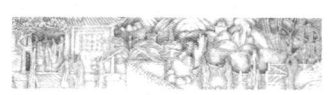

《 歪说红楼主子 》

老钗篇

《王夫人》

◎王夫人小唱◎

提起王夫人，许多人都会摇头，因为他们将金钏儿和晴雯之死与王夫人挂上钩，好像王夫人是元凶似的。

这是对王夫人的误解！

王夫人究竟是怎样一个人呢？

王夫人是一个孝媳。

贾母吃晚饭，王夫人进羹。

王夫人外出归来，先向贾母问过安，贾母便命："歇歇去罢。"王夫人亲捧过茶，方退出去。

贾母称赞王夫人说他极孝顺。

王夫人是一个贤妻。

王夫人决策要征求丈夫意见。

有关安排小沙弥和小道士，王夫人便商之于贾政。

王夫人在小辈面前维护丈夫的权威。

贾政不喜欢袭人的名字。

王夫人忙向宝玉说道："你回去改了罢。"

王夫人是一个良母。

王夫人对亲生儿子宝玉钟爱万分。

宝玉赴宴回家，就一头滚在王夫人怀里，王夫人便用手摩挲抚弄他，宝玉也扳着王夫人的脖子长说短说。

宝玉撒娇，王夫人爱抚，多么亲热的一对母子！

王夫人对庶出的贾环和探春百般呵护。

王夫人从心灵上关切贾环的成长。

王夫人见贾环下了学，命他去抄《金刚经咒》啐诵。

王夫人信任并提携探春。

歪说红楼主子

王夫人让探春加入管理家务的行列。

赵姨娘这样对探春说:"太太疼你,你该越发拉扯拉扯我们。你只顾讨太太的疼,就把我们忘了。"

从赵姨娘的这番话里可以间接看出王夫人非常疼爱探春。

王夫人是一个善女。

王夫人平时念经拜佛,有一颗怜老惜贫的慈悲心。

王夫人知道刘姥姥的到来,就传话凤姐:"当时他们来了,却也从没空过的;如今来瞧我们,也是他的好意,别简慢了他。"

就是这一句别简慢了他,刘姥姥得到了二十两银子的资助。

大观园遣发优伶,王夫人指示:"这学戏的倒比不得使唤的,不如给他们几两银子盘费,各自去罢。"

结果,倒有一多半不愿意回家的,王夫人听了,只得留下。将不愿去者,分散在园中使唤。

就是这一安排,妥然安置了十一二个"下岗"的女孩子。

王夫人的名声是"钟在寺院音在外"。

"他家的二小姐,着实爽快会待人,倒不拿大。如今现是荣国府贾二老爷的夫人,听见他们说,如今上了年纪,越发怜贫恤老的了,又爱斋僧布施。"

这里用了一个听见他们说,足以说明王夫人的善举是有口皆碑的。

王夫人是一个能人。

王夫人执掌荣国府内院的大权,**凡有了大事,就自己主张。**

王夫人平时退居幕后,她选用"前台总理"人选眼光准。

王夫人重用王熙凤。

王熙凤,聪明能干,泼辣干练。

王熙凤不愧是王夫人得力的臂膀,由她管理的荣国府在相当一段时间里是比较稳定的。

王夫人重用王熙凤,这是她高明的一着棋。

王熙凤**小月了,不能理事。**王夫人选用李纨、探春、宝钗集体管理班子。

李纨稳重,探春敏捷,宝钗周到。

在她们的策划下,**兴利除宿弊、小惠全大体**,大观园里吹起了改革的春风。

王夫人选用"三驾马车"并驾齐驱是她最富有创意的一笔。

王夫人是一个"狠客"。

先说说金钏儿。

王夫人固然是个宽仁慈厚的人,从来不曾打过丫头一下子。但当谁触犯她的威严时,她处理起来是辣手的。

妙 说 红 楼

王夫人的命根子就是宝玉，只有这一个亲生儿子，素爱如珍。

金钏儿在宝玉面前确实有些轻浮。

贾政叫唤宝玉，金钏儿一把拉着宝玉，悄悄的说道："我这嘴上是才擦的香香甜甜的胭脂，这会子可吃不吃了！"

王夫人在午睡，金钏儿与宝玉笑道："'金簪儿掉在井里头——有你的只是有你的。'连这句俗话难道也不明白？"

设身处地想一想：

假如你是一个主妇，一个小保姆在与你爱子调笑，你难道不叫她卷铺盖滚蛋！

至于小保姆有什么想不开，当然是小保姆自己的事了。

再说说晴雯。

晴雯被撵出大观园主要有三个因素。

一是**有人暗算了他**。

王善保家的道："宝玉屋里的晴雯，抓尖要强，大不成体统。"

二是晴雯处处不拘小节。

她行动随便。

王夫人跟老太太进园逛去，晴雯正在那里骂小丫头。

王夫人想起此事就来气。

"我心里很看不上那狂样子。"

她穿着随便。

钗軃鬓松，衫垂带褪，大有春睡捧心之态。

王夫人看见了就来气。

"好个美人儿，真象个'病西施'了。你天天作这轻狂样儿给谁看！"

她说话随便。

王夫人问起"宝玉今日可好些"。

晴雯不肯以实话答应，反把自己说成是个与伺候宝玉无关的丫头。

王夫人听了更来气。

"这就该打嘴，你难道是死人？要你们作什么？"

三是晴雯有些行为确实出格。

别的不说，**撕扇子作千金一笑**，这样的开玩笑是否过头了？

设身处地想一想：

假如你是一个"老总"，一个雇员桀骜不驯，并为了恣意取乐而毁坏财物，你难道不将他炒鱿鱼？！

至于这个雇员以后病死了，应该与老总无涉吧。

上面三点汇集起来，晴雯难逃此劫！

唱罢王夫人的几段赞美诗，也来简单数说数说王夫人的不是。

一是王夫人对宝玉过分溺爱。

歪说红楼主子

发生了金钏儿之事,宝玉难脱干系,可王夫人对宝玉没有半点训斥。

二是对王熙凤理家没有监督,以至王熙凤胆大妄为,干出**弄权铁槛寺**这样伤天害理的事。

三是偏听偏信。

王夫人重用了与宝玉实有"**花头**"的袭人,却对与宝玉没有私情的晴雯抱有成见。

正是王夫人对晴雯有了成见,最终将晴雯撵了出去。

想想王夫人的长处,看看王夫人的不足,王夫人是怎样一个人不是一目了然吗?

评介王夫人,既要同情弱者。

评介王夫人,也要公平对待强者。

评介王夫人,万万不可求全责备。

《赵姨娘》

◎她不是吃素的!◎

做人莫做小。

这里的"小",二奶也。

赵姨娘就是小。

赵姨娘看似**有些颠倒,着三不着两**。赵姨娘其实是一个被埋没的人才。

其一,

赵姨娘亲弟弟赵国基他是太太的奴才。

赵姨娘原来也是**家里的丫鬟**。

不难想象:

赵姨娘一定工夫到家,"花"得贾政团团转,最终成了贾政的小老婆。

其二,

钱槐,**赵姨娘之内亲**,他父母现在库上管账,他本身又派跟贾环上学,手头宽裕。

"一人得道,鸡犬升天。"

也许正是赵姨娘带领亲亲眷眷走上"共同富裕"之路了。

其三,

假如让赵姨娘来处理失职下人,她倒有一套。

"这事也值一个屁!开恩呢,就不理论;心窄些儿,也不过打几下就完了。"

赵姨娘显得多么有分寸,多么有风度!

做人莫做小。

在荣国府。

赵姨娘是个半截子主子。

人人瞧不起她。

赵姨娘无权管教亲生儿子。

凤姐为了贾环是这样数落赵姨娘的:

歪说红楼主子

"他怎么着,还有老爷太太管他呢。"

"他现是主子,不好,横竖有教导他的人,与你什么相干?"

赵姨娘亲生女儿拣高枝儿飞了。

探春是这样表白的:

"我倒素昔按礼尊敬。"

"太太满心疼我,太太看重我,那一个主子不疼出力得用的人?"

在婆婆贾母面前,赵姨娘是出气筒子。

贾母照赵姨娘脸淬了一口唾沫,左一个骂道"烂了舌头的混账老婆",右一个骂道"都不是你们这起小妇素日调唆的"。

赵姨娘也许是《红楼梦》前八十回中唯一享受贾母唾沫"待遇"的人。

作为丈夫,贾政怎样对待赵姨娘?

赵姨娘方进来打发贾政安歇。

赵姨娘是泄欲侍妾。

贾政忙喝退了赵姨娘。

赵姨娘是驯顺奴婢。

王夫人是正室太太。

赵姨娘时时遭受王夫人的训斥。

王夫人遂叫过赵姨娘来,骂道:"养出这样黑心种子来,也不教训教训!几番几次我不理论,你们一发得了意了,一发上来了!"

王夫人越想越气,又把赵姨娘骂了一顿。

赵姨娘只得忍气吞声。

亲戚中要数凤姐对赵姨娘辱骂得最恶劣。

"老东西。"

"歪心邪意,狐媚魇道的。"

"糊涂油蒙了心。烂了舌头,不得好死的下作娼妇。"

墙倒众人推。

有些做下人的也要冲撞赵姨娘。

芳官当面说赵姨娘:"'梅香拜把子,都是奴才'罢了。"

芳官背地里骂赵姨娘:"赵老不死的。"

几个原来唱戏的女孩子只顾他们情分上义愤帮着芳官破着大闹一场。

豆官先就照着赵姨娘撞了一头,几乎不曾将赵姨娘撞了一跤。

藕官蕊官葵官手撕头撞,把个赵姨娘裹住。

蕊官藕官两个一边一个,抱住赵姨娘左右手;葵官豆官前后头顶住赵姨娘。

赵姨娘气得瞪着眼,粗了筋。

赵姨娘是砧板上的肉——任人宰割。

物极必反。

赵姨娘在抗争。

赵姨娘蝎蝎螫螫,她好像长着两

145

只钳子夹起人来厉害着呐。

一是动粗。

赵姨娘便将粉照芳官脸上摔来,手里指着芳官骂道:"小娼妇养的,你是我们家银子买了来学戏的,不过娼妇粉头之流,我家里下三等奴才比你高贵些!"

赵姨娘气得发怔,便上来打了芳官两个耳光子。

赵姨娘在向大观园里惹是生非的"小混混"开战。

二是直谏。

赵姨娘气的问道:"谁叫你拉扯别人了,你不当家,我也不问你,你现在说一是一,说二是二!如今你舅舅死了,你多给了二三十两银子,难道太太就不依你?分明太太是好太太,都是你们尖酸克薄!可惜太太有恩无处使。"

这里,赵姨娘开头说了一连串的你,看似矛头针对探春。

突然,赵姨娘冒出一个你们尖酸克薄。

赵姨娘矛头直指新搭建的管理核心。

赵姨娘在向荣国府自以为是的"新贵"们挑战。

三是抱怨。

王夫人问凤姐:"前儿恍惚听见有人抱怨,说短了一串钱,什么缘故?"

有人,无非指赵姨娘。

抱怨,赵姨娘变相告刁状。

事后,凤姐又是**冷笑**,又是一面骂,气得七窍生烟。

赵姨娘在向荣国府里的胆大妄为的蛀虫宣战。

四是阴损。

赵姨娘花了钱请马道婆**暗底里算计**宝玉和凤姐。

从小处看:

赵姨娘只是有私心。

"果然法子灵了,把他们绝了,这家私还怕不是我们的?"

从大处看:

宝玉和凤姐是贾母和王夫人的命根子。

赵姨娘在向荣国府不可一世的"霸主"进行决战。

赵姨娘、周姨娘是一对**苦瓠子**。

周姨娘"屁股后面光秃秃"。

周姨娘只能夹着尾巴做人。

"你瞧瞧周姨娘,怎么没人欺他,他也不寻人去。"

赵姨娘肚皮争气。

赵姨娘是荣国府有"功"之臣。

她,有人撑腰。

"谁揣姨娘的头?说出来,我替

姨娘出气。"

探春，有刺扎手的玫瑰花儿，毕竟是她女儿。

她，有盼头。

"将来熬的环哥大了，得个一官半职，那时你要做多大的功德，还怕不能吗？"

贾环，竟不失咱们侯门的气概，毕竟是她儿子。

赵姨娘为什么能搞得冤家对头昏头转向？

她有底气。

她摸准了脉络。

赵姨娘为什么能搞得冤家对头人仰马翻？

她有勇气。

她不是吃"素"的！

《尤氏》

◎这个女人不寻常!◎

不知怎的,宁荣两府中"玉"辈的太太和小姐都挤进了"金陵十二钗"(王熙凤、李纨、元春、迎春、探春、惜春),唯独只有"她"没有搭上这班车。

谁?

尤氏。

在人们的印象里,尤氏是半老徐娘。尤氏她乎像贾母、王夫人、邢夫人、薛姨妈、赵姨娘、南安太妃、金寡妇、尤老娘、刘姥姥、静虚、马道婆一样归属于有姓无名的金陵老钗之列。

其实不然。

尤氏她也**不算很老**。

《红楼梦》开篇时,贾蓉今年才十六岁。贾珍作为长房独苗,结婚得子势必早些,估计此时在三十五岁上下。尤氏不过三十岁出头。

赏中秋,开夜宴,尤氏也只是奔四十的人。

在人们的印象里,尤氏是个没能耐的妇人。

又没才干,又没口齿,锯了嘴子的葫芦,就只会一味瞎小心,应贤良的名儿。

其实不然。

尤氏,地位显显赫赫。

她是世袭三品爵威烈将军太太。

她是贾氏宗族掌门人媳妇。

尤氏的地位与金陵十二钗比一比。

一人之下。

元春身为贵妃娘娘,尤氏当然比不得了。

总人之上。

贾元春才选凤藻宫,贾母率领邢

歪说红楼主子

王二夫人并尤氏，一共四乘大轿，鱼贯入朝。

尤氏，何等体面。

尤氏，何等风光！

尤老娘这样说："我家家什也着实艰难了，全亏了这里姑爷帮助着。"

尤氏没有娘家背景，她却顺顺利利爬上了高枝。

王熙凤这样骂贾蓉："你死了的娘，阴灵儿也不容你！"

尤氏不是原配，她却稳稳当当坐在高枝上。

尤氏靠的什么本事呐？

尤氏，一靠才能。

王熙凤，都知**爱慕此生才**，大能人。

尤氏的才能与王熙凤的才能相比并不逊色。

王熙凤协理宁国府。

王熙凤**脸酸心硬，威重令行**，分工一目了然，惩处立竿见影，顿时把宁国府整治得贴贴烫烫。

尤氏**独艳理亲丧**。

尤氏亲自出马，调动一切可以利用的人力，急事速办，要事慎办，方方面面，俱无疏漏。

贾珍听了尤氏的安排，**赞声不绝**。

王熙凤和尤氏虽然同样是顺顺当当的操办丧事，但两人所处的大环境是天壤地别。

王熙凤操办时正值贾府**烈火烹油，鲜花着锦之盛**的前夕。

贾珍外头的大事料理清了，

王熙凤仅里面照管照管。

王熙凤要人有人。

府门大开，两边灯火，照如白昼，乱哄哄人来人往，里面哭声摇山振岳。

王熙凤要钱有钱。

"只求别存心替我省钱，要好看为上。不要存心怕人抱怨。"

尤氏操办时贾府已临盛筵必散。

贾珍父子并贾琏等皆不在家，一时竟没个着已的男子来。

荣府里凤姐儿出不来，李纨又照顾姐妹，宝玉不识事体。

可怜尤氏，在万般无奈下，里头外头一肩挑！

尤氏和王熙凤同样是操办丧事，尤氏处于弱势，王熙凤处于强势。

逆风行舟当然比扯顺风篷的难度大，哪个掌舵人能干是不言而喻了。

尤氏，二靠人缘。

尤氏待人接物最高明的一招是善于平衡。

尤氏，对长辈恭恭敬敬。

尤氏，她孝顺贾母。

贾母用餐，王夫人尤氏等忙上来

放箸捧饭。

贾母要吃稀饭,尤氏早捧过一碗来,说是**红稻米粥**。

尤氏直陪贾母说话取笑到起更的时候。

贾母叫尤氏回家罢,尤氏方告辞出来。

尤氏,她关心公公。

尤氏心头有着贾敬的生日,早早请示贾珍。

"后日是太爷的生日,到底怎么个办法?"

尤氏又照例预备两日的酒席,要丰丰盛盛的,为贾敬庆寿。

尤氏,她对丈夫百依百顺。

贾珍将贾琏要娶尤二姐做二房之意告诉了尤氏。

尤氏却知此事不妥,因而极力劝止,无奈贾珍主意已定,素日又是顺从惯了的,因而也只得由他们闹去了。

大家庭难处之一的是姑嫂关系。

尤氏和小姑惜春的关系确实有些不怎么融洽。

避嫌隙杜绝宁国府。

尤氏感到真真的叫人寒心。

尤氏还是顾全大局的。

尤氏忍耐了大半天,看在姑娘年轻糊涂,终久他是姑娘,任凭怎么样,也不好和他认真的拌起嘴来,只得索

性忍了这口气。便也不答言,一径往前边去了。

大家庭难处之二的是婆媳关系。

尤氏对儿媳秦可卿倍加呵护。

秦可卿得了病。

尤氏心里很烦,心里如同针扎的一般。

尤氏叮咛贾珍:"你那里寻一个好大夫给他瞧瞧要紧,可别耽误了!"

尤氏嘱咐蓉哥儿:"你不许背揹他,不许招他生气,叫他静静儿的养几天就好了。他要想吃什么,只管到我屋里来取。"

秦可卿感激不已。

"公公和婆婆当自家的女孩儿似的待。"

尤氏,她相当同情地位低微的人。

焦大,有功劳,又年老了。

尤氏对焦大早有所关照。

尤氏**常说给管事,以后不用派他差使**。

闲取乐偶攒金庆寿。

王熙凤想着"还有二位姨奶奶,他出不出"。

尤氏因悄悄的骂凤姐道:"我把你这没足够的小蹄子儿!这么些婆婆婶子凑银子给你做生日,你还不够,又拉上两个苦瓠子!"

歪说红楼主子

尤氏乘凤姐不在跟前，一时把周赵二人的也还了。他两个还不敢收，尤氏道："你们可怜见的，那里有这些闲钱？凤丫头便知道了，有我应着呢。"二人听了，千恩万谢收了。

惑奸谗抄检大观园。

谁知竟在入画箱寻出珍大爷赏他哥哥的私自传送进来的一大包银锞子，一副玉带版子，并一包男人的靴袜等物。

惜春一定要将入画"快带出去，或打，或杀，或卖，我一概不管"。

尤氏帮入画求情。

"他不过一时糊涂，下次再不敢的，看他从小儿服侍一场。"

尤氏为什么对地位低微的人如此同情？

这也许与尤氏出身平平有关。

尤氏，三靠热心。

闲取乐偶攒金庆寿。

贾母道："这件事我交给珍哥媳妇了。"

尤氏答应着。

王熙凤生日那天，园中人都打听得尤氏办得十分热闹，不但有戏，连耍百戏并说书的女先儿全有，都打点着取乐玩耍。

薛姨妈看中邢岫烟为侄媳。

贾母硬作保山。

薛姨妈说："还得一位主亲才好。"

贾母叫过尤氏婆媳告诉他原故。

尤氏忙答应了。

尤氏深知邢夫人性情，惟忖度邢夫人之意行事。

在尤氏的操办下，定亲之事圆满解决了。

贾母八旬大庆的那天晚上。

尤氏一径来至园中，只见园中正门和各处角门仍未关好，犹吊着各色彩灯。

尤氏心想："园门大开着，明灯蜡烛，出入的人又杂，倘有不防的事，如何使得！"

尤氏因回头命小丫头叫该班的人来吹灯关门。

尤氏是东府里的奶奶，而主动管起荣国府的事儿，尤氏这种时刻把安全放在心上，防微杜渐，更应值得称颂。

尤氏，四靠手腕。

尤氏遇事不乱方寸，处理问题刚柔相济。

尤氏强硬的一手：

一、东府里几个人，慌慌张张跑来禀报贾敬凶信。

尤氏的第一反应就是命人先到玄真观将所有的道士锁了起来，等大爷来家审问。

尤氏坐车出城来到观里，众道士

慌的回道缘由。

尤氏也不便听，只命锁着，等贾珍来发放。

锁了起来、只命锁着，尤氏绝不手下留情。

二、那小丫头子一径找了来，气狠狠的把方才看园的婆子不愿传人吹灯关门的酒话加气话都说了。

尤氏听了，半晌冷笑道："这是两个什么人？到那边把他们家的凤姐叫来。"

半晌冷笑，凤姐叫来，尤氏威严岂容玷污！

尤氏圆滑的一手：

一、璜大奶奶来宁国府评理，尤氏应该知道她来由的。

尤氏已经听说闹书房的事了。

"偏偏儿的早起他兄弟来瞧他，将昨日学房里打架都告诉了他姐姐。"

璜大奶奶一进来脸上倒像有些个恼意似的。

尤氏假借拉家常，金钟罩镇住了璜大奶奶。

"谁知是哪里附学的学生，倒欺负他。里头还有些不干不净的话。"

这里，尤氏特地说附学的，是提醒璜大奶奶你是千方百计和他们西府里琏二奶奶跟前说了，求了琏二奶奶，你侄儿才得了这个念书的地方儿。

这里，尤氏强调**倒欺负他**，是警告璜大奶奶你侄儿才是搬弄是非，调三窝四的祸根。

接下来，尤氏又将此事与秦可卿的病体连了起来。

"今儿听见有人欺负了他的兄弟，又是恼又是气，他为这件事，索性连早饭还没吃。"

金氏听了这一番话，把方才在他嫂子家的那一团要向秦氏理论的盛气，早吓的丢在爪洼国去了。

好一个尤氏，婶子婶子叫得应天响，在拉家常、说闲话中，将金寡妇羞辱了一番。

二、秦可卿不明不白地病死了。

尤氏正犯了胃气疼的旧症，睡在床上。

尤氏的病因与秦可卿的死因同样十分蹊跷。

这与扒灰搭界吗？

也许尤氏患病是虚，不愿料理事务是真！

尤氏装病，充满对苟合的不满。

尤氏装病，充满对苟合的抗议！

三、贾二舍偷娶尤二姐，东窗事发。

尤氏确实理亏，她是怎样应付凤姐吵闹的？

歪说红楼主子

她时而推诿。

尤氏只骂贾蓉:"混账种子!和你老子做的好事!我当初就说使不得。我何曾不劝的?也要他们听!"

她时而推车撞壁,一副死猪不怕开水烫的样子。

"怨不得妹妹生气,我只好听着罢了。"

她时而陪笑脸。

尤氏贾蓉一齐笑说:"到底是婶娘宽宏大量,足智多谋!等事办妥了,少不得我们娘儿们过去拜谢。"

尤氏忙命丫头们舀水,取妆奁,服侍凤姐儿梳洗了,赶忙又命预备晚饭。尤氏亲自递酒布菜。

酸凤姐大闹宁国府,在吃吃喝喝中收场了。

尤氏,才能拔萃。

尤氏,人缘颇佳。

尤氏,做事热心。

尤氏,手腕老练。

这个女人不寻常!

正册篇

《薛宝钗》

◎冤哉,宝钗!◎

《红楼梦》到八十回戛然而止,留有多少悬念,多少疑团!

宝黛爱情最终应该是悲剧,同情也罢,惋惜也罢,万万不可随心所欲指责他人。

他人之一就有薛宝钗。

假如戴了有色眼镜看宝钗,宝钗似乎一无是处。

假如戴了有色眼镜看宝钗,宝钗会被扣上多顶"帽子"。

"帽子"一。

宝钗辈有时见机劝导宝玉。

"常会会这些为官作宦的,谈讲谈讲那些仕途经济,也好将来应酬事务,日后也有个正经朋友。"

宝玉大为反感。

"好好的一个清净洁白女子,也学的钓名沽誉,入了国贼禄鬼之流。"

这里,宝钗被扣上的"帽子"是仕途经济吹鼓手。

冤哉,宝钗!

试问:

结交志同道合的知己,这有何差?

试问:

将来成就一番事业,这又有何错?

林如海就是榜样。

虽系世禄之家,却是书香之族,便从科第出身,乃是前科探花,今已升兰台寺大夫,钦点为巡盐御史。

宝钗的话是正经话。

众人见他(宝玉)如此,也都不再向他(宝玉)说正经话了。

由此看来,众人也站在宝钗一边。

"帽子"二。

歪说红楼主子

滴翠亭杨妃戏彩蝶。

宝钗听到小红和坠儿在说私房话，担心生事，料也躲不及，少不得要使个"金蝉脱壳"的法儿，笑着叫道："颦儿，我看你往那里藏！"

小红便信以为真，道："了不得了！林姑娘蹲在这里，一定听了话去了！"

这里，宝钗被扣上的"帽子"是嫁祸于人。

冤哉，宝钗！

首先，宝钗无心"嫁祸"颦儿。

宝钗为什么只叫了颦儿？

1. 宝钗从不与下人开玩笑。

2. 宝钗最亲密的姐妹只有黛玉和湘云，而这时，**湘云等过了宝姐姐的生日回去了**；其他姐妹们**都在园里玩耍，独不见黛玉**。宝钗就是冲着这个来找黛玉的。假如这里宝钗叫的是"二姑娘"、"三姑娘"、"四姑娘"，难道不感到别扭吗？

其次，宝钗无可"嫁"之"祸"。

所谓的"祸"，都出自小红口中。

"要是宝姑娘听见还罢了，那林姑娘嘴里又爱克薄人，心里又细，他一听见了，倘或走露了，怎么样呢？"

小红所说的"祸"是有前提的。

要是……

倘或……

事实上，林姑娘什么都没听见，谈不上走露，谈不上克薄人，更说不得有什么"祸"了。

"祸"说，与宝钗浑身不搭界！

"帽子"三。

含耻辱情烈死金钏。

宝钗连连宽慰王夫人。

"或是在井傍边儿玩，失了脚掉下去的？"

"纵然有这样大气，也不过是糊涂人，也不为可惜。"

"多赏他几两银子，发送他，也就尽了主仆之情了。"

宝钗不计较忌讳，将前日倒做了两套衣服取了给金钏儿装裹。

这里，宝钗被扣的"帽子"是巧为人。

冤哉，宝钗！

就事论事，金钏儿人死不能复活，王夫人已经在**坐着垂泪**，作为外甥女的宝钗难道去说三道四不成？当然只能是宽慰了。

从大处看，宝钗确实是巧为人，她与上上下下相处得都不错。

例如：

宝钗生日，贾母因问宝钗爱听何戏，爱吃何物。宝钗深知贾母年老之人，喜热闹戏文，爱吃甜烂之物，便总依贾母素喜者说了一遍，贾母更加喜欢。

贾环玩赶围棋耍赖，宝钗生怕宝玉教训他，倒没意思，便连忙替贾环掩饰。

宝钗见邢岫烟家业贫寒，每相体贴接济。

宝钗行为豁达，随分从时，故深得下人之心，就是小丫头们，亦多和宝钗亲近。

宝钗这样的巧为人赢来了家族和睦，主仆融洽，有什么不妥？

"帽子"四。

薛宝钗羞笼红麝串。

这里，宝钗被扣的"帽子"是挑逗宝玉。

冤哉，宝钗！

没有宝玉的请求，宝钗怎么可能褪红麝串？

"宝姐姐，我瞧瞧你的那香串子呢！"

红麝串难褪是不争的事实。

宝钗原生的肌肤丰泽，一时褪不下来，这才露出了雪白的胳膊。

又是宝玉，不觉动了羡慕之心。

看看宝钗形容，只见脸如银盆，眼如水杏，唇不点而含丹，眉不画而横翠，另具一种妩媚风流，不觉又呆了。

宝钗没有挑逗宝玉。

宝玉自作多情了。

退一步讲，哪个少女不怀春？

宝钗即使对宝玉有意思，也并非第三者插足。

宝玉与黛玉还没有定亲，宝钗就不能看中宝玉吗？

《红楼梦》不过是一部小说，虽然宝玉和黛玉的形象与现实生活不一定匹配，但宝黛忠贞的情爱是可赞可叹的。

这里，为宝钗辩白几句，丝毫没有诋毁宝玉和黛玉之意。

宝黛爱情悲剧是怎样酿成的？

也许非常复杂，引经据典，上纲上线，就是所谓的权力纷争。

也许非常简单，开门见山，纯粹考虑到的是黛玉的身子骨。

或许有一天能揭开谜团，大有可能与宝钗根本不相干。

到那时，现在带有色眼镜看宝钗的也会改口了。

冤哉，宝钗！

《李纨》

◎李守中是怎样雕琢女儿的?◎

李纨好品行。
惟知侍亲养子。
李纨好德性。
只教姑娘们看书写字,针线道理。
李纨好口碑。
"大奶奶是个佛爷。"
"第一个善德人。"
玉不琢,不成器。
李纨能有今日风范首先应该归功于她的父亲。
李纨父名李守中。
李守中曾为国子祭酒。
国子祭酒,国子监主管官。
李守中在外辛勤教授学生。
李守中在家悉心栽培女儿。
李守中是怎样雕琢女儿的?
他不墨守成规。

李家世代女子也崇"才"。
族中男女无不读诗者。
李守中偏偏不曾叫他(李纨)十分认真读书。
他却自成一体。
自李守中继续以来女子厚"德"了。
女子无才便是德。
他就是对女儿的性格儿难得的好下功夫。
李守中具体是怎样雕琢女儿的?
一、
强化德育。
他要女儿将些《女四书》、《列女传》读读。
他要女儿记得前朝这几个贤女便了。
二、

注重智育。
论文才。
他要女儿认得几个字。
他要女儿读得几本书。
李纨的学识还是有根基的。
不然,**若遇见容易些的题目韵脚,她怎能随便做一首?**
不然,**元妃省亲,她怎能做出题咏万象争辉(扁额)!**
论技艺。
他要女儿学针黹。
他要女儿以纺织女红为要。
三、
兼顾美学。

他让女儿看戏。
他让女儿听书。
不然,李纨怎能知道薛小妹说的后**两首诗虽无考,凡说书唱戏都有!**
他带女儿游览像关夫子的坟之类古迹。
他带女儿朝山进香。
不然,李纨怎能知道薛小妹说的后两首诗虽无考,甚至于求的签上都有!
李纨成了一个全面发展的好姑娘。
李守中不愧是一代名师!

◎李纨嫁了个花心老公◎

李纨好出身!
这李氏系金陵名宦之女,父名李守中,曾为国子祭酒。
李纨出阁不可能没有陪房丫头。
如今,李纨的贴身丫头素云是荣国府的老人马。
袭人、琥珀、素云……这十来个人,从小儿什么话儿不说,什么事儿不做?
李纨的陪房丫头哪里去了?
都打发了!
这是什么缘故?

说来话长——
也许是大爷作的孽!
政老爷的夫人王氏,头胎生的公子名叫贾珠。
贾珠是一个风流才子。
说"才"——
贾珠十四岁进学。
说"风流"——
贾珠**把李纨的陪房丫头摸索**上了。
此话怎讲?
贾珠后来娶了妻,生了子,不到

歪说红楼主子

二十岁,一病死了。

贾珠算他十六岁成亲,十九岁夭亡。

十六岁到十九岁,三年。

"想当初你大爷在日,何曾也没两个人?"

两个人?

李纨说此话是有所指的,指的是像平儿一样的陪房丫头。

"凤丫头他不是这丫头,他就这么周到了?"

两个人?

李纨说此话是泛指几个,也许就是**两个**,也许像凤姐一样**先时陪了四个丫头来**,也许更多。

贾珠在短短三年里,把李纨的几个陪房丫头摸索上了!

李纨最后将陪房丫头都打发了。

都?

统统。

大爷把陪房丫头**将及淫遍**。

此地引用了**摸索**、**淫遍**,无非想说贾珠和薛蟠、孙绍祖是一票货色。

李纨嫁了个花心老公!

大爷偏爱这些陪房丫头。

少年夫妻本应是**桃李春风**。

李纨的儿女情长却成了**水中月、镜里花**。

唉——

"休提绣帐鸳衾!"

大爷纵容这些陪房丫头。

"天天只是他们不如意。"

李纨逆来顺受,强作还是那容下人的姿态。

唉——

"如冰水好空相妒!"

大爷在时,李纨的日子想必过得极不如意。

大爷去了,事过境迁,李纨一提往事仍然说着不觉眼圈儿红了。

大爷一没了。

李纨行动了:

我趁着年轻都打发了。

打发——

雷厉风行,速度快。

趁着年轻,立马走人。

万一这些陪房丫头羽毛丰满了,这是对李纨权力最大的威胁。

打发——

大刀阔斧,手段狠。

一个不留,一个不剩,都开路。

谁也保证不了有一个好的守得住。

谁说李纨从不管事?

谁说李纨也不中用?

李纨打发她的陪房丫头——

文雅的一比:

她在收拾残局。

粗俗的一比:

◎李纨需要怎样的"膀臂"?◎

大爷一没了。

李纨就把几个陪房丫头都打发了。

李纨心里是想要有一个好的。

李纨需要怎样好的?

平儿就是标准。

平儿是陪房丫头。

李纨眼热凤姐——

要不是平儿,"他就得这么周到了?"

李纨心里是想也有个膀臂。

李纨需要怎样的"膀臂"?

袭人就是尺度!

袭人似陪房丫头。

李纨也眼热宝玉——

"小爷屋里,要不是袭人,你们度量到个什么田地?"

李纨没有造化。

李纨为什么要把陪房丫头都打发了?

不中意!

不称心!

在荣国府,男主子与陪房丫头有"花头"司空见惯。

"小孩子们年轻,馋嘴猫儿似

老公厕了屎,她在揩屁股。

的,那里保的住呢?"

平儿已收在房里了。

贾琏与平儿一年里头,两个有一次在一处。

袭人早晚会开了脸,明放他在屋里。

宝玉与袭人云雨情,也许成了不是秘密的秘密。

"大爷在日,何曾也没两个人?"

由此推论——

贾珠与陪房丫头有"花头"不是李纨都打发的真正原因。

陪房丫头是奴才。

陪房丫头对主子必须忠心耿耿!

"平姑娘是个正经人,从不会挑三窝四的,倒一味忠心赤胆服侍。"

这样的陪房丫头怎么不令人中意!

袭人如今跟了宝玉,心中又只有宝玉了。"宝玉果然有造化,能够得他长长远远的服侍一辈子,也就罢了!"

这样的陪房丫头怎么不令人称心!

陪房丫头是奴才。

陪房丫头对主子必须俯首帖耳!

平儿挨过主子的打。

歪说红楼主子

凤姐那酒越发涌上来，也并不忖夺，回身把平儿先打了两下子。

平儿非但没有记恨，反儿给足主子面子。

平儿忙走上来给凤姐儿磕头，说："奶奶的千秋，我惹的奶奶生气，是我该死。"

"我服侍了奶奶这么多年，也没弹我一指甲，就是昨儿打了我，我也不怨奶奶。"

这样的陪房丫头怎么不令人中意！

袭人也挨过主子的踢。

宝玉一肚子没好气，便一脚踢在肋上，袭人"嗳哟"了一声。

袭人非但没有埋怨，反儿给主子落篷的台阶。

袭人少不得忍着说道："没有踢着。"

袭人一面忍痛换衣裳，一面笑道："我是个起头儿的人，也不论事大事小，是好是歹，自然也该从我起。"

这样的陪房丫头怎么不令人称心！

再来看看李纨的陪房丫头：

"天天只是他们不如意。"

天天，永无宁日。

只是他们不如意，永不满足。

仅仅这短短9个字——

勾画出这些陪房丫头的气焰是何等嚣张！

这样的陪房丫头谁会中意？

这样的陪房丫头谁会称心？

大爷一没了。

李纨不都打发她们才怪呢！

◎撕了李纨的伪装◎

李纨善于伪装。

秋爽斋偶结海棠社。

李纨是这样说的："我又不会作诗，瞎闹什么！"

难道李纨真的不善作诗？

莫忘了——

元春省亲。

"妹等亦各题一匾一额，随意发挥，不可为我微才所缚。"

李纨"显格格"，也勉强作成一绝。

撕了李纨的伪装。

无非因为元春是皇妃。

见啥风，使啥舵。

李纨一技。

李纨善于伪装。

觉察到没有？

每逢大观园争斗白热化时，李纨

不是自己病，就是儿子病。

一说**玫瑰露引出茯苓霜**。

李纨正因兰儿病了，不理事务。

真病？

平儿**判冤决狱**刚过，当下又值宝玉生日已到，一时贾环、贾兰拜寿来了。

怪了——

贾兰的病说有就有、说没就没！

二说**惑奸谗抄检大观园**。

李纨犹病在床上。

李纨才吃了药睡着，不好惊动。

真病？

抄检大观园次日，李纨就觉**精爽**了些。

怪了——

李纨的病来得快、去得也快！

撕了李纨的伪装。

这也许是挡箭牌。

见啥风，使啥舵。

李纨一招。

李纨善于伪装。

"想当初你大爷在日，何曾也没两个人？"

贾珠在短短三年里，已经把几个陪房丫头都摸索上了。

大爷纵容陪房丫头。

"天天只是他们不如意。"

陪房丫头有恃无恐。

李纨敢怒不敢言。

"你们看，我还是那容不下下人的？"

这句话是李纨善于伪装的最明显的一证。

李纨真是**容得了下人吗**？

撕了李纨的伪装。

李纨不是不想报，只是时辰未到。

王夫人爱贾珠胜于爱宝玉。

"若有你活着，便死一百个，我也不管了。"

王夫人是荣国府里的铁碗人物。

婆婆宠老公。

老公宠陪房丫头。

李纨怎奈何！

大爷一没了。

时辰一到，一切都报。

"夫"字"天"出头。

没了大爷，李纨无法无天了。

"**我趁着年轻都打发了。**"

报得干净，报得利落。

见啥风，使啥舵。

李纨一绝。

歪说红楼主子

◎李纨仍是有情人◎

李纨守寡了。

李纨装的竟如"槁木死灰"一般。

李纨打扮简朴。

她妆奁中没有脂粉。

素云这样说的"我们奶奶就少这个"。

李纨行为矜持。

她一概不问不闻。

她惟知侍亲养子,闲时陪侍小姑等针黹诵读。

李纨生活刻板。

稻香村冷冷清清的。

碧月这样说的"我们奶奶不玩,把两个姨娘和姑娘也都拘住了。两个姨娘到明年冬天,也都家去,更那才冷清呢"!

李纨守寡了。

槁木爆青。

死灰复燃。

李纨其实仍是有情人!

李纨深"情"怀念丈夫。

不孝种种大承笞挞。

王夫人哭着贾珠的名字,别人犹可,惟有李纨禁不住也抽抽搭搭的哭起来了。

李纨尽"情"享受生活。

一说秋爽斋偶结海棠社。

李纨是积极响应者。

"要起诗社,我自举我掌坛。"

"我定于每月初二、十六这两日开社。必往我那里去。"

二说寿怡红群芳开夜宴。

李纨是积极参与者。

"有何妨碍,一年之中,不过生日节间如此,并没夜夜如此,这倒也不怕。"

"真有趣,我只自吃一杯。"

李纨时而有火辣辣的热"情"。

大家来敬探春,探春那里肯饮?却被湘云、香菱、李纨等三四人,强死强活,灌了一盅才罢。

强死强活?

疯癫谈不上。

李纨起码忘乎所以轻飘飘了。

李纨时而有悄悄然的隐"情"。

李纨犹病在床上。

"昨日人家送来的好茶面子。"

人家?

此两字很奥妙。

探病的是谁?

假如是像李婶之弟之类亲戚,按常例,李纨会直说的。

163

现在李纨为什么含糊其词？

出格谈不上。

李纨起码有上不了台面的私房事。

李纨守寡了。

李纨一反常"情"。

她本是逞纵了下人的主子。

她现在却将陪房丫头都打发了。

这是什么缘故？

大爷在日。

陪房丫头鸠占鹊巢。

"天天只是他们不如意。"

她们是李纨的心腹之患。

她们是李纨的"情"敌。

大爷一没了。

一锅端。

一脚踢。

李纨为"情"而泄愤。

李纨为"情"而报复。

李纨守寡了。

李纨另有别"情"。

欲知底细——

请关注下一个话题《李纨那是什么情丝？》

◎李纨那是什么情丝？◎

寡妇门前是非多。

一说菊花会、螃蟹宴间——

李纨行为举止有些反常。

李纨揽着平儿笑道："可惜这么个好体面模样儿……"

揽着？

多么轻佻。

一个寡妇家的怎么可以这样放纵！

事情还没完呐——

平儿回头笑道："奶奶，别这么摸的我怪痒痒的。"

摸的我怪痒痒的？

多么肉麻！

一个寡妇家的怎么可以这样放肆。

李纨不是**槁木死灰**吗？

她竟然**揽**。

她竟然**摸**。

无意？故意？

寡妇门前是非多。

二说撵司棋、逐晴雯间。

李纨行为举止有些反常。

王夫人这样说的："谁知兰小子的这一个新进来的奶子也十分的妖调，也不喜欢她。"

王夫人又这样说："我说给你大嫂子了，叫他各自去罢。"

王夫人的话十分清楚：

奶子是**新进来的**。

歪说红楼主子

奶子是大嫂子一手安插的。

奇了：

新进来的？

按常例，贾兰小哥儿十三岁的人应该进来一个丫头，怎么会是一个奶子？

莫不是这奶子与李纨有什么瓜葛？

更甚的：

这奶子**也十分妖调**。

妖调？

王夫人顺路来查了一查，她已经看出名堂。

李纨天天在眼皮子底下，她不可能不知不觉！

李纨怎么能让这样的奶子去服侍自己的儿子？

莫不是这奶子与李纨有什么瓜葛？

寡妇门前是非多。

大爷一没了。

李纨就把几个陪房丫头**都打发了**。

稻香村并不是不需要人手。

李纨不是**新进来奶子**吗？

陪房丫头是李纨从娘家带来的，她们却**都被打发了**。

奶子是新的，她竟进来了。

这是什么缘故？

奶子：**妖调**。

别忘了——

平儿：**娇俏动情，有好体面模样儿**。

由此推测：

李纨看得中的就是**妖调**的女人。

李纨看得中的就是**娇俏**的女人。

李纨应该不是"拉拉"（lesbian）。

李纨那是什么情丝？

◎李纨是吝啬人◎

李纨进项颇多。

"一个月十两银子的月钱。老太太、太太还说你'寡妇失业'的，可怜，不够用！又有个小子，足足的又添了十两银子。"

"你园子里的地，各人取租子。"

"年终分年例，你又是上上分儿。"

李纨出账有限。

"你娘儿们主子奴才共总没有十个人，吃的穿的仍旧是大官中的。"

李纨收入不菲。

一年通共算起来，也有四五百两银子。

平儿说："**大奶奶是个佛爷**。"

佛爷，有求必应。

李纨手头宽绰。

李纨果真是**佛爷**吗？

165

不。
李纨是吝啬人!
看:
秋爽斋偶结海棠社。
对李纨来说,经费有限,应该主动承担。
"这会子起诗社,能用几个钱?"
"这会子你就每年拿出一二百两来陪着他们玩玩儿,有几年呢?"
李纨就是怕花钱。
她一会儿鼓吹"劈硬柴"。
"你们每人一两银子就够了,送到我这里来。"
"你们四分子送了来,我包管五六两银子也尽够了。"
她一会儿又挑唆拉赞助。
"单给凤丫头个信儿就是了。"
凤姐是明白人。
"那里是请我做'监察御史'?分明叫了我去做个进钱的'铜商'罢了。"
"你们的钱不够花,想出这个法子来勾了我去,好和我要钱。"
李纨是一毛不拔的铁公鸡!
兴儿说:"寡妇奶奶,第一个善德人。"
善德人,乐善好施。
李纨手头宽绰。

妙 说 红 楼

李纨果真是**善德人**吗?
不。
李纨是小气人!
看:
邢岫烟她**家业贫寒**。
宝钗暗中每相体贴接济。
探春给了邢岫烟一个**碧玉佩**。
"他见人人皆有,独你一个没有,怕人笑话,故送你一个,这是他聪明细致之处。"
大观园新领导班子中二位主子都有了动作。
李纨似乎一点表示都没有。
李纨是一毛不拔的铁公鸡!
李纨说凤姐是"**专为打细算盘**"。
李纨又说凤姐是"'**分金掰两**'的"。
有嘴说别人,无嘴说自身。
李纨不拿镜子照照自己——
有过之,而无不及!
进,多多益善。
出,少了还要少。
少,怎样少?
看:
大爷一没了。
"裁员。"
谁首当其冲?

那些张狂的陪房丫头。
"天天只是他们不如意。"
"趁着年轻都打发了。"

李纨此举双丰收：
拔了眼中钉，肉中刺。
省了几张吃饭的嘴巴。

◎李纨，糊涂！◎

说李纨糊涂，李纨确实糊涂！
辱亲女愚妾争闲气。
李纨出来打圆场。
"姨娘别生气，也怨不得姑娘，他满心里要拉扯，口里怎么说的出来？"
李纨，打住！
李纨说话一点不注意场合。
她在大庭广众这样说——
叫探春的脸往哪里搁？
李纨说话一点也不注意分寸。
她把探春说成是口是心非的人——
叫探春从今往后怎么做人？
探春没好话了。
"这大嫂子也糊涂了！"
李纨糊涂，出典就来自探春嘴里！
说李纨糊涂，李纨确实糊涂！
秋爽斋偶结海棠社。
李纨吐起苦水来了。
"想当初你大爷在日，何曾也没两个人？要是有一个好的守的住，我到底也有个膀臂了！"

李纨，打住！
李纨说话一点不注意场合。
　众人：品蟹、赏菊、吟诗，其乐融融。
　独她一人：怨夫、恼婢、怜己，悲悲戚戚。
　这岂不是大煞风景？
　怎不令人扫兴！
　李纨说话一点也不注意对象。
　李纨的身边有平儿和袭人。
　李纨恨的是自己的陪房丫头。
　平儿是陪房丫头，袭人似陪房丫头。
　李纨对她们诉苦——
　好比到寺庙里数落秃子的不是。
　这叫僧尼们怎么搭理！
　李纨的身边还有宝玉及姐妹们。
　李纨是结过果的树。
　宝玉及姐妹们是尚未开过花的苗。
　李纨对他她们诉苦-
　好比到初中里控诉小寡妇的冤屈。

这叫少男少女们怎么附和!

看:

说的,十分卖力。

说着不觉眼圈儿红了。

听的,无人喝彩。

一觉可笑。

"这又何必伤心。"

二觉生厌。

"不如散了倒好。"

听客一个个走了。

大家约着往贾母王夫人处问安。

袭人便和平儿一同往前去。

李纨,可怜。

谁也不安慰她。

听客一个个走了。

谁也不同情她。

此时此刻,怪谁呢?

李纨,**糊涂!**

◎李纨功不可没!◎

贾兰是一个着实不错的孩子。

少年时,初露锋芒。

一首七言绝句,人人便皆大赞。

"稚子口角,也还难为他。"

"小哥儿十三岁的人,就如此,可知家学渊博,真不诬矣。"

成年了,金榜题名。

母以子贵。

李纨成了一位**凤冠霞帔**的有爵者。

贾兰功成名就。

饮水思源?

李纨治家有方。

李纨功不可没!

这里的"家"不是指偌大荣国府。

这里的"家"指的是大爷一房的小天地。

治家要治人。

治人要治本。

丫头怎样选用?

李纨大有讲究!

大爷一没了。

手下的奴婢怎么处理?

一边是陪房丫头。

多则十多年,少则三、五年,交情不是一眼眼。

可是她们七翘八裂。

"天天只是他们不如意。"

一边是荣国府老人马。

多则三、五年,少则一、两年,相处不过一歇歇。

可是她们为人低调。

有的老实。

有的听话。

孰留?

歪说红楼主子

孰走？
为了自己免遭欺凌。
为了儿子不受干扰。
长痛不如短痛。
李纨把陪房丫头都打发了。
留下的却是素云、碧月……
丫头怎样调教？
李纨煞费苦心！
一个丫头只弯腰捧着脸盆给尤氏洗脸。
李纨立即呵斥：
"怎么这样没规矩！"
素云将自己的脂粉给尤氏净一净。
李纨立即训导：
"我虽没有，你就应该往姑娘们那里取来。怎么公然拿出来！"
功夫不负有心人。
李纨的丫头安分守己。
惑奸谗抄检大观园。
凤姐所到之处几乎没个安宁的。
怡红院，晴雯尖酸发难。
秋爽斋，侍书拌嘴逞威。
潇湘馆，紫鹃的箱子里有宝玉的旧东西。
蓼风轩，入画箱中寻出私自传送的钱物。
缀锦楼，司棋赃证更多。
只有稻香村的丫头是干干净净的。
只到丫鬟们房中，一一的搜了一遍，也没有什么东西。
李纨的丫头没有给主子抹黑。
李纨的丫头没有给主子丢脸。
人，治好了。
家，才有活力。
贾兰飞黄腾达。
李纨的含辛茹苦终究有了回报。
大爷不到二十岁，一病就死了。
李纨年纪轻轻守了寡。
为了儿子——
她献出了所有的心血。
"那美韶华去之何迅！"
为了儿子——
她献出了毕生的精力。
"也抵不了无常性命。"
切莫说——
儿孙自有儿孙福。
实可叹——
可怜天下父母心！

◎李纨的陪房丫头哪里去了？◎

"天天只是他们不如意。"
李纨把陪房丫头都打发了。

陪房丫头为什么不如意？
设身处地看一看：

169

大观园里里外外有几个陪房丫头如意的！

天下乌鸦一般黑。

陪房丫头一个个都成了性奴隶。

李纨的：

"想当初你大爷在日，何曾也没两个人？"

凤姐的：

贾琏见平儿**娇俏动情，便搂着求欢。**

迎春的：

孙绍祖**将家中所有媳妇丫头，将及淫遍。**

夏金桂的：

薛蟠见金桂的丫头宝蟾有三分姿色，故意挑逗他。

薛蟠得了宝蟾，如获珍宝。

听：

陪房丫头在哭泣：

"又不是我自己寻来的！"

陪房丫头在呐喊：

"我不愿意！"

东山老虎吃人，西山老虎也吃人。

陪房丫头一个个都是出气筒。

李纨，**镇山太岁：**

李纨对自己的陪房丫头笑里藏刀。

表面上，"你们看，我还是那容不下人的？"

骨子里，"大爷一没了，都打发了！"

凤姐，巡海夜叉：

平儿遭荼毒。

那酒越发涌上来，也并不忖夺，回身把平儿先打了两下子。

夏金桂，河东吼：

宝蟾被作践。

辱嗔宝蟾，甚至于骂，再至于打。

唉——

陪房丫头的日子哪里是人过的日子？

有的寻死觅活。

宝蟾昼则刀剪，夜则绳索，无所不闹。

有的忍辱偷生。

平儿独自一人，供应贾琏夫妇二人，贾琏之俗，凤姐之威，他竟能周全妥帖。

前有狼，后有虎。

陪房丫头很少有好的归宿。

凤姐的陪房丫头就是一个缩影：

陪过来一共四个。

死的死。

积劳成疾？

嫁的嫁。

委曲求全？

只剩下平儿了。

苟延残喘！

李纨把陪房丫头**都打发了。**

这些陪房丫头哪里去了？

也许领出去配人?
也许出家去了?
也许父母虽有,这一去还被卖了?
……

陪房丫头苦。
陪房丫头怨。
宝玉无限感叹:
"薄命的很了!"

◎附:谁是李家希望之星?◎

李家怎么了?
李守中销声匿迹。
李家抛头露面的是两代寡妇:李婶娘、李纨。
李家眼下消沉了。
谁是李家希望之星?
白雪红梅。
李绮上场了。
《红楼梦》前八十回中,有关李绮的描写不足一页。
寻觅,探究。
李绮非一般人物也。
李绮招人爱。
她,**水葱儿般娇嫩**。
她,薛宝钗一样的**绝色的人物**。
她,薛宝琴一样的**人上人**来。
她,**似老天赐予精华**。
她,如**老天赐予灵秀**。
李绮引人赞。
编谜语是小玩意儿。
李绮在与李纨、李纹编谜语中独领风骚。

一个小小的谜语看出了李绮的内涵。
一个小小的谜语看出了李绮的功底。
宝琴道:"这个意思却深。"
黛玉笑道:"妙得很!"
众人会意,都笑了,说:"好。"
称赞,佩服。
大观园一片喝彩声。
李绮受人宠。
一说。
宝钗叫邢岫烟、李纹、李绮作红梅诗。
李纨因说:"绮儿也不大会做,还是让琴妹妹罢。"
别小看这无足轻重的一句话。
绮儿出,琴儿进。
李纨也许是怕绮儿临时怯场免出洋相。
二说。
李家三姐妹做灯谜儿。
李纨因笑向众人道:"回到家和

绮儿纹儿睡不着,我就编了两个'四书'的。"

别小看这无足轻重的一句话。

绮儿前,纹儿后。

李纨心中的位置绮儿高于纹儿。

李纨关照绮儿。

李纨看重绮儿。

李纨也许就是把绮儿看作李家的希望之星!

芦雪亭争联即景诗。

"欲志今朝乐。"

压轴谁唱的?

李纨?李纹?

无关紧要!

"凭诗祝舜尧。"

李绮铁定唱了大轴。

诗的收尾往往是画龙点睛之处。

李绮担此重任预示什么?

《红楼梦》在续演。

李绮的好戏还在后头。

《 歪说红楼趣案 》

《绣春囊案》

◎她们？◎

痴丫头误拾绣春囊。

绣春囊。

十锦春意香袋。

绣春囊是春意儿。

一面却是两个人，赤条条的相抱。

绣春囊，儿女闺房私意是有的。

绣春囊，怎么会大天白日，明摆在园里山石上？

这个五彩绣春囊是谁的？

《红楼梦》一大谜案。

这个五彩绣春囊是谁的？

先看看谁可能有绣春囊。

只有拥有绣春囊的人才有可能丢失在大观园山石背后。

先查来龙。

这香袋是外头仿着内工绣的，连穗子一概都是市卖的东西。

有市卖，必定有"市买"。

"女孩子们是从那里来的？"

大观园里姑娘小姐是不可能"市买"，排除了。

"市买"绣春囊，必定是抛头露面的男子。

再排去脉。

"市买"了绣春囊，谁珍藏绣春囊？

一当然是"市买"男子。

二应该是与"市买"者关系不一般的人，其中绝大多数是性伴侣，也许是妻妾，也许是情人……

"老婆子们，要这个何用？"

大观园里嬷嬷婆子是不需要的。又排除了。

歪说红楼趣案

珍藏绣春囊,**年轻的人为主**。

查来龙,排去脉。

这个五彩绣春囊是谁的?

凤姐想到了"她们"。

"她们"之一是**那边府里的人**。

"那边太太常带过几个小姨娘来,嫣红翠云那几个人,也都是年轻人,他们更该有这个了。"

贾赦如今上了年纪,**放着身子不保养**。

贾赦**左一个右一个的,放在屋里**。

左一个,右一个。

也许"市买"了绣春囊,左右逢源也。

"她们"之二是东府里的人。

"那边珍大嫂子,他不算很老,也常带过佩凤他们来了,又焉知不是他们的?"

尤氏确实不老。仅是**也奔四十岁的人**。

贾珍尤氏小两口儿,**团团圆圆名正言顺**。

贾珍的**姬妾个个风流**。

佩凤吹箫,文花唱曲。

贾珍怎不心动神移?

贾珍与她们一味高乐。

也许"市买"了绣春囊,乐此不疲也。

凤姐同时想到了"她们"。

"她们"就是自己园里的人。

"园内丫头多,保不住都是正经的,或者年纪大些的,知道了人事,一刻查问不到,偷出去了,或借着因由,合二门上小幺儿们打牙撂嘴儿,外头得了来的,也未可知。"

确实,园里丫头是最大的隐患。

司棋就是**偷出去了的**。

司棋与**姑表兄弟潘又安**,青梅竹马,**近年大了,旧情不断**。

穿针引线的不是二门上小幺儿,而是**后门上的老张妈**。

潘又安外特寄香袋一个,**略表我心**。

香袋,"市买",是否就是五彩绣春囊?

潘又安私传表记,已有无限风情。

表记,"市买",是否就是五彩绣春囊?

查来龙,排去脉。

若问谁也可能有绣春囊,且听下文细细分解。

◎她？她们？◎

查来龙，排去脉。

这个五彩绣春囊是谁的？

凤姐想到了"她"。

"那边珍大嫂子，他不算很老，也常来。"

说到这里，倒要为尤氏鸣不平。

为什么凤姐的眼光只盯着别人。

难道她忘了自己比尤氏更**不算很老**！

难道她忘了自己比尤氏更**常来**！

不说别的——

她的后台老板，她的嫡嫡亲的姑母王夫人首先想到的就是她。

"一家子除了你们小夫小妻。"

"自然是那琏儿不长进下流种子那里弄来的！"

"你们又和气，当作一件玩意儿。"

王夫人说得句句**固然有理**。

眼前，荣国府明摆的就琏儿凤姐一对小夫妻。

琏儿也确实是**下流种子**。

"我昨儿晚上不过要改个样儿，你为什么那么扭手扭脚的呢？"

改个样儿，扭手扭脚。

"市买"了绣春囊，依葫芦画瓢？。

此时此刻——

凤姐矢口否认。

"我没有此事。"

凤姐百般抵赖。

"我并无这样东西。"

"我虽年轻不懂事，也不肯要这样东西。"

然而，曾几何时——

凤姐为何**把脸飞红**？

凤姐为何"嗤"的一笑？

此乃佐证。

这个**五彩绣春囊**莫非是凤姐的？

查来龙，排去脉。

这个五彩绣香囊是谁的？

凤姐想到了"她们"。

"她们"之一是那边府里的人。

"那边太太常带过几个小姨娘来，嫣红翠云那几个人，也都是年轻人，他们更该有这个了。"

"她们"之二是东府里的人。

"那边珍大嫂子，也常带过佩凤他们来了，又焉知又不是他们的？"

说到这里，倒要为嫣红、佩凤"她们"鸣不平。为什么凤姐的眼光只盯着"她们"。

歪 说 红 楼 趣 案

难道她身边的平儿、秋桐就不是**年轻小姨娘**！

凤姐为平儿打保票。

"**就连平儿，我也可以下保的。**"

莫不是怕引火烧身？

殊不知平儿对贾琏也是**娇俏动情**。

"**我浪我的，谁叫你动火？**"

凤姐避而不提秋桐。

莫不是怕诛连九族？

殊不知秋桐与贾琏**更是一对烈火干柴**。

如胶投漆，连日那里拆得开。

动火、烈火。

"市买"了绣春囊，火上浇油？

此乃旁证。

这个**五彩绣春囊**莫非是平儿或秋桐的？

查来龙，排去脉。

这个五彩绣春囊是谁的？

凤姐处处胳膊往里弯。

凤姐句句遮掩得天衣无缝。

佐证、旁证，历历在目。

她（凤姐）、她们（平儿、秋桐）实属难脱干系。

是真？

是假？

权当莫须有。

◎ 他？ ◎

查来龙，排去脉。

这个五彩绣香囊是谁的？

也许是"他"的？

大观园是女人的世界。

"常住户口"唯一的男人只有宝玉。

"他"？

难道是宝玉？

对！

这不是故弄玄虚。

这不是哗众取宠。

宝玉少男初长成。

神游太虚境。

初试云雨情。

"量变"成"质变"。

春意儿对于宝玉轻车熟路。

宝玉虽说有钱**只恨天天圈在家里，行动就有人知道**。

宝玉亲自"市买"绣春囊，似乎不可能。

谁"市买"了绣春囊，又给了宝玉？

茗烟！

茗烟为何如此做？

宝玉、茗烟，身份虽悬殊，却气

味相投。

宝玉：成日家在女孩儿身上做工夫。

茗烟：连他的岁数也不问，就作这个事了。

茗烟为何去"市买"？

茗烟按着个女孩儿，也干那警幻所训之事。

宝玉笑道："等我明儿说了给你作媳妇，好不好？"

茗烟巴结宝玉，这就是现实惠。

"市买"春意儿，茗烟已不是第一遭。

宝玉不自在，便懒在园中，只想去外头鬼混。

茗烟见他这样，因想让他开心。

茗烟怎样让宝玉开心？

茗烟是宝玉"肚皮里的蛔虫"。

"我焙茗跟二爷这几年，二爷的心事，我没有不知道的。"

茗烟便走到书房内，把古今小说，并飞燕、合德、则天、玉环的"外传"，与那传奇角本，买了许多，孝敬宝玉。

"市买"，偷偷地买。

"市买"，暗暗地买。

茗烟又嘱咐："不可拿进园去，叫人知道了，我就'吃不了兜着走'了。"

茗烟此招正中宝玉下怀。

宝玉一看，如得珍宝。

宝玉园里看。

此类是言情书。文理雅道些的，拣了几套进去。

宝玉园外看。

此类是色情书。粗俗过露的，都藏于外面书房内。

宝玉人后看。

放在床顶上，无人时方看。

宝玉人前看。

早饭后，宝玉在桃花底下一块石上坐着，展开《会真记》，从头细看。

宝玉爱不释手。

宝玉看得连饭也不想吃呢。

这些淫词艳曲，宝玉会不会玩烦了的？

茗烟左思右想，只有一件，不曾见过。

茗烟"市买"绣春囊。

完全有这个可能！

色情书、绣春囊，都是淫秽春意儿。

色情书，间接。

绣春囊，直感。

宝玉能偷看色情书，难道就不能偷玩绣春囊？

宝玉是过来之人。

宝玉才把梦中之事细说与袭人听。

歪说红楼趣案

细说？
其目的**遂强拉袭人初试云雨情**。
假设：
宝玉"才把绣春囊与袭人细看"。
细看？

其目的"**遂强拉袭人再试云雨情**"。
查来龙，排去脉。
"他"——
就是可能有五彩绣春囊的人。

◎她？他？◎

查来龙，排去脉。
这个**五彩绣春囊**是谁的？
也许是"她"的。
也许是"他"的。
她是谁？
说出来吓你一跳。
香菱。
香菱可能有绣春囊！
先看看香菱的身份。
香菱是**竟给了薛大傻子作了屋里人**。
香菱是一个年轻的小媳妇儿。
薛蟠喜欢香菱。
薛蟠见英莲生的不俗，立意买了作妾。
薛蟠为香菱儿不能到手，和姑妈打了多少饥荒。
多少？
穷追不舍。
香菱体贴薛蟠。
呆霸王调情遭苦打。

香菱哭得眼睛肿了。
肿？
伤心过度。
薛蟠是摆玩春意儿的老手。
"昨天我看见人家一本春宫儿，画得很好。落的款，原来是什么'庚黄'的。"
庚黄？
原来是"唐寅"两个字。
薛蟠是天性"得陇望蜀"的。
蜀没现身，"陇"就是至宝。
"市买"绣春囊——推波助澜。
薛蟠不是可能，而是绝对干得出来的！
香菱竟有些像咱们东府里的小蓉奶奶的品格儿。
秦可卿，生得形容袅娜，性格风流。
香菱看似**温柔安静**，内心却是春心荡漾。
呆香菱情解石榴裙。

谁说香菱呆？

谁自己就是呆！

解为**裙**。**裙**惹**情**。

香菱为谁**解**？

香菱为谁**情**？

"你汉子去了大半年，你想他了，便拉扯着蕙上也有了夫妻了。"

这也许只是一句玩笑话。

也许果真如此呢？

香菱难道就不会有绣春囊？

说了"她"，顺便表表"他"。

"他"是谁？

意想不到的死角。

贾环。

贾环是一个趋于成熟的青少年。

贾环**自为曹唐再世了**。

曹，曹子建。

唐，唐寅。

曹子建、唐寅，风流才子。

贾环**自为风流之辈**！

贾环**终带着不乐读书之意**。

贾环**亦好外务**。

外务，出门！

贾环**总属邪派**。

贾环**难以教训**。

贾环会不会"市买"绣春囊？

贾环虽然不住在大观园里，但他是主子，可以自由进出。

贾环、贾琮来了。

二人来问候宝玉。

贾环、贾兰来了。

叔侄向宝玉拜寿。

"她"，香菱的丈夫说唐伯虎。

"他"，贾环的父亲也说唐伯虎。

唐伯虎，传闻是位画**春意儿**的高手。

唐伯虎好比一条绳，拴向"她"和"他"。

五彩绣春囊也许是"她"的？

五彩绣春囊也许是"他"的？

不管是谁的——

不尊重也罢，**轻薄**也罢。

"倘或露出来。有什么意思？"

"好不害臊！"

《虾须镯案》

◎势利的平儿◎

邢姑娘,你可知道?
有人在作践你的丫头。
谁?
平儿。
平儿有一副镯子。
那日彼时洗手不见了。
谁拿了?
平儿只疑惑你的丫头篆儿。
只——
一口咬定。
从何说起?
"本来又穷。"
穷——
篆儿为什么穷?
主子穷,奴婢跟着穷。
邢家艰难,仗的是邢夫人与他们治房舍,帮盘缠。

玻璃世界,众姐妹穿红着绿,邢岫烟仍是家常旧衣,并无避雨之衣。
在平儿的心里:主贫,婢贱。
在平儿的眼里:不穷不偷,穷了才偷。
好势利的平儿!
邢姑娘为什么**悄悄的叫人去当衣**?
悄悄的——
要面子。
篆儿为什么**悄悄的**传递当票?
悄悄的——
也是要面子。
要面子=要强!
一主一婢——
有难,不四处诉说。
有苦,不四处张扬。

人穷，志不短。

这样的奴婢怎么会"只怕小孩子家没见过，拿起来是有的"？

可笑平儿门缝里看人了！

宝兄弟，你可知道？

有人在偏袒你的丫头。

谁？

平儿。

苍天有眼。

平儿的镯子找着了。

谁拿了？

宝玉你身边小丫头坠儿偷起来的。

平儿对上谎报案情。

"谁知镯子褪了口，丢在草根底下。还在那里呢，我就拣了起来。"

平儿对下想瞒过水泄不通。

叮咛宋妈总别和一个人提起。

平儿为什么要只当没有这事？

奴才出丑，主子丢脸。

"宝玉是争强好胜的。"

"偏是他这么着，偏是他的人打嘴。"

在平儿的眼里：打狗要看主人面。

在平儿的心里：**情掩**为的是示爱！

好势利的平儿！

坠儿的偷，"老太太、太太听了生气。"

坠儿的偷，"袭人和你们也不好看。"

如何发落？

晴雯疾恶如仇。

"打嘴现世的。"

"爪子又轻……不如戳烂了。"

"今天务必打发他出去。"

麝月支持晴雯这么做。

"要打多少打不得？"

"早带了去，早清净一日。"

平儿呢？

"我来告诉你们，你们以后防着他点。"

"等袭人回来，你们商议着，变过法子打发出去就完了。"

左一个你们，右一个你们——

恶人让人家去做！

好一个平儿——

好势利之余，还是个巧为人！

◎她是怎样沦落为贼的？◎

天下无贼？

红楼有贼！

歪说红楼趣案

红楼之贼似乎并不多,若问谁最招人难忘?

小窃坠儿!

芦雪亭脂粉香娃割腥啖膻。

平儿洗手,少了一个手镯。

众人左右前后乱找了一番,踪迹全无。

谁偷的?

谁是贼?

宋妈说是坠儿偷起来的,被他看见。

宋妈拿着这只镯子交还给了平儿。

镯子追回来了。

铁证如山——

坠儿就是贼!

坠儿是怡红院的小丫头子。

她怎么会偷到街坊家去了?

她怎么会做出这丑事来?

冰冻三尺非一日之寒。

看看:

她是怎样沦落为贼的?

其一,

坠儿嘴馋。

"只会偷嘴吃!"

"又放月钱了,又散果子了,你该跑在头里了。"

坠儿又很懒。

"要这爪子做什么?拈不动针,拿不动线。"

"宝二爷当面使他,他按嘴儿不动。"

"袭人使他,他也背地里骂。"

晴雯使唤,她是蹭进来,"不回他还不来呢!"

好吃懒做,女孩儿家家大忌。

其二,

坠儿爱沾小便宜。

坠儿为什么热心为小红寻找失落的罗帕?

"我看他拿什么谢我!"

"你拿什么谢我呢?难道我白找了不成?"

左要谢,右要谢。

真是有点急吼吼。

坠儿眼皮子又浅。

平儿的手镯是虾须镯。

虾须镯虽说是金子的,不过,能多重?

坠儿在宝玉房里不是一天两天的,应该是见过世面的。

"这小娼妇也见过些东西,怎么这么眼浅?"

眼红、手痒,女孩儿家家致命伤。

其三,

坠儿虽然那样伶俐,头脑比较简单。

滴翠亭杨妃戏彩蝶。

小红听了宝钗的话，连呼了不得了。

坠儿听了宝钗的话，不以为然。

"管谁筋痛，各人干各人的就完了。"

坠儿虽然**那样伶俐**，做事不计后果。

坠儿你难道不记得**那一年有个良儿偷玉，闲时还常有人提起来趁愿**。

坠儿你难道不明白如今偷了镯子，"**务必打发他出去！**"

胆大妄为，女孩儿家家死胡同。

坠儿本来是一张白纸。

现在黑了。

坠儿本来是一汪清水。

现在浑了。

怨谁呢？

怪不得**眼空心大头等刁钻古怪**的知心伙伴。

怪不得**不知规矩**的亲娘老子。

手长在自己身上——

自己种的苦果自己吃。

手长在自己身上——

自己作的罪孽自己受。

坠儿一伸手——

一身的名誉泡汤了。

坠儿一伸手——

一身的前程葬送了。

坠儿偷镯——

痛恨。

坠儿偷镯——

惋惜！

《玫瑰露案》

◎贪嘴的平儿◎

玫瑰露案起因是柳五儿。

在寥淑一带,她躲藏不及给林之孝家的逮了个正着。

玫瑰露案牵出了柳家的。

在厨房里,林之孝家的搜出了一个露瓶子和一包茯苓霜。

就事论事,柳家母女是冤枉了。

玫瑰露:芳官经宝玉首肯,"你都给他吃去罢。"她连瓶子一起给五儿的。

茯苓霜:柳家的哥哥从一个广东的官儿送给门上人的中分了这些,柳家的他嫂子转送给外甥女儿五儿吃得的。

判冤决狱平儿行权。

就事论事,平儿判对了。

"将他(柳家的)母女带回,照旧去当差。"

柳家的母女忙向上磕头。

反过来看:平儿也过于草率了。

凤姐眼光凶。

"苍蝇不抱没缝儿的鸡蛋。"

"虽然柳家的没偷,到底有些影儿。"

其实,柳家的不是好东西。

她本是财迷。

钱槐手头宽裕,柳家父母却也情愿女儿嫁他为妻。

柳二媳妇和他妹子通同开局,凡妹子所为,都是他作主,赚了平分。

她有发外财的心。

"里头赚些东西,也是应当的。"

她有发外财的胆。

厨房内有许多亏空。

"粳米短了两担,常用米又多支了一个月的,炭也欠着额数。"

她会不会是揩油后来不及抹平账了?

凤姐手条辣。

"宁可错杀一千,不可放走一个。"

"虽不加贼刑,也革出不用。朝廷原有挂误的,到底不算委屈了他。"

平儿却偏心了。

"何苦来操这心?'得放手时须放手'!"

平儿却袒护了。

"什么大不了的事,乐得施恩呢。"

平儿为什么这样偏袒柳家的?

平儿不过是个姨娘。

大观园里姑娘们每次"聚餐"她都要来轧一脚。

平儿贪嘴了!

菊花会,螃蟹宴。

平儿来了。

凤姐捎话来"使唤你来,你就贪住嘴,不去了,叫你少喝盅儿罢"。

平儿只管喝,只管吃螃蟹,"多喝了,又把我怎么样?"

平儿:贪嘴,出自凤姐的口里!

脂粉香娃割腥啖膻。

平儿先烧三块吃。

平儿,贪嘴,吃得浑然不知带的镯子少了一个。

平儿,贪嘴,吃得凤姐打发小丫头叫她也不动身。"史姑娘拉着我呢,你先去罢。"

平儿好吃,吃出花样。

"到年下,你只把你们晒的那个灰条菜和豇豆、扁豆、茄子干儿,葫芦条儿,各样干菜带些来,我们这里都爱吃。"

平儿好吃,吃出名气。

鸳鸯:"他们吃不了这些,挑两碗给二奶奶屋里平丫头送去。"

柳家的是专管大观园烧菜的。

柳家的平时惯于讨好有靠山的二层主子。

晴雯要吃蒿子秆儿,赶着洗手炒了,"狗颠屁股儿"似的,亲自捧了去。

柳家的平时惯于奉承有权势的头层主子。

"三姑娘和宝姑娘要吃个油盐炒豆芽儿来,这二三十个钱的事,还备得起。"

平儿是有背景、有权势的一层半主子。

柳家的平时也许讨好她了。

送她鸡蛋、豆腐，又是什么面筋，酱萝卜炸了换口味了？

柳家的确实奉承她了。

只管拣新巧的菜蔬预备了来！

柳家的厨艺一流。

柳家的烧一手好菜好汤。

贪嘴的一定看好烧菜的。

玫瑰露引出茯苓霜。

平儿和柳家的又凑在一起了。

贪嘴的当然偏袒烧菜的了。

◎她们是"连裆模子"◎

她们是"连裆模子"！

谁呀？

一个是彩云。

"太太耳房里的柜子开了，少了好些东西。"

"琏二奶奶要些玫瑰露，谁知也少了一罐了。"

这做贼的就是彩云。

另一个是赵姨娘。

彩云偷东西，有人唆使吗？

赵姨奶奶央及的。

彩云偷东西，现在哪里去了？

给环哥儿了。

贾环以为是彩云私赠之物。

贾环假如知道**你偷来给我**，他是**不敢要的**。

贾环不知情，不知者无罪。

窝主却是平常。

窝主应该算是赵姨娘。

彩云、赵姨娘是**一偷一窝**的"连裆模子"！

彩云、赵姨娘都是老手了。

听，彩云是怎样交待的？

"连太太在家我们还拿过。"

看，赵姨娘处有多少赃物？

贾环将彩云凡私赠之物都拿出来。

凡，多得可以"卷包"。

彩云为什么要**偷**？

为情所累。

一为情爱。

彩云对贾环一片痴心！

素日、担当、私赠——

爱的多么深厚。

赌咒起誓、泪干肠断——

爱是多么炽烈。

二为情面。

赵姨奶奶的**央及**像牛皮糖。

牛皮糖——粘。

"赵姨奶奶央及我再三。"

一而再，再而三。

彩云心软了？

妙　　说　　红　　楼

牛皮糖——甜。

"好孩子！"

"你的心我横竖看的真。"

彩云心动了？

彩云是奴婢。

赵姨奶奶多少也是个主子。

无可奈何——

彩云去**拿**了些。

情面难却——

彩云去**拿**了些。

赵姨娘为什么要**窝**？

为利所惑。

赵姨娘的月例有限。

赵姨娘有环兄弟的二两，共是四两，另外四串钱。

赵姨娘手头紧巴巴。

"我手里但凡从容些，也时常来上供，只是'心有余而力不足'。"

别忘了，赵姨娘还要还债！

又写了五十两欠约，递与马道婆。

赵姨娘对钱斤斤计较。

王夫人听见有人抱怨说短了一串钱。

有人？应该就是赵姨娘。

不难想象——

赵姨娘连一串钱都看得这么重，她当然敢央及、当然敢**窝**了！

彩云、赵姨娘是**一偷一窝**的"连裆模子"。

她们的日子好过吗？

彩云，偷了。

不觉红了脸，一时羞恶之心感发。

赵姨娘，**窝**了。

生恐查问出来，每日捏着一把汗，偷偷的打听信儿。

一个自惭形秽。

一个惶惶不可终日。

做人做到这个份上，还有什么滋味！

《累金凤案》

◎坏了歌◎

缀锦楼,起风暴,
玉柱他娘**事坏了**。
千人指,万人骂,
体面老脸丢尽了。

当年**奶过二姑娘**,
功劳苦劳都沾了。
如今**摘肩**走歪门,
借去金凤变钱了。

此凤好比及时雨,
捞梢本钱着落了。
此凤好比摇钱树,
当银放头发财了。

谁知绣橘一声嚷,
私拿金凤穿绷了。

借重金,**赎了来**,
雪上加霜愁煞了。

谁知贾母一声令。
聚赌为首捉牢了。
四十大板皮肉绽,
撑出荣府心碎了。

高利贷,利滚利,
何年何月还得了!
如今生计断了路,
转眼乞丐不远了。

缀锦楼,起风暴,
玉柱他娘**事坏了**。
嗜赌如命是毒瘤,
作茧自缚报应了。

妙 说 红 楼

或掷骰，或斗牌，
输赢越来越大了。
开赌局，当头家，
渐次放诞闹翻了。

赌伤神，赌昏头，
藏贼引盗不管了。
赌红眼，赌黑心，
争相打斗惹祸了。

赌台好比无底洞，
千金万银满不了。

赌台好比虎狼窝，
进去容易难回了。

赌徒没个好结果，
卖儿卖女家没了。
赌徒没个好下场，
去偷去抢犯法了。

劝君莫效玉柱娘，
赌博危害记牢了。
什么恶习离离开，
一生安康享不了。

《网络 妙说好帮手》

《五破"一从二令三人木"》

"一从二令三人木。"

王熙凤判词中的这句里设下了三个套,布成了一个阵,解套才能破阵。

仁者见仁,智者见智。

"王熙凤判词中的这句非常难解读,历代研究者均有不同说法。长期以来没有人能作出圆满的答案。"[1]

《红楼梦》书中有十四首判词,一半是七言四句诗。这七首判词的第三句有说事的,例如:**清明涕泣江边望**;也有说人的,例如:**自从两地生孤木**。

王熙凤判词中的这句(以下简称为判词)说事?说人?

下面,用五个不同的方法尝试破解判词。

一破字音阵(谐音法)。

"从"(cóng),谐音"聪"。

心机极深细,本是人之长处。

有一万个心眼子,就难免适得其反。

王熙凤才情"**辣**"过头。

她是一个机关算尽、反误了卿卿性命的太聪明之辈。

"令"(lìng),谐音"伶"。

贫嘴贱舌,权当是说了两车无赖的话罢了。

明火暗刀,实属**内藏奸滑**的滥小人也。

王熙凤心地"**苦**"到根。

她是一个"**上头笑着,脚底下就使绊子**"的"**伶俐**"[2]之徒。

"人"(rén),谐音"壬";"木"(mù),谐音"母"。

"壬"[3]为九。

"母"为雌凤,直指十二冠首排名第九的那个女子。

扬手打人,**跐着骂街**,哪像是个还托生在诗书仕宦人家的小姐?

设相思局,**借剑杀人**,更像是个发狠定要弄你一死方罢的阎王。

王熙凤品行"**毒**"入骨。

她是一个所作所为诸如此类,不可胜数的母夜叉!

"一从二令三人木"破解了。

从——太聪明,**令**——"**伶俐**",人木——母夜叉。

王熙凤颠覆了**聪明伶俐女子**的本来面目。

判词中说的就是王熙凤**厦倾灯尽**的根源。

"**从来不信什么阴司地狱报应的。**"

王熙凤咎由自取走上了必由之路——**哭向金陵事更哀**。

二破字型阵(拆字法)。

戚序本在"一从二令三人木"句下,有小字批注曰:"拆字法。"

这里,就根据字型,运用"拆字法",进行破解。

"**從**"、"**令**"、"**人木**"拆开来或多或少都有"人",剩下的笔画和"木"字提示了这些"人"指的是谁。

"**從**",拆开似四个"人"(双人旁作两个人计)加"走"的下半部。

这四个"人"是谁呢?

"**從**","仆從"之"从",这四个人应该指的是凤姐手下的仆从。

"走"的下半部:🦶(拔腿狂跑)。[4]

"**從**":四个"人"是"跑腿"的(下人、仆从之意)。

"**從**":四个"人"同在一起奔跑(步调一致之意)。

王熙凤的二门上给班的共是八个人,**有几个知奶奶的心腹**,**有几个知爷的心腹**。

这方**有几个**、那方**有几个**,双方总人数"二一添作五",看来,**知奶奶的心腹**就是四个"人"。

"**令**",拆开似一个"人"加"中一点"、再加"一个横折和下一点"。

这一个"人"是谁呢?

"令,甲骨文 ![], "![]":(人,跪候指示的部下)。"[5]

"横折和下一点":部下。

"令,甲骨文 ![], "![]":(朝下的"口"——上级向下级开口发话,做出权威性指示)。"[6]

"中一点":这部下是名字中间有一点(古文为"中一短横")的部下。

贾琏一房有很多人马。

侍妾:平儿、秋桐。

陪房:来旺、来旺家的、来喜家的。

丫头:彩明、丰儿、小红、善姐……

男仆、小厮:昭儿、兴儿、隆儿……

王熙凤手下有同宗同族的侄儿。

在凤姐麾下办事的贾芹、贾芸、贾菖、贾菱。

这些人里,名字中间有一点(一短横)的唯独贾芸。

附说一句,"芸"下面的"云"[7]一字多义,也有 之意。

纯粹的"人"和"木",可以拼成多个字:休、来、俫、徕。

"'休'说",唱的、和的爆棚,也许是"**人木**"的正解。

"來",常用字,也许是"**人木**"的别解。

这里破解"**人木**",可"休",可"来"。

以"休"论,"休"拆开似一个"人"加"一个木",这一个"人"是谁呢?

以"来"论,"來"拆开似两个"人"加"一个木"。这两个"人"是谁呢?

"双木成林。"

"一个木","林"的一半。

"林",所指的也许是林之孝的一家人。

林之孝一家人都是贾府的**家生子**。

林之孝一家人中上得了台面的女家生子都是王熙凤的近身奴仆。

在贾府**鲜花着锦**时:

林之孝一家人当差的总数是三人或三人以上。(林之孝、林之孝家的、小红;也许还有个把尚未提及的。)

贾府**盛筵必散**时:

"一个木",林之孝的一家人的半数。

以"休"论,林之孝一家人的半数仅存一人,这一"人"最有可能的是王熙凤**"我要叫了来使唤"**、贾芸的情人、年轻丫头——小红。

以"来"论,林之孝一家人的半数尚有二人。这二"人"最有可能的是小红和**奶奶的干女孩儿林之孝家的**。

"一从二令三人木"破解了。

"従"——四个二门上知奶奶的心腹给班的,"令"——贾芸,"人木"——小红或小红、林之孝家的。

王熙凤在**家富人宁**时都或多或少有恩于他们。

判词中说的就是王熙凤**厦倾灯尽**时最后的班底。

"家亡人散各奔腾。"

王熙凤由残兵败将护送走上了必由之路——**哭向金陵事更哀**。

三破字义阵(测字法)。

这里,有的以原字进行测字,有的按测字方法处理后的新字[8]进行测字。

"一"、"二"、"三"不作数序,按字而解。

"一从"。

"从"。

　　"从:会意。甲骨文字形,像二人相从形。"[9]
　　"从":两个人。
　　"一"。

"一"与"乙"发音相同。

"一"与"乙"都读"yi"。

"'一'和'乙'都是中国古代乐谱记音符号,都相当于简谱'7'"。[10]

根据相似(音同)测法,"一"可以看作"乙"。

"乙"和"尤"字义相近。

"'乙',像植物屈曲生长的样子,受到阻碍,则显示出它的优异。"[11]

"'尤',特异的,突出的,如尤为,尤异。"[12]

"尤:形声,小篆字形,从乙,又声。"[13]

根据相似(义同)测法,"乙"可以看作为"尤"。

"一"看作为"乙","乙"又看作为"尤","一"、"乙"、"尤"串联起来了。

"一",以新字"尤"进行测字。

"一从",不言而喻,王熙凤涉"尤"的两个人就是尤二姐和已成形的男胎。

"二令"。

"令"。

"一说'令'通'獜'。"[14]

"獜,古代传说中的一种怪兽。"[15]

"令":"怪兽"。

"二"。

"二",两个。

"二令",两个"令"重叠,"令令"。

"《诗·齐风·卢令》:'卢令令,其人美且仁。'毛传:'卢,田犬。令令,象声词,缨环声。'一说'令令'为健壮貌。"[16]

"二令":"健壮貌"。

贾瑞,瑞兽。

贾瑞,他二十来岁的人,尚未娶亲。他长得不是蓉儿兄弟两个那样清秀型,却似一头如饿虎扑食、猫儿捕鼠一般发情的醒狮。

"二令",两相对照,非贾瑞莫属。

"三人木"。

有"人"有"木"的字很多,例如秋、茶、余、榆。

根据加笔测字,人木加"三"笔正好是"秋"字。

"秋":禾里有木[17],火里有人[18]。

"秋":人木之外加了撇、点、撇[19]"三"笔。

"三人木",以新字"秋"进行测字。

秋桐,贾琏的第"三"个小妾。

秋桐,王熙凤"清理门户"第"三"个靶子。

"等秋桐杀了尤二姐,自己再杀秋桐。"

"三人木",按图索骥,"图"为三,"骥"就是秋桐了。

"一从二令三人木"破解了。

"從"——尤二姐和已成形的男胎,"令"——贾瑞,"人木"——秋桐。

王熙凤在**家富人宁**时都设计谋害了他们。

判词中说的就是王熙凤**厦倾灯尽**时来活捉她的催命鬼。

"**欠命的,命已还。**"[20]

王熙凤劫数难逃走上了必由之路——哭向金陵事更哀。

四破字义阵(挂靠法)。

根据字义,一个螺蛳一个壳,对号入座。

"从",王熙凤出嫁从夫。

贾琏,他心甘情愿**倒退了一舍之地**吗?

他对"妻管严"耿耿于怀。

"**你不盘察我,就够了。**"

他对**醋罐子**恨之入骨。

"**等我性子上来,多早晚才叫你们都死在我手里呢。**"

"令",王熙凤的心腹通房大丫头就是"令君"[21]。

平儿,**主子养的猫不拿耗子倒咬鸡,他倒背着奶奶常作些好事**。

王熙凤防贾琏**像防贼似的**。

俏平儿藏青丝、替撒谎,软语救了贾琏。

王熙凤**命人给尤二姐那茶饭都系不堪之物**。

平儿看不过,自己拿钱出来弄菜、或是在园中另做汤水给尤二姐吃。

"人木",这里采用别解。

"来",凤姐儿的陪房与"来"(来旺、来喜)沾边。

来旺,**主子使出来的好人,竟与没良心的混账忘八崽子是一条藤儿**!

他**瞒**着凤姐,二爷在外头弄了人。

"**你自然'不知道'!你要知道,你怎么拦人呢!**"

他领了主子剪草除根的指令,却布局放过了张华。

"**人命关天,非同儿戏,我且哄过去,再作道理。**"

"一从二令三人木"破解了。

从——贾琏,令——平儿,人木(来)——来旺。

王熙凤的郎君、"**膀臂**"、亲信都拆台脚。

判词中说的就是致使王熙凤厦倾灯尽的"内鬼"。

"先从家里自杀自灭起来，才能一败涂地呢！"

王熙凤众叛亲离走上了必由之路——哭向金陵事更哀。

五破字义阵（配伍法）。

沾"从"，带"令"，再拉上"休"或"来"，可"配伍"出破解判词的无数"方子"来。

例一。

末世凡鸟从谀谀[22]，只一味哄着老太太、太太两个人喜欢。

末世凡鸟令俜俜[23]，如今合家大小没有一个不恨他，连他正经的婆婆都嫌他。一辈子不见他才好呢。

末世凡鸟休囚囚[24]，生前心已碎，死后性空灵；枉费了意悬悬半世心，好一似，荡悠悠三更梦。

"从"——从谀谀，"令"——令俜俜，"人木"（休）——休囚囚。

判词中说的是王熙凤厦倾灯尽的催化剂。

例二。

王熙凤从心所欲（或放纵[25]不羁），他不论小叔子、侄儿、大的、小的说说笑笑。

王熙凤利令智昏，弄权铁槛寺，假托贾琏所嘱，找着主文的相公修书一封。

贾琏将一切一切看在眼里，听在耳里，记在心里，一旦发作，休书一张！

"从"——从心所欲（或放纵不羁），"令"——利令智昏，"人木"（休）休书一张。

判词中说的是王熙凤厦倾灯尽的前奏曲。

例三。

王熙凤从恶如崩，苦尤娘吞金自逝。

王熙凤下绝杀令，务将张华治死。

日后，张华现身，来者不善，寻出这由头翻案。

"从"——从恶如崩，"令"——下绝杀令，"人木（来）"——来者不善。

判词中说的是王熙凤厦倾灯尽的导火索。

判词，真相大白的概率几乎是零。

判词，谁"射"的"谜底"只要较多一部分人认为"八九不离十"就行了。

所上"五破"，一枝独秀也好。

网络妙说好帮手

所上"五破",全军覆没也罢。

抛砖引玉——

愿为他人做嫁衣!

注释及资料来源:

[1]摘自《百度百科——一从二令三人木》

[2]伶俐:干净、清楚,可用于否定句。【摘自《百度百科——伶俐》】

[3]壬,用作顺序第九的代称。【摘自《百度词典——壬》】

[4]摘自《象形字典——从》

[5][6]摘自《象形字典——令》

[7]云:说话。【摘自《百度百科——云》】

[8]测字方法有"加笔测字"(测字者在原来的字上添上几笔变成一个新字,再进行测字)、"相似测法"(根据字的相似特征形成新的字,再据此去拆解)等。【摘自《龙隐》测字原理及方法】

[9]摘自《百度百科——从》

[10]摘自《百度知道——一》、《百度知道——乙》

[11][12][13]摘自《百度百科——尤》

[14]摘自《百度百科——令令》

[15]摘自《百度百科——獜》

[16]摘自《百度百科——令令》

[17]康熙字典,禾,木也。木王而生,从木从省,像其穗。【摘自《百度百科——禾》】

[18]火的象形词是三个尖向上,像略带点弯曲的牛角状火苗,中间一个高,两侧的低些,下面是两边不出头的一横,后来两侧的火苗简化成撇、捺,中间的火苗改为人字,形成现在的火字初形。【摘自《百度知道——火的象形字怎么写?》】

[19]火的笔画、笔顺:左点,右小撇,长撇,捺。【摘自《百度知道——火的笔顺》】

[20]参阅【百度知道——《红楼梦》里"欠命的命已还",到底指的是谁?】

[21]令君:世人对尚书令的敬称;后亦称位居枢要的大臣。【摘自《百度百科——令君》】

[22]从谀:奉承。谀:谄媚。【摘自《百度百科——从谀》、《百度词典——谀》】

[23]令俜:孤单。俜俜:孤独。【摘自《百度百科——令俜》、《SOSO问问——愿君无俜俜什么含

义?》】

[24]休囚：失运。休，没有生机的状态；囚，受到了较大限制，只比"死"的状态差一点。【摘自《百度知道—休囚》】

[25]从：古同"纵"，放任。【摘自《百度词典—从》】

◎附：◎

"测字"是总称，"测字"有一套"江湖诀"，其运用了"会意"、"相似"、"加笔"、"拆字"等手法。

"拆字"是"测字"的手法之一。"二破"因是全部运用了"拆字"手法，故破解称用"拆字法"。

谁想用"测字"去破解"一从二令三人木"有一个凡例，可以去看《十五贯——防鼠测字》，这出戏里把"测字"的几种手法全用上了。

起数：

况钟：只要你随口说上一个字。

娄阿鼠：鼠。

一测。

况钟：一定是偷了人家的东西惹上是非。

（此处用的是会意手法，因为老鼠喜欢偷吃。）

二测。

况钟：这户被盗的人家恐怕姓"尤"。

（此处用的是相似手法，因为老鼠喜欢偷"油"。）

三测。

况钟：不会落空，"空"字头加个老鼠的"鼠"字就是"窜"，逃得出去的。

（此处用的是加笔手法。）

四测。

况钟：今天一定要走，这个鼠字头是两个半日，凑在一起是一日；假如明天走就是两天了。

（此处用的是拆字手法。）

《探"红楼地名"》

◎ "大如州"、"长安县"、"平安道"真容 ◎

《红楼梦》中许多地名由于种种原因是虚拟的。不过,推敲一下,也许都是有所指的。

实例:孝慈县。

"老太妃已薨,在大内偏宫二十一日后,方请灵入先陵,地名曰孝慈县。这陵离都来往得十来日之功。"(第58回)

孝慈县,乃作者虚拟的。

虚拟缘由:

孝慈县是皇陵所在的县。县名"取孝于亲,慈于下之意。《论语集解》:'包咸曰:君能上孝于亲,下慈于民,则民忠矣。'脂砚斋在县名下批道'随事命名'即为此意。"[1]

所指地名:

"'这陵'分明指清东陵。清东陵坐落在河北省遵化县境内的马兰峪,东南至遵化县城六十里,西南至北京二百五十里,众谥命等随灵车而去,来往确得十来日之功,正相符合。作者写此书时,已有顺治爷的孝陵、康熙的景陵和一些皇后嫔妃的陵园。"[2]

若确是如此,**孝慈县**,即指遵化县。

举一反三,下面也来探一探《红楼梦》中三个虚拟地名的真容。

一探大如州。

"甄士隐他岳丈名唤封肃，本贯大如州人氏。"（第1回）

大如州，乃作者虚拟的。

大如州所指地名：

提示一，甄士隐是**乡宦**，他住在**姑苏城阊门外十里街仁清巷**，乡下有田庄。

提示二，封氏是**嫡妻**，旧时，仕宦之人往往老家都有元配，民间又都近地结亲，甄家和封家不是本县人就是邻县人。

提示三，当日，封家**晚间正待歇息之时，本县太爷的差人来传人问话；至二更时分，封肃方回来。次夜，用一乘小轿便把娇杏送进衙内去了。如此来去方便，可见封肃虽是务农，家中却还殷实**，住在离县衙不太远的**街前**。

苏州，从唐代开始，"696年（武则天万岁通天元年），苏州改为吴郡，析吴县东部分置长洲县，二县同城而治，同属于苏州管辖"。[3]

苏州，至清初，"1724年（清雍正二年），由于长洲县人口、赋税繁多，分出其南部设立元和县与吴县、长洲县三县同治于府城内"。[4]

"县"，也许相当于现在的"区级县"。

长洲县、元和县、吴县三个县的县衙和管辖区域见表一。

表一

县名	县衙地址	县衙遗址	管辖区域
长洲县	长洲路：南宋绍兴元年（1131）在此设提点刑狱司，明洪武元年（1368），长洲县治移此，故称长洲县前，民国初改今名。[5]	苏州职业大学校园内	东北。（清代，下设吴塔巡司，初设今常熟市辛庄镇常南村，雍正九年移驻浒墅关。）[6]
元和县	元和路：原名十郎巷。相传元末吴王张士诚据苏州，被朱元璋大军所围，住巷的十位仓夫应募出战，英勇阵亡，为彰忠烈，定作巷名。清雍正年间建元和县衙于此路北，随之先后改称为元和县前、元和路。[7]	苏州市第一中学校园内	东南[8]
吴县	古吴路：明、清两代为吴县县署所在地，古称吴县前，民国年间，改为吴县横街，抗战胜利，改称古吴路。[9]	苏州市第十六中学校园内	西南[10]

下面是清代吴县、长洲县和元和县与相邻各县的地图。[11]

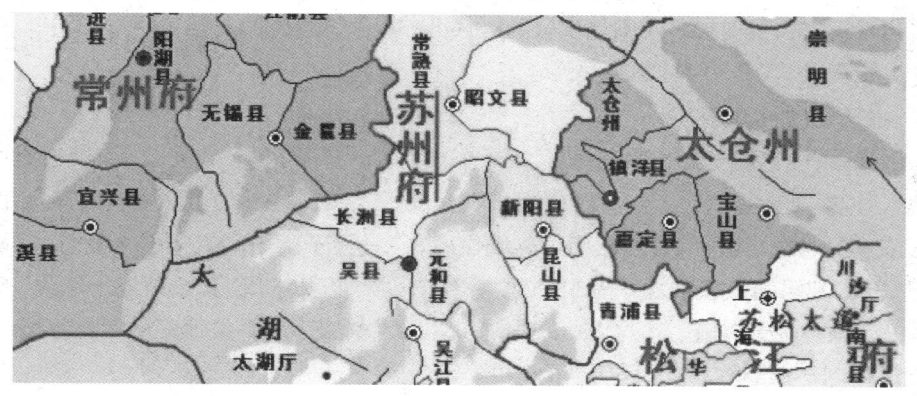

"阊门,乃苏州古城之西门。"[12]

甄士隐九成以上是居住在姑苏城的苏州府吴县人,封肃是什么府什么县人?

1. 翁婿是同城同县的,封肃就可能也是吴县人。
2. 翁婿是同城邻县的,封肃就可能是长洲人或元和人。
3. 翁婿是邻城邻县的,封肃就可能是苏州府太湖(厅)人。

话要说回来,甄士隐万一是居住在姑苏城的苏州府长洲或元和人,假如是上述1或2的情况,不妨照章推断;假如是3,封肃就可能是苏州府吴江、昆山、新阳、常熟、松江府青浦、常州府金匮、无锡人。

由此推测,**大如州**必是吴县、长洲、元和、太湖(厅)、吴江、昆山、新阳、常熟、青浦、金匮、无锡11个县中一个。

大如州所指哪个县?

"大",有时与"长"是一个意思,以读音(cháng)为例:"表示长短的'长',本义距离大。"[13]

"大",此处对应"长"。

"如","像,相似,同什么一样。"[14]

"州","洲的本字。"[15]

"如州",像州一样的字,对应"洲"。

若确是如此,**大如州**,即指长洲。

二探长安县。

馒头庵老尼道："我有一事，要到府里求太太，先请奶奶的示下，阿弥陀佛！只因当日我先在长安县善才庵里出家的时候儿……"（第15回）

长安县，乃作者虚拟的。

长安县所指地名：

提示一，"长安公子因花痴。"（探春《簪菊》中一句。）"长安公子，疑指唐代诗人杜牧，他是长安人。"[16]唐代京城在长安，《红楼梦》中有几处都把京都比作长安。1.刘姥姥道："如今咱们虽离城住着，终是天子脚下。这'长安'城中，遍地皆是钱，只可惜没人会去拿罢了。"2.香菱道："'夏家桂花'其余田地不用说，单有几十顷地种着桂花，凡这'长安'，那城里城外桂花局，俱是他家的。""长安"指京都，长安县就是指京都所辖的县。

提示二，"善才案"的角色有长安府太爷的小舅子李少爷和长安节度云老爷。长安县有"府"有"节度"，可见长安县是个高规格的大县。

提示三，长安县离京都不过百里之遥，两日工夫可来回。

提示四，"善才案"是个悲剧，守备之子也是情种，遂投河而死。长安县是平原河网地区。

"清代北京地区称为顺天府，顺天府共领五州十九县。即通、蓟、涿、霸、昌平五州和大兴、宛平、良乡、房山、东安、固安、永清、保定、大城、文安、武清、香河、宝坻、宁河、三河、平谷、顺义、密云、怀柔十九县，又混称为顺天府二十四州县。"[17]

"州"，也许相当于现在的"县级市"。

顺天府二十四州县中大县为通、蓟、涿、霸、昌平五州。

长安县所指哪个州县？

北京城区到五州距离见表二。

表二

州府名	距离北京（以里计）	资料摘录
通州	40	通州站址北京市通州区通州镇南门外，离北京站20公里。[18]
涿州	100	涿州市中心距北京六里桥仅54公里。[19]
蓟州	200	北京到蓟县全程100公里左右。[20]
霸州	160	霸州市北距首都北京80公里。[21]
昌平	70	公交线路：881路，全程约35.5公里[22] 1、从昌平区步行约290米，到达昌平南大街站 2、乘坐881路，经过8站，到达德胜门西站（也可乘坐888路、345快） 3、步行约260米，到达德胜门

表二中，通州太近，蓟、霸两州太远，不可能是"长安县"。

涿州，正好百里。

昌平，接近百里。

涿州，"地质构造属太行山山洪冲积扇，地势平坦，土质肥沃，拥有丰富的水利，古有'幽燕沃壤'，'督亢膏腴'之称。"[23]

昌平，"区域内地势由西北向东南逐渐形成一个缓坡倾斜地带。西部属太行山脉；北部属燕山山脉。层叠交错，高山、峡谷、悬崖、陡壁等丰富的地貌特征。"[24]

涿州，更是"大县"中的"大县"，"古时，涿州为帝都九省御路，故涿州古城往来冠盖如云，车水马龙昼夜不息。乾隆帝在此路过时，写下了'日边冲要无双地，天下繁难第一州'的楹联悬挂于'拱极门'之上。"[25]

若确是如此，涿州和昌平与提示一一对照，长安县，即指涿州。

三探平安州。

"是日，贾琏一早出城，竟奔平安州大道。"（第68回）

平安州，乃作者虚拟的。

平安州所指地名：

提示一，贾琏**晓行夜住，渴饮饥餐**，来回得十五六天的工夫。如此紧迫，如此辛苦,贾琏一天算跑百多里,从京都到平安州单程估计要跑八百到一千里。

提示二,贾琏正走之间,顶头**薛蟠**和柳湘莲来了。薛蟠是回老家一带**做买卖**的,现在**往回里走,前儿经过了平安州**地面。薛家老家在金陵,贾琏所跑的路是京都通往金陵的大道,平安州也在此大道上。

提示三,薛蟠在**平安州地面,遇见一伙强盗**,平安州是**贼盗蜂**起之地。

北京到金陵走旱路,北京出发,经过河北、山东,最后到达江苏。

北京到河北(最南)、山东、江苏(最北)距离见表三。

表三

地名	距离北京	备注
河北清河	北京清河距离=约365.7公里[26]	河北偏西南
河北吴桥	北京到吴桥,京津转京沪,德州方向,大概300公里。[27]	河北南
山东	350—800公里	
江苏徐州	徐州到北京西距离:823公里[28]	江苏北

从表三可以看出,平安州应该在山东境内。

京都到金陵走旱路,山东段由于线路不同经过州府也有所不同,有德州、聊城、济南、泰安、济宁、枣庄。

平安州所指哪个州府?

泰安,"北齐为东平郡,清雍正二年(1724),改设泰安府,下辖有东平县。"[29]东平之"平",泰安之"安",应平安州之名。

泰安,从泰安到北京"全程约478.6公里"[30],应京都到平安州路程之实。

泰安,"水浒人物和故事大都出在东平、梁山和郓城三地,梁山在梁山县,水泊在东平县。"[31]泰安之东平,古时"强梁"出没。应平安州劫财之事。

若确是如此,**平安州**,即指泰安。

《红楼梦》作者用大如州、长安县、平安州虚拟地名也许是故意而为之。

大如州,勾画了封肃势利嘴脸;长安县,披露了云光徇私舞弊;平安州,牵连了贾赦见不得人的**机密**勾当;用了这些化名,有好事者就不能对号入座!

《红楼梦》一书,虽说是虚虚实实,真真假假,但有一点可以肯定的,作者创作一定人有原型,事有端倪,地有出处!

网络妙说好帮手

资料来源：

[1][2]摘自《互动百科—孝慈县。》

[3][4][6][8][10]摘自《百度百科—长洲县》

[5][7]摘自《苏州沧浪的街区——历史的见证》

[9]摘自《悠哉悠哉之走遍苏州——"吴县县衙"古吴路的前世今生》

[11]摘自《百度百科—苏州府》

[12]摘自《百度百科—阊门》

[13]摘自《百度百科—长》

[14]摘自《百度百科—如》

[15]摘自《百度文库—试析"洲"和"州"的区别》

[16]摘自《百度百科—长安公子》

[17]摘自《百度百科—顺天府》

[18]摘自《百度百科—通州站》

[19]摘自《百度知道—涿州到北京有多远？》

[20]摘自《百度知道—北京到蓟州多少公里？》

[21]摘自《百度百科—霸州》

[22]摘自《百度百科—昌平区距北京市区有多远？》

[23] [25] 摘自《百度百科—涿州》

[24]摘自《百度百科—昌平区》

[26]摘自《清河英才网—北京到河北清河一共多少公里？》

[27]摘自《百度知道—从北京去吴桥大约多少公里？》

[28]摘自《百度知道—北京到江苏徐州离多远啊？》

[29]摘自《百度百科—泰安》。

[30]摘自《百度知道—从泰安到北京有多远？》

[31]摘自《百度知道—山东省东平县为什么是水浒传的地方那？》

◎南北都有"铁网山"◎

《红楼梦》两处提到"铁网山"。

薛蟠便说:"我们木店里有一副板,说是铁网山上出的,作了棺材。万年不坏的。"(第13回)此"铁网山"下称"铁网山1"。

冯紫英笑道:"这脸上是前日打围,在铁网山叫兔鹘捎了一翅膀。"(第26回)此"铁网山"下称"铁网山2"。

"铁网山1"与"铁网山2"虽说都是虚拟的,不过,也许是有所指的。

"铁网山1"和"铁网山2"是一处地方吗?

"铁网山1"是出奇木之处:"**帮底皆八寸,纹若槟榔,味若檀麝,以手扣之,声如玉石。**"[1]

许多读者都认为此木是楠木。

楠木是我国珍贵的用材树种,《红楼梦》中秦可卿的棺材,就是楠木做的。曹雪芹描写说:"纹若槟榔,味若檀麝,以手扣之,声如玉石。"

"金丝楠木,非常珍贵。明朝建宫时用的就是这种木材,蜀道之难,难于上青天,楠木采伐劳民伤财,清朝时粗大笔直的基本很少了。楠木生长很缓慢,木质坚硬,古时常专作皇帝棺木,'千年不腐',红楼梦也有影射金丝楠'帮底皆厚八寸,纹若槟榔,味若檀麝,以手扣之,叮珰如金玉。'"[2]

楠木哪里出产?

"楠木为樟科常绿大乔木,分布区位于亚热带常绿阔叶林区西部,楠木为中国和南亚特有,是驰名中外的珍贵用材树种。在我国贵州、四川、重庆、湖北等地区有天然分布。"[3]

冯紫英到"铁网山2"是去打围的。

冯紫英是"三月二十八去的,前儿也就回来了"。

薛蟠说"明儿五月初三日,是我的生日"。

在薛蟠书房里。冯紫英与宝玉等见面是五月初二,冯紫英所说"前儿"应该指四月底。

这么一算,冯紫英打围约一个月。

冯紫英是跟父亲一起去打围的。"可不是家父去!我没法儿,去罢了。"

网络妙说好帮手

冯唐是神武将军,他去打围一定是大队人马去的。

人一多,行动势必缓慢,除去打围时间,路上算足二十天,碰顶单程约一千里。

京都"北京属于暖温带"。[4]

北京要去亚热带地区"铁网山1"只能往南走。

北京正南方约一千里是安阳市。("安阳市到北京市里程为525公里。"[5])

"中国的亚热带位于秦岭、淮河以南,雷州半岛以北。"[6]

"安阳的气候为典型的暖温带半湿润大陆性季风气候。"安阳到亚热带最北边缘淮河以南信阳市还要约一千里。("安阳市信阳市距离约489.6公里。"[8])

由此可见,冯紫英去打围的"铁网山2"不是"铁网山1","铁网山1"和"铁网山2"不是一处地方。

"铁网山1"在亚热带,"铁网山2"在温带,南北都有"铁网山"。

"铁网山1"和"铁网山2"重名不外乎有两种可能:一是所指的两个地名是重名;二是所指两个地名虽不同,但有特定的相似之处。

一说所指的两个地名是重名。

张(家口)北和承(德)北是广袤坝上地区,"天苍苍,野茫茫",碧草如海,宽广旖旎,历来都是狩猎绝佳处,离京都不过三、五百里,清代皇家猎苑木兰围场就在承德东北部。冯紫英去打围的"铁网山2"估计也在这一带。

这里有一处名曰赤城。

"清初,赤城为赤城堡。于康熙三十二年(1693)置赤城县。"[9]

此赤城适合打围。

"赤城县境内野生动物种类较多,主要有哺乳类30种、鸟类125种、两栖类2种、爬行类15种、鱼类15种、昆虫类449种。"[10]

此赤城的山体赤褐,犹如蒙了铁网一般。

"《读史方舆纪要》所载:赤城堡'其地有古赤城,相传蚩尤所居'。又说:赤城山'堡东五里,山石多赤'。县因赤城山而得名。"[11]

无独有偶。四川也有一个赤城。

四川省蓬溪县有赤城山,县政府所在地得名赤城镇。

此赤城出产楠木。

"当今蓬溪邓氏一个大支派,主要分布在蓬溪县明月镇、天福镇以及鸣凤镇的楠木沟,赤城镇的周家店,吉祥镇的杨家沟等地。"[12] "楠木沟"估计是有楠树而得名的。

此赤城的山体同样赤褐,犹如蒙了铁网一般。

"清道光本《蓬溪县志》载:赤城山,县东二里,中峰蔚然,左右环拱,上有高台五层,又有七曲老人祠,相传张神君解《道德经》于此,山皆赤土,人比诸'赤城霞起'。"[13]

若确是如此,"铁网山1"是四川蓬溪,"铁网山2"是河北赤城。

二说所指两个地名虽不同,但有特定相似之处。

铁网山,"铁网"是什么东西?

"铁丝编成的网。古代渔人用以搜取珊瑚。唐李商隐《碧城》诗之三:'玉轮顾兔初生魄,铁网珊瑚未有枝。'"[14]

"铁网珊瑚"是成语,比喻搜罗珍宝。

"唐朝时期,在拂菻国就开始挖掘海底珊瑚了。由于珊瑚是寄生在石头上,像蘑菇一样白,一年后就发黄,三年后就发红,纵横交错、千姿百态,是当时的奇珍异宝。渔民乘船到珊瑚洲,把铁网沉入水底,用船的力量拖拽而出。"[15]

《红楼梦》中,铁网山的"铁网"也许是特指搜罗奇珍异宝之"铁网"。

"铁网山1"和"铁网山2"所指两处地名虽不同,特定的相似之处必定与"珍"、"宝"有关。

陕西有一处镇坪。

"明洪武三年(1370),设镇坪巡检司。山谷平地,当地习惯叫坪,因名镇坪。清初,镇坪属陕西布政使司兴安州。"[16]

镇坪出产楠木。

"大巴山北坡镇坪等地,有楠木、樟木等构成的林子。"[17] 如今,大巴山北坡峭壁上留有"明嘉庆年间为当时营建皇宫在此采伐楠木镌诗三首:'采采皇木,入此幽谷,求此未得,于焉踯躅;采采皇木,入此幽谷,求之既得,奉之如出;木既得矣,材既美矣,皇图巩矣。'"[18]

镇坪,有符合特定相似要素。

吴语"píng"、"pín"不分。

"镇坪",对应的谐音"珍品"。

此处"铁网",搜罗"珍品"之铁网。

"珍品"之"奇珍"也许指楠木王。

"树高约30米,冠径约20米,主干有三个成年人合抱粗,直径在一米七以上,其色浅橙黄略灰,纹理淡雅文静,质地温润柔和,不腐不蛀有幽香。"[19]

镇坪,"野生动植物的天堂"。[20]

"2013年3月10日,湖北大学考察组在竹溪县鄂坪乡三同村一峡谷中,发现一棵迄今为止在竹溪发现的最大的楠木,竹溪'楠木王'的附近还有大量小楠木。"[21]"陕西镇坪与鄂坪乡接壤"[22]经过历年采伐,"现存珙桐、楠木等20余种,国家珍稀古树名木多达上千枝。"[23]想必,这些小楠木都是当年被"铁网"搜罗去的镇坪"楠木王"的子子孙孙吧。

河北有一处康保。

康保适合打围。

"据考证,公元1294年忽必烈之子真格尔到此狩猎,真格尔年轻气盛,带领随从四处狩猎。当来到这里后情有独钟,一连数日,在此打猎。猎到的山鸡、野兔、狐狸不计其数。"[24]

康保,同样有符合特定相似的要素。

吴语"藏"可读成"kāng"。

"康保",对应的谐音"kāng宝"。

此处"铁网",搜罗"kāng宝"之铁网。

"kāng宝"之"异宝"也许指"和氏璧"。

"和氏璧是中国历史上著名的美玉,在它流传的数百年间,被奉为'无价之宝'的'天下所共传之宝'。"[25]

康保,"城西北约9华里处卧龙图,"草原'龙宫'"。[26]

"卧龙图附近曾发现辽金时代蒙古墓葬一座,内有陶罐、铜钺和金银首饰等大量文物。传说600多年前,元朝最后一个皇帝败于朱元璋的起义军后,携宫内后妃和大量珠宝北逃时在康保境内又遭到小明王起义军的狙击,仓皇中将中国历代皇朝的传国玉玺'和氏璧'失落于梅岭附近,更增添了神秘色彩。"[27]

若确是如此,"铁网山1"是陕西镇坪,"铁网山2"是河北康保。

妙说红楼

"铁网山1"也许为隐瞒薛家巴结坏了事原系忠义亲王老千岁细节,《红楼梦》作者不得已而为之;"铁网山2"也许为遮掩冯家发案"不幸之中却有大幸"实地,《红楼梦》作者用心良苦!

蓬溪、赤城也好,镇坪、康保也罢,这都是猜测,这都是探讨。不过可以肯定的是,"铁网山1"和"铁网山2"绝不是《红楼梦》作者凭空虚拟的,在巴蜀深山、在坝上草原,……他们正翘首以待"有识之士"为他们"认祖归宗"呢!

资料来源:
[1]摘自《百度文库—树木名称12问》
[2]摘自《百度知道—这种是什么木材啊?》
[3]摘自《百度百科—楠木》
[4]摘自《百度知道—北京位于哪个温度带?》
[5]摘自《畅途网—安阳市到北京市的长途汽车里程是多少公里?》
[6]摘自《百度百科—亚热带》
[7]摘自《百度知道—安阳气候怎么样?》
[8]摘自《百度文库—安阳到信阳》
[9][10]摘自《百度百科—赤城县》
[11]摘自《百度知道—赤城为什么叫赤城?》
[12]摘自《麻辣社区—蓬溪新修〈邓氏族谱〉总序》
[13]摘自《百度百科—赤城山》
[14]摘自《百度百科—铁网》
[15]摘自《百度百科—铁网珊瑚》
[16]摘自《百度百科—镇坪》
[17]摘自《陕西植被—亚热带常绿阔叶林带》
[18]摘自《百度百科—鄂坪乡》
[19][21]摘自《秦楚网—竹溪发现"楠木王"》
[20][23]摘自《镇坪林业信息网—关于成立镇坪县野生动植物保护协会的倡议书》
[22]摘自《鄂坪乡人民政府—鄂坪乡简介》
[24]摘自《百度贴吧—王子坟草原动植物保护区》

[25]摘自《百度百科—和氏璧》

[26][27]摘自《张家口旅游网—张家口康保县卧龙图蒙古苑—草原"龙宫"》

◎"紫檀堡"的昨天与今天◎

《红楼梦》中提到了"紫檀堡"这个地名。

宝玉说道:"大人既知他的底细,如何连他置买房舍这样大事倒不晓得了?听的说:他如今在东郊离城二十里有个什么紫檀堡,他在那里置了几亩田地,几间房舍。想是在那里,也未可知。"(第33回)

"紫檀堡",在京都北京地图上应该找不到这个地名的。

此时此刻,宝玉已经没有必要隐瞒蒋玉菡置业之处;他为什么还是说了一个虚拟的地名?

宝玉也许是无意而为之,那个地方一定有大量的紫檀,宝玉听说或亲眼目睹过,误以为那个地方叫紫檀堡了。

宝玉口中的紫檀堡是哪里?

这个紫檀堡应该符合两个条件:

1. 北京东郊约20里处。

2. 有大量的紫檀。

宝玉口中的紫檀堡是哪里?

首选:高碑店村。

高碑店村:"北京市朝阳区高碑店村,清时为顺天府大兴所辖。"[1]

高碑店村,符合紫檀堡条件1。

"北京高碑店村地处北京长安街东延长线上,距天安门仅8公里,是个千年古村。"[2]

高碑店村,符合紫檀堡条件2。

北京不是紫檀产地。

"紫檀(拉丁文名:Pterocarpus indicus)是世界名贵木材之一,主要产于南洋群岛的热带地区,其次是交趾。印度的小叶紫檀,又称鸡血紫檀,是目前所知最珍贵的木材,是紫檀木中最高级的。"[3]

"紫檀,祥瑞贵气,元、明、清皇室特别喜爱;紫檀,沉穆雍容,明晚期后,文人倍加推崇。"[4]

京都所需紫檀从哪里来?

进口。"海上交通的发展和郑和下西洋,沟通了与南洋各国的贸易和文化交流。各国在与中国定期和不定期的贸易交往中,也时常有一定数量的名贵木材,其中包括紫檀木。但是这对中国庞大的统治集团来说,远远满足不了需要,于是政府又派官赴南洋采办。"[5]

运输。通过京杭大运河经漕运河道运到京都。

京杭大运河北京段为通惠河。

"通惠河位于京城的东部,是元代挖建的漕运河道。由郭守敬主持修建,元世祖将此河命名为'通惠河'。通惠河开挖后,行船漕运可以到达积水潭,因此积水潭成为大运河的终点,商船百船聚泊,千帆竟泊,一直沿用到20世纪初。"[6]

高碑店村就在通惠河边。

"据清代于敏中等所编《日下旧闻考》记载:通州至京城中途,旧时为皇粮转运站,在平津闸边设有码头。"[7]

高碑店村因有通惠河而引以为傲。

当年,高碑店村靠了"他"享誉京华。

"码头漕运的繁忙,使其成为京城热闹的'港口'。故此,妇孺皆知的高碑店,由来已久,据考已有千年。"[8]

如今,高碑店村靠了"他"冲向世界。

"2014年6月22日,中国大运河获准列入世界文化遗产名录。""北京已经启动对大运河遗产点的修缮和整治。""近期,位于朝阳区高碑店村平津闸遗产点修缮工作将正式启动,力争补充纳入世遗的范围,享受更高规格的保护待遇。"[9]

高碑店村更因有紫檀木而锦上添花。

当年,高碑店村靠了"他"生财有道。

"通惠河的开通、漕运的繁荣给高碑店这个古村带来很多的商机。元定都北京后急需大量木材装饰皇宫,而家具木材黄花梨、紫檀等更是珍稀,这些木材产自南方,运到北京路途十分遥远,船工一路辛苦,到京城的必经之处——高碑店,则成为他们歇脚的地方,时常用一些木材换些吃喝,天长日久使高碑店成为这些

网 络 妙 说 好 帮 手

珍稀木材的集聚地。这是高碑店最早家具业的开始。"[10]

如今,高碑店村靠了"他"大展宏图。

"在北京城东的通惠河边,紧邻京通快速路的高碑店村,有一条全长1800米的高碑店古典家具一条街。这里便是北京享誉海内外的古典家具特色街。店家选料(如紫檀、花梨木、酸枝木、鸡翅木、楠木、樟木、榆木等等)严格,依照明清精品之结构风格,对每一件家具精雕细刻、反复打磨、潜心精制,从大料到小结、从原料到成品都按历史传承的工艺制作。"[11]

"中国紫檀博物馆位于北京市朝阳区建国路23号,京通高速路高碑店北侧,中国紫檀博物馆陈列展出各类紫檀精品近千件。"[12]

无论是"昨天",还是"今天",漫步在高碑店村街上,一堂堂紫檀家具,一件件紫檀摆设,不时会映入眼帘,仿佛进入紫檀的城堡。

高碑店村如紫檀堡名副其实。

《红楼梦》中的紫檀堡是虚,京东高碑店紫檀景是实。紫檀堡,高碑店,如此雷同,也许纯属巧合,也许本来就是一个地方两个名字:一个官名,一个雅号。

资料来源:

[1][2][7][8]摘自《百度百科—高碑店村》

[3][5]《摘自百度百科—紫檀》

[4]摘自《百度贴吧—小叶紫檀吧》

[6]摘自《百度百科—通惠河》

[9]摘自《光明科技—大运河遗产点平津闸将启动修缮》

[10]摘自《北京商业特色街—高碑店古典家具街》

[11]摘自高碑店村古典家具特色街商家广告语

[12]摘自《百度百科—中国紫檀博物馆》

《隐目　粉底　白头》

薛小妹新编怀古诗谜格赏析——

《红楼梦》作者是制谜高手。

薛小妹新编怀古诗，《红楼梦》作者有意或无意中创造了一种新的谜格，这里暂称这谜格为"薛小妹格"。

"薛小妹格"谜语格律：

谜面为四句（I，II，III，IV）。谜底为二字（AB或BA）。谜面的二句（I，II或III，IV）用别解的手法得到一个过渡字（C），这个过渡字（C）的谐音（A）加另一个字（B）组成的谜底扣谜面的另两句（III，IV或I，II）。

以传统谜格的角度看，"薛小妹格"并不复杂，说穿了，不过是一谜二格。

一是套用了隐目格[1]。

1. 套用功能：传统隐目格隐的是格目；"薛小妹格"套用了这种功能，但隐的是谜眼[2]。

2. 套用结构：传统隐目格的谜面一般由两部分组成，其中一部分是为隐格目而设；"薛小妹格"套用了这种结构，但其中一部分是为隐谜眼而设。

3. 套用名称："目"是多义词，"目"、"眼"有时是一个意思，无论是隐"格目"还是隐"谜眼"都可以说成隐"目"。

二是运用了粉底格（BA）[3]或白头格（AB）[4]。

薛小妹新编怀古诗谜结构：

每首诗谜套用了隐目格的结构，由两部分组成，一部分是引子（一句）、谜眼（一句），另一部分是从句（二句）。

网络妙说好帮手

1. 引子,寻找谜眼的指南。
2. 谜眼,头道坎,套用了隐目格的功能得到过渡字(C)。谜眼一般有三个关键字,特别注意必须运用别解手法!
3. 从句,二道坎,运用的是粉底格或白头格得到谜底(AB或BA)。

下面,就逐首来猜薛小妹新编怀古诗谜。

一、赤壁怀古

(套用谜格:隐目格,运用谜格:粉底格。)

谜眼		谜底(BA)	
C=伴(bàn)A=板		砧(B)板	
谜面(III,IV)	喧阗一炬悲风冷,(引子) 无限英魂在内游。(谜眼)	谜面(I,II)	赤壁沉埋水不流, 徒留名姓载空舟。
释义	1,喧、炬、悲、冷中曹军阴(英)魂不散。 2,在内游:"内"字的"人"一半在门外,一半在门内。在门内游的"英魂"相当于"人"的一半,"半"、"人"即为"伴"	释义	1,砧板:砧,捣衣石[5]。女须砧扣赤壁;捣衣溪、濯缨泉扣水。 2,砧板:捶、切、剁、砸之用,食材扣徒留名姓;以后下锅、装盆,扣载空舟。

二、交趾怀古

(套用谜格:隐目格;运用谜格:白头格。)

谜眼		谜底(AB)	
C=兑(duì)A=镦		镦锤(B)	
谜面(III,IV)	马援自是功劳大,(引子) 铁笛无烦说子房。(谜眼)	谜面(I,II)	铜柱金城振纪纲, 声传海外播戎羌。
释义	1,马援名望胜过子房。 2,无烦说:就是不用言语了,"说"去了"言"剩下的是"兑"。	释义	镦锤:打夯用的重锤,马援南征北战使用兵器正巧也叫锤[6],扣谜面。

三、钟山怀古

（套用谜格：隐目格；运用谜格：白头格。）

谜眼		谜底（AB）	
C=火（huǒ）A=镬		镬子（B）	
谜面 （I,II）	名利何曾伴女身，（引子） 无端被诏出凡尘。（谜眼）	谜面 （III,IV）	牵连大抵难休绝， 莫怨他人嘲笑频。
释义	1，被诏者：周颙[7]。 2，無端出："無"的下端为"灬"，即出来的是"火"；周颙之"颙"传说为怪鸟[8]，哪里出现"颙"哪里就多"火"。	释义	镬子：家常炊具，时时会出现在口语、文笔里[9]，扣谜面。

四、淮阴怀古

（套用谜格：隐目格；运用谜格：粉底格。）

谜眼		谜底（BA）	
C=爿（pán）A=盘		磨（B）盘	
谜面 （I,II）	壮士须防恶犬欺。（谜眼） 三齐位定盖棺时。（引子）	谜面 （III,IV）	寄言世俗休轻鄙， 一饭之恩死也知。
释义	1，齐王：壮士（韩信）[10]。 2，士防犬："壮"之"士"防犬去了，就剩下"爿"。	释义	磨盘：意为世事多磨难，扣谜面。

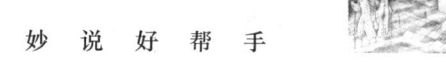

五、广陵怀古

（套用谜格：隐目格；运用谜格：粉底格。）

	谜眼		谜底（BA）
	C=木（mù）A=模		糕（B）模
谜面（Ⅰ,Ⅱ）	蝉噪鸦栖转眼过，（谜眼）隋堤风景近如何？（引子）	谜面（Ⅲ,Ⅳ）	只缘占尽风流号，惹得纷纷口舌多。
释义	1，触景生情之景：隋堤上蝉噪鸦栖过了之境况。2，蝉鸦过："噪"蝉不再张"口"叫了，"栖"[11]鸦带着"妻"室飞了，此时此刻，就剩下树"木"。	释义	糕模制成的食品往往寓意大富大贵、吉祥如意，做得即细巧又别致，深受人们喜爱，扣谜面。

六、桃花渡怀古

（套用谜格：隐目格；运用谜格：白头格。）

	谜眼		谜底（AB）
	C=辟（pì）A=披		披风（B）
谜面（Ⅲ,Ⅳ）	六朝梁栋多如许，（引子）小照空悬壁上题。（谜眼）	谜面（Ⅰ,Ⅱ）	衰草闲花映浅池，桃枝桃叶总分离。
释义	1，触景生情之景：六朝的梁栋（大臣）所画之照、所书之题。2，悬壁上：空悬的"照"和"题"，相当于"壁"上端的"辟"。	释义	披风：即斗篷；防风御寒附属衣饰，不贴身、不着肉；上路时的穿戴，进门就脱下了；均扣谜面。

七、青冢怀古

（套用谜格：隐目格；运用谜格：粉底格。）

谜眼		谜底（BA）	
C=楂（chà）A=丫		丫（B）叉	
谜面 （III, IV）	汉家制度诚堪笑，（引子） 樗栎应惭万古羞。（谜眼）	谜面 （I, II）	黑水茫茫咽不流， 冰弦拨尽曲中愁。
释义	1，汉家：樗栎（懦弱的汉元帝及其昏庸的大臣们）[12]。 2，樗栎羞：樗栎为什么自惭形秽？因为它们是最差的木头（无用之材）。"差"、"木"为"楂"。	释义	1，丫叉：吴方言叉竿称丫叉。 2，丫叉：黑水有许多支流[13]形成一个个丫叉型三岔河口，扣黑水茫茫。 3，丫叉：冰蚕有角似丫叉形状[14]，丝极韧，刀剑不可断，作琴瑟弦，扣冰弦。 4，丫叉：古代女孩子头上梳丫叉型双髻，昭君出塞时就是个约二十岁的大姑娘[15]，扣咽不流、扣曲终愁。

八、马嵬怀古

（套用谜格：隐目格；运用谜格：白头格。）

谜眼		谜底（AB）	
C=湎（miǎn）A=棉		棉絮（B）	
谜面 （I,II）	寂寞脂痕积汗光。（谜眼） 温柔一旦付东洋。（引子）	谜面 （III, IV）	只因遗得风流迹， 此日衣裳尚有香。
释义	1，温柔付东洋受难者：脂痕（脂粉——杨玉环）。 2，脂积汗：脸上脂痕有汗珠，"面"、"水"为"湎"。	释义	1，棉絮：絮，拆字为"女"、"口"、"糸"，意为女子口下之丝，杨贵妃就是在马嵬坡自缢的，扣遗得风流迹。 2，棉絮：絮，极易沾在人们身上，铺垫了"留香传说"[16]，扣衣裳尚有香。

九、蒲东寺怀古

（套用谜格：隐目格；运用谜格：白头格。）

谜眼		谜底（AB）	
C =工（gōng）A=弓		弓线（B）	
谜面 （Ⅰ,Ⅱ）	小红骨贱一身轻，（谜眼） 私掖偷携强撮成。（引子）	谜面 （Ⅲ,Ⅳ）	虽被夫人时吊起， 已经勾引彼同行。
释义	1，掖携（传柬）者：红娘。 2，红骨轻："红"去了一丝半缕一身轻了，剩下的只有贱骨"工"。	释义	弓线：上线、拉弓扣谜面。

十、梅花观怀古

（套用谜格：隐目格；运用谜格：粉底格。）

谜眼		谜底（BA）	
C=卯（mǎo）A=帽		凉（B）帽	
谜面 （Ⅰ,Ⅱ）	不在梅边在柳边，（谜眼） 个中谁拾画婵娟。（引子）	谜面 （Ⅲ,Ⅳ）	团圆莫忆春香到， 一别西风又一年。
释义	1，拾画者：柳梦梅。 2，在柳边："柳"右边为"卯"。		凉帽：戴帽扣团圆；戴帽的时段扣春香到、别西风。

薛小妹新编怀古诗谜格有板有眼。

薛小妹新编怀古诗谜格中规中矩。

说薛小妹怀古诗是有谜格的一点儿也不为过，薛小妹直接点明过了。

"暗隐俗物。"

"暗隐"，究其字义，不能明猜，要"暗隐"捉摸。"暗隐"的也许就是"谜眼"。

"暗隐"，究其谐音，不能直搬，要"按音"变化，"按音"的也许就是"粉底"、"白头"。

其实，"薛小妹格"谜语猜也容易，编也简单。不信？不妨也来新编几首怀古诗（见附件），谁掌握了隐目、粉底、白头的格律，准保一猜就中！

注释：

[1]隐目格：谜底一般只用一词组成，谜底前两字隐格目名称，主要谜面不标格名，猜中时，带出暗含的射目来。例如：胜利奏凯歌。谜底：大庆油田。"胜利"作油田名，"奏凯歌"扣大庆。

[2]谜眼：文义谜运用别解手法时，起关键作用的字眼。在底称底眼，在面称面眼。例如：指腹为媒（射古文篇目一）。谜底：《隆中对》。本谜之底眼是"隆"字。隆中本是古地名，如今被巧妙而诙谐地转化作动词"隆起、凸起"解。指腹为媒就是指两户人家的女人尚挺着大肚子未分娩时，就已经对好了亲家。通过"隆"字出神入化的别解，使全谜传神阿堵，谐趣顿生，令人喷饭。

[3]粉底格：别名白足格、素履格、立雪格、踏雪格、履霜格。谜底需两字以上，末一字用谐音代替解释谜面。例如：新闻纪录（打一体育活动项目）。谜底：广播操。"操"与"抄"谐音。

[4]白头格：别名白首格、皓首格、粉头格、雪帽格、寿星格、素冠格、冠玉格、望月格等。谜底需两字以上，第一字用谐音来代替解释谜面。例如：望梅止渴（打一地名）。谜底:响水。"响"与"想"谐音。

[5]砧，本义捣衣石。捣衣石又名"女须砧"，相传屈原的母亲死得很早，比屈原大10岁的屈姊女须对他百般疼爱。屈府虽然有若干佣人，女须有时候亲手给屈原洗衣，捣衣石是女须给屈原洗过衣裳的地方，遗址在秭归东北方向的女须庙前，捣衣溪畔，与濯缨泉隔溪相望。

[6]擂鼓瓮金锤，说是东汉名将马援创制的兵刃。这种锤子不是圆球形状的，而是"腰鼓"形状，类似圆柱形。这种锤子消逝江湖很长时间，到隋朝末年，才在李元霸手中出现。

[7]齐周颙于钟山西立隐舍，后颙出为海盐令，孔稚珪作《北山移文》（移文是官府文书的一种，用以喻对方移风易俗，故名）以讥之。

[8]《南山经》中记载有一座"令丘之山"，这座山上不长草木，因为这座山上多火，山上多火许是因为住着"颙"这种怪鸟，据闻如果目睹"颙"出现，天下便会发生大旱灾。

[9]唐拾得《诗》之二："铲子边向火，镬子里澡浴。"明朝冯梦龙《山歌》7卷："七月七个夜头你来的正凑子个巧，省的小阿奴奴镬子里无油空自熬。"歇后语："冷镬子里爆出热栗子。""热镬子上蚂蚁。"

[10]秦亡后项羽将齐地分为胶东、齐、济北三个诸侯国，故称三齐。三齐位，即齐王之位。韩信破赵平齐后向刘邦讨价，要求立他为齐国的假王。刘邦大怒，大骂使者。张良急忙踩他的脚，要他对韩信暂时容忍。刘邦马上改口骂道："大丈夫要做就做真王，做什么假王！"立即封韩信为齐王。

[11]在"楼"这个字中,"妻"代表"妻室",即"家",指雄鸟回到有雌鸟孵蛋的窝里。

[12]"汉家制度"既可指汉元帝按图召见宫人的制度(这一制度使得画工毛延寿从中作祟,误将昭君远嫁),也可指汉元帝把美女赐给单于以求得偃武息兵的制度。"樗栎"一典,见《庄子——逍遥游》篇。意谓像臭椿一类的"樗"、"栎"树,都是大而无用的。这里隐喻懦弱的汉元帝及其昏庸的大臣们。

[13]黑水:源于内蒙古自治区中部蛮汗山东北坡骆驼脖子和双鹦鹉一带。由东向西至旗下营出山,接纳源于大青山的五贝滩河、水磨沟、哈拉沁沟及枪盆河等河流,并共同冲积成呼和浩特三角洲平原,流至托克托县城北部汇入黄河。地表径流多将山区的腐殖层冲刷而下,致使河水浑浊而色黑,故称大黑河。

[14]冰蚕,产于北冥蛮荒,柘叶为食,长七寸,黑色,有角有鳞,以霜雪覆之,然后作茧,长一尺,其色五彩,织为文锦,入水不濡,以之投火,经宿不燎。

[15]王昭君约生于公元前52年,于公元前33年出塞。故王昭君出塞时是19岁。

[16]留香传说:如《新唐书·后妃传》说玄宗从四川归来,过马嵬,派人备棺改葬,掘土,得到杨贵妃的香囊。刘禹锡《马嵬行》则说:"不见岩畔人,空见凌波袜。……传看千万眼,缕缉香不歇。"此外,《杨太真外传》中还有杨贵妃领巾因风吹拂到贺怀智头帻上而引得一身瑞龙脑香气的事。

◎附:姑苏"红楼"怀古诗◎

——步《薛小妹新编怀古诗》谜格——

一、织造府[1]怀古(打家具一)

送曹别李仪门口,

瑞云姑娘[2]咽抽抽:

  "墙外苏城河连河,

何时载我结鸾俦?"

[1]据红学专家考证,曹雪芹的祖父曹寅和舅祖李煦曾先后担任苏州织造之职。

[2]瑞云峰,原名小谢姑,是一块太湖石,与玉玲珑、绉云峰被称为"江南三大名石"。此石形若半月,多孔,玲珑多姿,峰高5.12米、宽3.25米、厚1.3米,涡洞相套,褶皱相叠,剔透玲珑,被誉为妍巧甲于江南,为宋徽宗"花石纲"遗物。明代为董姓所得,董嫁女时将石作嫁妆赠给

苏州富绅徐时泰,徐将石置于东园(即留园的前身),更名为瑞云峰。后迁至织造署西花园。

二、虎丘怀古(打中药名一)

灯扎仍开街东头,

泥捏还处市西首。

姑苏繁华看山塘,

七狸[1]似吠镇贼偷。

[1]根据民间传说,明朝刘伯温为破风水,沿山塘安放七只石狸。一些市民认为"七里山塘"乃"七狸山塘"所讹,不过这种说法并无史书根据。2006年,七里山塘重新安放七只石狸。这七只石狸从东到西依次是:美仁狸(山塘桥)、通贵狸(通贵桥)、文星狸(星桥)、彩云狸(彩云桥)、白公狸(普济桥)、海涌狸(望山桥)、分水狸(西山庙桥)。

三、阊门怀古(打称谓一)

十里街上多游人,

茶铺酒肆满杯斝,

楹联上下缺一味[1],

莫非专等贾和甄?

[1]1999年5月,苏州市阊门南浩街经过重新装扮后开街,开街庆典的一个重要活动是征集对联。上联已由苏州专家们集体撰写完成(三吴明清第一街水陆两旺驰誉五湖四海),征集下联活动自当年5月开始,逐年进行。2005年1月26日,苏州市南浩街景点管理处发出了"关于结束南浩街石坊楹联征选活动的公告"。公告说应征者多达10万人,无一佳对,最佳楹联仍暂缺。但为了表达对征联活动的真诚,决定将原准备用于评选的20万元奖金,全部捐献给苏州市慈善总会。

四、玄墓怀古(打重庆区县一)

殿前古柏[1]傲风霜,

厢内老僧念经忙,

沐花浴雪[2]银髯飘,

声如洪钟响四方。

网络妙说好帮手

[1]天寿圣恩禅寺。坐落在苏州市吴中区光福玄墓东南,柴庄岭下,面太湖。(明人金问的《登玄墓山》诗中就有"风便有时闻梵铃,云深之处觅禅关"之句,足证山上确有寺,只是无"蟠香"之名而已。《红楼梦》里"蟠香寺"也许是作者的借托。)大雄宝殿前有巨柏三棵,树龄一千八百余年,最粗一棵腰围5.2米。寺内有康熙帝所题《松风水月》碑、《乾隆赋》并书写的一块诗碑《再邓尉香雪海歌旧韵》。

[2]光福、邓尉诸山相连,多植梅花。收梅花上的雪埋在地底下,以为炎夏之饮,这是南方人至今的习惯。《红楼梦》书中就有此描写:"五年前我在玄墓蟠香寺住着,收的梅花上的雪,统共得了那一鬼脸青的花瓮一瓮,总舍不得吃,埋在地下,今年夏天才开了。我只吃过一回,这是第二回了。"

五、石湖[1]怀古(打当代"红学"学者一)

春风吹醒冰雪仙[2],

满眼尤物[3]绽笑脸;

旖旎山水似西子,

一路美景如画间[4]。

[1]石湖是苏州著名的风景区。石湖景区以吴越遗迹和江南水乡田园风光见胜,拥有众多的古寺、古塔、古墓以及宋代著名田园诗人范成大等人的别墅。

[2]朱翌《梅花》:"姑谢山头冰雪仙,人间一见便丰年。"

[3]范成大《范村梅谱——自序》:"梅,天下尤物,无问智贤愚不肖,莫敢有异议。学圃之士必先种梅,且不厌多。他花有无,多少,皆不系重轻。"

[4]范成大《行春桥记》:"往来憧憧,如行图画间。凡游吴而不至石湖,不登行春,则与未始游者无异。"

六、桃花坞[1]怀古(打广东区县名一)

风流才子[2]一声请,

四杰登楼赏美景,

挥毫泼墨兴致浓,

"千尺"、"双荷"[3]兄弟情。

[1]桃花坞,现今苏州市桃花坞大街及其周边地区。唐诗人杜荀鹤曾作《桃花河》诗,宋范成

妙 说 红 楼

大《阊门泛槎》诗有"桃坞论今昔"句。可见桃花坞名称由来以久。明弘治年间,著名画家唐寅以卖画所蓄,购得章粲的桃花坞别墅,取名为"桃花庵",并在四周种桃树数亩,唐寅亦自号"桃花庵主"。

[2]唐寅于弘治十一年(1498)乡试第一,但在会试时因被人所累而下狱。唐寅由此厌恶官场,鄙薄功名,从而放浪形骸,足迹遍及名山大川。唐寅曾冶印一方,号称"江南第一风流才子"。

[3]桃花坞最早是农桑之地。宋熙宁年间,梅宣义在此筑台冶园,柳堤花坞,风物一新,称"五亩园",又称"梅园"。绍圣年间,枢密章粲在五亩园南筑"桃花坞别墅",占地七百亩。章氏子弟在此基础上又广辟池沼,建成一座庄园式园林,人称"章园"。梅、章两家为世交,梅宣义子梅采南、章粲子章咏华,仿效曲水流觞典故,将两园池塘打通,建双鱼放生池,一端通章园的"千尺潭",一端通梅园的"双荷花池"。(2011年,桃花坞综合整治开工,其中一项是恢复"东荷花池",将重现"双荷花池"。)

备注:
1. 谜眼:
瑞云姑娘咽抽抽泵(石头流泪。)
七狸似吠镇贼偷兽(参考传统字谜"一家有七口,种田种一亩,自吃还不够,还养一只狗"。)
酒肆食客满杯斟凶(满上。)
厢内老僧念经忙厂(取材传统字谜"一点一横长,一撇撇过梁,一个小和尚,在那做文章"。)
旖旎山水似西子媄(美女。)
四杰登楼赏美景伞(参考传统故事字谜"唐伯虎说:'我这首诗谜共有四句,每句猜出一个字,四个字连起来是表明两个意思的两句话。'说完,唐伯虎念出了如下四句诗:'言有青山青又青,两人土坡观风景;三人牵牛少只角,一人坐在草木中。'祝枝山听后笑了笑说:'如此简单的诗谜也值得我去猜吗?'他说着,自信地走进房间,坐到太师椅上就朝唐伯虎招呼道:'快奉茶吧!'唐伯虎见诗谜已破,立即端上香茶一杯,连连说:'此谜破得好,佩服!佩服!'原来谜底就是'请坐奉茶'四个字。"此处仿"两人土坡观风景"句。)
2. 谜底:棕绷(粉底)、熟地(白头)、拍档(粉底)、长寿(白头)、梅玫(粉底)、三水(白头)。

正说《红楼梦》中苏州人

《富贵风流苏州人》

◎苏州人在哪里?◎

《红楼梦》作者对苏州情有独钟。

《红楼梦》故事就是从苏州说起的。

"当日地陷东南,这东南一隅有处曰姑苏,城中阊门,最是红尘中一二等富贵风流之地。"

"富贵风流"之地必出无数"富贵风流"之人。

《红楼梦》中有哪些"富贵风流"的苏州人呢?

这里的"苏州人"一是指祖籍苏州人;二是指祖籍不详,但是从苏州出去的人;三是外地来苏州谋生的人。

贾宝玉神游太虚幻境,他所见的簿册中共15个女子中就涉及到3个苏州人。

一是副册里的香菱。

"阊门外有个十里街,街内有个仁清巷,巷内有个古庙,庙旁住着一家乡宦,姓甄名费,字士隐。嫡妻封氏,只有一女,乳名英莲。"

英莲,香菱也。

由香菱所涉及的苏州人有亲属甄士隐,封氏,封肃;家仆娇杏,霍启;并涉及"葫芦案"的"葫芦僧",贾雨村,拐子。

二是正册里的林黛玉。

"这林如海姓林名海,本贯姑苏人氏,嫡妻贾氏,生得一女,乳名黛玉。"

由林黛玉所涉及的苏州人有亲属林如海,贾敏,家仆王嬷嬷,雪雁。

三是正册里的妙玉。

"一个带发修行的,本是苏州人氏,法名妙玉。"

由妙玉所涉及的邢忠、邢岫烟一家子。

邢岫烟:"妙玉在蟠香寺修炼,我家原来寒素,赁房居住就赁了他庙里的房子,住了十年,无事到他庙里去作伴,我所认得字,都是承他所授,我和他又是贫贱之交,又有半师之分。"

在大观园里,十二个戏子及教习也是苏州人。

"贾蔷已从姑苏采买了十二个女孩子,并聘了教习以及行头等事来了。"

《红楼梦》中,有名有姓的苏州人20多个。

◎苏州人的文采◎

《红楼梦》中的诗文是一大亮点。

苏州,地灵人杰。

苏州,诗礼之邦。

唐诗宋词、吴歌昆腔,滋润了一个个苏州才子的手笔。

湖光山色、风花雪月,撩开了一个个苏州才女的诗兴。

林黛玉是吟诗作词的佼佼者。

林黛玉所写诗词书中约20篇。

"葬花吟",千古绝唱,多少年,多少代,让多少痴情男女为之感叹,为之流泪!"葬花吟"是《红楼梦》精髓诗作之一。

林黛玉为什么会如此出类拔萃?

一是林黛玉聪慧过人,吟诗作词才思敏捷,一气呵成。

在写"咏白海棠",林黛玉"**提笔一挥而就,掷与众人**"。

在写"螃蟹咏",林黛玉"**略一仰首微咏,提起笔来一挥,已有了一首**"。

二是林黛玉勤奋好学,主要表现在她饱览历代名作名篇,功底扎实。

林黛玉是这样向香菱身教言传的:"这里有《王摩诘全集》,你却把他的五言律一百首细心揣摩透熟了,然后再读一百二十首老杜的七言律,次之再李青莲的七言绝句读一二百首;肚子里先有了这三个人做了底子,然后再把陶渊明,应,刘,谢,阮,庾,鲍等人的一看,不愁不是诗翁了。"

林黛玉:聪慧+勤奋=成才之路。

俗话说"名师出高徒"。

林黛玉的老师贾雨村也是一个吟诗作词的高手。

中秋之夜。

贾雨村**不免对月有怀,因而口占五言一律;雨村吟罢,复高吟一联;雨村此时已有七八分酒意,狂兴不禁,乃对月寓怀,口占一绝。**

贾雨村在短短一、二个时辰,连连作了一律一联一绝,而且都是"口占",可见贾雨村出口成章,身手不凡。

甄士隐同样是吟诗作词的行家。

甄士隐禀性恬淡,不以功名为念,每日只以观花种竹,酌酒吟诗为乐,倒是神仙一流人物。

甄士隐听了跛足道人念的"好了歌",心中早已悟彻,立即就将注解出来。

"好了歌"(注解)**解得切**!每一句,每一字,把人间命运轮回、世态炎凉抒发得淋漓尽致。"好了歌"(注解)也是《红楼梦》精髓诗作之一。

再说说香菱。

香菱大概身上有他父亲的遗传因子,她也偏好吟诗作词。

香菱人生坎坷,吟诗作词根子浅、基础差。

香菱一是多学。

香菱对林黛玉笑道:"果然这样,我就拜你为师,你可不许腻烦的。"

香菱二是多读。

香菱拿了诗,回到蘅芜院中,诸事不管,只向灯下一首一首地读起来。宝钗连催他数次睡觉,他也不睡。

香菱三是多写。

香菱满心中正是想诗,至晚间,对灯出了一回神,至三更以后,上床躺下,两眼睁睁直到五更,方才朦胧睡着了。

有辛勤的耕耘就会有丰硕的收获。

香菱所写的三篇"吟月",一篇比一篇出色。

第一篇**"意思却有,只是措辞不雅"**。

第二篇**"不像吟月了,月字底下添一个'色'字,倒还使得"**。

第三篇众人齐说"这首不但好,而且新巧有意趣,可知俗话说:'天下无难事,只怕有心人。'"。

最后说说另一对老师和学生:妙玉和邢岫烟。

邢岫烟举止言谈,**超然如野鹤闲云,原本有来历**。

在芦雪庭即景诗中,邢岫烟客串了两句;接着,邢岫烟赏梅吟成一诗"**赋得红梅花**"。

妙玉**文墨也极通**。

妙玉**她常说古人中自汉、晋、五代、唐、宋以来,皆无好诗,只有两句好**,说道:"纵有千年铁门槛,终须一个土馒头。"

妙玉特别欣赏范成大的诗句,是否夹杂着一丝半缕恋乡的情结?

妙玉在诗文方面造诣极深。

妙玉续联黛玉和湘云诗句时,**提笔微吟,一挥而就**。

妙玉显得多么洒脱,多么飘逸!

黛玉和湘云的诗句这才有二十二韵。

妙玉续联的右中秋夜大观园即景联句三十五韵。

黛玉、湘云二人称赞不已,说:"可见咱们天天是舍近求远,现有这样的诗人在此,却天天去纸上谈兵。"

由此可见,妙玉的诗文水准在大观园诗社众社员之上。

◎苏州人的才艺◎

苏州民间工艺历来繁荣。

自行人,酒令儿,水银灌的打金斗小小子,沙子灯,一出出的泥人儿的戏,用青纱罩的匣子装着……

苏州独多能工巧匠。

泥捏的小像与真人相差无几。

苏州是昆腔的发祥地。

一方水土养育一方人。

苏州来的十二个女孩子个个有唱戏的天赋。

三、四月早春季节，有几百枝杏花，如喷火蒸霞一般，贾蔷从姑苏采买了十二个女孩子；到了十月里，在这短短的半年时间里，贾蔷那边也演出二三十出杂戏来。

这十二个女孩子个个是唱戏的角。

一个个歌有裂石之音，舞有天魔之态，虽有妆演的形容，却做尽悲欢的情状。

元宵节，芳官唱一出"寻梦"，只用箫和笙笛；葵官唱一出"惠明下书"，也不用抹脸。

听得**众人鸦雀无声**。

芳官、葵官难道有什么绝招？

文官一语道破天机。

"不过听我们一个发脱口齿，再听个喉咙罢了。"

喉咙是天生的；发脱口齿即歌唱的发声、吐字必须靠勤学苦练得来的。

◎苏州人的雅趣◎

苏州人建园造林，锋芒毕露。

苏州人栽树植草，拿手好戏。

苏州人爱花。

甄士隐种竹观花，每日只乐此不疲。

苏州人怜花。

林黛玉担锄挂囊，"送佛送到西天"。

有了这些花花草草，小孩儿多了一份童趣。

暮春，芳官等四五人在花草堆斗草。

有了这些花花草草，老年人多了一份恬静。

炎夏，芭蕉冉冉，甄士隐伏几盹睡。

有了这些花花草草，年轻人多了一份灵感。

深秋，潇湘妃子魁夺菊花诗。

有了这些花花草草，出家人多了一份生机。

寒冬，红梅为证，妙玉可厌变得可亲了。

苏州毗邻太湖，气候温和、物产丰富。

苏州盛产茶叶，是名茶"碧螺春"的原产地。

苏州人对于喝茶津津乐道。

《红楼梦》中，妙玉精于茶道。

品茶必须要有好的茶具。

妙玉自己**常日吃茶的是绿玉斗**。

妙玉给宝玉是一只九曲十环一百二十节蟠虬整雕竹根的大盏。

妙玉请宝钗、黛玉喝体己茶是**两只古玩奇珍杯**。

品茶必须要有好的茶叶。

妙玉沏茶用的茶叶是"老君眉"。

"老君眉"产自洞庭君山，形如长眉，满布毫毛，香气高爽，其味甘醇。

品茶必须要用好的水。

妙玉为贾母等沏茶用的是旧**年蠲**的雨水。

妙玉为宝钗等沏茶用的水更加讲究。

"这是五年前在玄墓蟠龙寺收的梅花上的雪水。隔年的雨水，那有这样清淳？"

品茶必须要有好的环境。

妙玉为了让宝钗黛玉喝好茶，让他二人在耳房内，宝钗便坐在塌上，黛玉便坐在妙玉的蒲团上。

品茶必须要有好的沏茶技巧。

妙玉为了让宝钗黛玉喝好茶，"自向风炉上煽滚了水，另泡了一壶茶。"

品茶必须要有好的饮茶方法。

妙玉对宝玉这样说的："一杯为品，二杯即是解渴的蠢物，三杯便是饮驴了。"

妙玉执壶，只向海内斟了约有一杯，宝玉细细吃了，果觉轻淳无比，赏赞不绝。

茶道是一种雅趣，只有遵循品茶的几点要素，才能得到完美的享受。

洋洋大观《红楼梦》，到处都有苏州人的身影。

《红楼梦》中的苏州人就是这样"富贵风流"的。

苏州人的文采，一流！

苏州人的才艺，头挑！

苏州人的雅趣，上乘！

苏州人着实不简单！

《苏州人的情爱》

《红楼梦》中有名有姓的苏州人有二十多个。

情种，比比皆是。

他们有的爱得那么炽热，有的爱得那么深沉，有的爱得那么大胆，有的爱得那么含蓄……

俗话说"有情人终成眷属"。

我们不妨将"有情人"比作花，将"眷属"比作果，看看《红楼梦》中那些苏州人开花结果了吗？

◎有花有果◎

《红楼梦》八十回中，有花有果的只有一对，那就是贾雨村和娇杏。

在甄士隐书房内，雨村且翻弄诗书解闷，忽听得窗外有女子嗽声，雨村遂起身往外一看，原来是一个丫鬟在那里掐花儿，生得仪容不俗，眉目清秀，虽无十分姿色，却也有动人之处，雨村不觉看得呆了。

在书房外，娇杏掐了花儿，方欲走时，猛抬头见窗内有人，敝巾旧服，虽是贫窘，然生得腰圆背厚，面阔口方，更兼剑眉星眼，直鼻方腮，不免又回头一两次。

雨村凝视。

娇杏顾盼。

旷男怨女眼睛里迸出爱情的火花。

不久，贾雨村上京赶考。娇杏因故随主人迁至外乡。

数年后，娇杏在门前买线，正好被新任太爷贾雨村看见。

贾雨村立即托人做媒。

娇杏被送进衙内去了。

贾雨村称心了：得到**时刻放在心上**的红粉佳人。

娇杏满意了：嫁了个疼她爱她的如意郎君。

娇杏自到雨村身边，只一年，便生一子。

◎有花无果◎

《红楼梦》八十回里只看到一些人的花，而看不到他们的果。

这里，我们顺手采撷两朵涉及苏州人的花。

一朵是林黛玉（苏州人）和贾宝玉。

《红楼梦》以宝黛爱情为主旋律，"**诉肺腑心迷活宝玉**"是精彩的乐章之一。

林黛玉和贾宝玉志相同。

史湘云规劝贾宝玉要"谈讲谈讲那些仕途经济，也好将来应酬事务"。

贾宝玉态度十分明朗："**林妹妹不说这些混账话，要说这话，我也和他生分了。**"

林黛玉听了此话，心里暗自惊叹："果然自己眼力不错，素日认他是个知己，果然是个知己。"

共同的信念是阳光。

共同的追求是温床。

左一个"知己"，右一个"知己"。

这朵花，花瓣重重，花蕊匝匝！

林黛玉和贾宝玉情相切。

看：

林黛玉**不禁泪又下来**。贾宝玉禁不住抬起手来，替她拭泪。

贾宝玉**筋都叠暴起来，急得一身汗**。林黛玉也近前伸手替他拭面上的汗。

泪是滋润的水。

汗是浇灌的肥。

你拭我，我拭你——

这朵花，花香浓浓，花色艳艳！

林黛玉和贾宝玉心相贴。

听，贾宝玉是这样向林黛玉剖白的：

"难道我素日在你身上的心都用错了？"

"不但我素日白用了心，且连你素日待我之意也都辜负了。"

哥哥投以纯纯的心。

妹妹报以挚挚的意。

三个"素日"——

这朵花月月盛开，天天怒放！

另一朵是龄官（苏州人）与贾蔷。

贾蔷是大观园里小戏班的总管，龄官是唱旦角的女孩子。

《红楼梦》中，龄官和贾蔷的戏份不多，**椿龄画蔷痴及局外**是他们的一出重头戏。

赤日当天，树阴匝地，满耳蝉声，静无人语。

一个女孩子蹲在花下，手里拿着根别头的簪子在地下抠土，一面悄悄地流泪。

那女孩子拿簪子起落，一画、一点、一勾，十八笔，原来就是个蔷薇花的"蔷"字。

那女孩子画完一个"蔷"又画一个"蔷"字，已经画了有几十个。

这个如痴如醉，似梦似醒的女孩子就是龄官。

此时此刻，龄官心中只有心爱的"蔷"：

那一画，好比蔷哥甜言蜜语的嘴唇。

那一点，好比蔷哥含情脉脉的眼珠。

那一勾，好比蔷哥挺拔俊俏的鼻梁。

那一字，好比蔷哥风流飘逸的身影。

一个"蔷"字一声爱，数不清的"蔷"字无尽的爱。

椿龄画蔷，如歌如诉。

有诗（谜）为证：

天上合欢结成双，

地边情侣卧心房；
柔情蜜意回复回，
千横万竖表衷肠。

◎无花无果◎

在大观园里，贾宝玉是女孩子们人见人爱的少年公子。

有这样两个苏州女孩子，由于身份特殊，她们对于贾宝玉想爱却不能爱。

一个是香菱。

香菱是薛蟠的小老婆，贾宝玉的表嫂。

"呆香菱情解石榴裙"。

这里用了一个"情"字，点明香菱对贾宝玉是动情的。

香菱换了污湿的石榴裙，叫住宝玉。香菱红了脸，只管笑，嘴里却要说什么，又说不出口来。因那边他的小丫头臻儿走来说："二姑娘等你说话呢。"香菱脸又一红，方向宝玉道："裙子的事，可别和你哥哥说，就完了。"

薛家有万贯家财，何在乎一条石榴裙？

香菱根本不必把此事放在心上。

香菱为什么要叮嘱宝玉别告诉薛蟠？

香菱为什么说话吞吞吐吐，神态是那么的暧昧？

一个字："情"！

为了"情"，香菱脸红了又红。

为了"情"，香菱才会这样心虚。

另一个是妙玉。

"云空未必空"。

妙玉对宝玉有情。

妙玉对刘姥姥吃过的茶钟是这样说的："若是我吃过的，我就砸了也不能给他。"

妙玉对待须眉的宝玉，居然将自己常日吃茶的那只绿玉斗来斟与宝玉。

妙玉对宝玉有意。

贾宝玉去拢翠庵向妙玉取梅。

宝玉擎了一枝红梅回来说:"也不知我费了我多少精神呢!"

多少精神就是多少句话。

"**天生怪癖,不好多话**"的妙玉居然一反常态,话语滔滔不绝。

妙玉对宝玉也许更有爱。

贾宝玉生日,妙玉特地遣人送去贺帖。

妙玉是个出家人,人家大男孩生日你去轧啥"闹猛"!

妙玉正值青春年少,未必能超脱凡俗,也应该有七情六欲。

◎似花似果◎

似花似果?

葫芦里卖的什么药?

原来她们是同性恋!

藕官,蕊官(药官)是大观园里唱戏的女孩子。

藕官是小生,药官是小旦,往常时,他们扮作两口儿,每日唱戏的时候,都装着那么亲热,一来二去,两个人就装糊涂了,倒像真的一样儿。后来两个竟是你疼我,我爱你。药官儿一死,他就哭得死去活来的,到如今不忘,所以每节烧纸。后来补了蕊官,我们见他也是那样,就问他:"为什么得了新的就把旧的忘了?"他说:"不是忘了。比如人家男人死了女人,也有再娶的,只是不把死的丢过不提就是有情分了。"

"你疼我,我爱你。"渲染了藕官和蕊官(药官)欢乐的情爱生活。

"只是不把死的丢过不提就是有情分了。"讴歌了藕官敢于冲破传统礼教尽节的束缚,有情有意、有胆有识,难能可贵。

藕官和蕊官结局怎样呢?

假如随了各人的干娘,有情人将从此天各一方。

蕊官、藕官二人跟了地藏庵的圆信。有情人可以日夜相处了。

藕官、蕊官、药官这三个弱女子,为了追求幸福,摆脱了重重束缚,演绎了一个委婉缠绵的假凤虚凰的情爱故事。

　　藕官和蕊官（药官）演的是戏，而戏在演绎藕官和蕊官（药官）。假戏真做，感人肺腑！

　　读完《红楼梦》，怎样看待苏州人的情爱？

　　感情充沛——

　　这是苏州人的性格。

　　敢于追求——

　　这是苏州人的气魄。

　　体贴入微——

　　这是苏州人的手段。

　　忠贞不渝——

　　这是苏州人的情操。

　　苏州人着实不简单！

《苏州人百态》

《红楼梦》中有名有姓的苏州人20多个。

论行业：官吏，财主，奴仆，戏子，僧尼，拐子，可谓九教三流都沾边。

论人品：豪放，内向，善良，狡诈，真是龙生九子各不同。

这里，挑几个《红楼梦》中苏州人的二、三流角色说说他们是怎样处世的。

◎芳官◎

芳官原是大观园小戏班里的正旦，后来**指给了宝玉**。

芳官虽是个女孩子，但长相像个男孩子。

"**寿怡红群芳开夜宴**"。

宝玉只穿着大红面纱小袄儿，下面绿绫弹墨夹裤，散着裤脚系着一条汗巾。

芳官只着一件玉色红青驼绒三色缎子拼的水田小夹袄，束着一条柳绿汗巾，底下是水红洒花夹裤，也散着裤腿。

众人看见宝玉和芳官的模样，**笑说："他两个倒像一对双生的兄弟。"**

这里用了"众人"，可见宝玉和芳官像孪生兄弟是公认的。

芳官不但长相像男孩子，脾气也像个男孩子。

芳官有男子汉的侠义。

芳官知道五儿素有弱疾，故送玫瑰露给她滋补身体；并为五儿进大观园出力。

"怕什么？有我呢！"

"你的话我都知道了,你只管放心。"

钉是钉,铆是铆,答应得爽爽气气,毫不含糊。

芳官有男子汉的胆气。

芳官面对干娘的偏心敢于挑战。

"我一个月的月钱都是你拿着,沾我的光不算,反倒给我剩东剩西的!"

芳官面对赵姨娘的作践敢于对抗。

"我就学戏,也没在外头唱去。我一个女孩儿家,知道什么'粉头'、'面头'的!姨奶奶犯不着来骂我,我又不是姨奶奶家买的,'梅香拜把子——都是奴才'罢咧!这是何苦来呢!"

芳官和赵姨娘厮打起来。**打滚撒泼地哭闹起来,撞在赵姨娘怀内。**

芳官有男子汉的刚烈。

当王夫人命令唱戏的女孩子不许留在大观园里,芳官坚决不愿随干娘带出。

她就疯了似的,茶饭都不吃,只要铰了头发做尼姑去。越闹越凶,打骂都不怕。

芳官啊,初生牛犊不畏虎!

◎邢岫烟◎

邢岫烟是邢夫人的娘家侄女。

邢岫烟**家业贫寒**,寄人篱下,在大观园姐妹中显得言语不多,行动拘谨。

邢岫烟**超然如野鹤闲云**,好似一个道家仙姑,佛门弟子。

其实,邢岫烟是一个有血有肉的多情女子。

薛蝌岫烟二人,前次途中,曾有一面知遇,大约二人心中皆如意。

由此可见,邢岫烟早已情窦初开。

邢岫烟**颤颤巍巍**,好似一个弱不禁风的闺阁小姐。

其实,邢岫烟是一个审时度势的玲珑女子。

她笼络下人。

过三天五天,我倒得拿些钱出来,给他们打酒买点心吃才好。

她结交知己。

按理:论支脉,邢岫烟应该与迎春为亲;论乡情,邢岫烟应该与黛玉为友;论性情，邢岫烟应该与惜春为伍。

然而，岫烟心中先取中宝钗。

何故？

宝钗倒暗中每相体贴接济。

真相大白——原来这是邢岫烟待人接物孰轻孰重的标准！

邢岫烟平时可怜巴巴的模样得到许多人的同情。

探春看见人人皆有碧玉佩，独邢岫烟一个没有，怕人笑话，故此送一个。

凤姐儿冷眼敁敠岫烟心性行为，却是个极温厚可疼的人。因此凤姐儿反怜她家贫命苦，比别的姐妹多疼他些。

薛姨妈看见邢岫烟**生得端雅稳重**，便欲说与薛蝌为妻。

邢岫烟一跤跌到青云里。

邢岫烟这个姑娘应了苏州一句老话：会捉老鼠的猫不叫！

◎雪雁◎

林黛玉初进荣国府只带了两个人来，一个是自己的奶娘王嬷嬷，一个是十岁的小丫头，名唤雪雁。

林如海一族与苏州郡渊源甚深，雪雁这么小就来伺候黛玉，这里就将雪雁看作林家的家生子。

《红楼梦》中描写雪雁的情节不多，人们一般只注意后来居上的紫鹃，雪雁被淡忘了。

其实，雪雁这个丫头有她独特的个性。

雪雁做事认真。

黛玉命雪雁**传瓜果去**。

雪雁言听计从，领了两个老婆子，手中都拿着菱藕瓜果之类领了回来。

黛玉因故**伤心大哭起来**，心里一急，方才吃的香薷饮，便忍受不住，"哇"的一声，都吐了出来了。

雪雁当机立断，**忙上来捶揉**。

雪雁对与自己无关的事漠然置之。

黛玉命雪雁传瓜果去。

雪雁百思不解，**究竟连我也不知为什么**。

雪雁始终没有问个原故。

雪雁看见宝玉在桃花树下石上，手托着腮颊，正在出神。

雪雁只是与宝玉闲扯了几句，一没有问明白是**谁给宝玉受气**；二没有劝解宝玉，就回至屋里。

雪雁门槛精。

雪雁说给紫鹃听的一段话是《红楼梦》中刻画雪雁的传神一笔。

"姐姐，你听笑话儿：赵姨奶奶出去给他兄弟伴宿坐夜，明儿送殡去，跟他的小丫头子小吉祥儿没衣裳，要借我的月白绫子袄儿。我想：他们一般也有两件子的，往这地方去，恐怕弄坏了，自己的舍不得穿，故借别人的穿。借我的，弄坏了也是小事，只是我想素日有什么好处到咱们跟前？所以我说：我的衣裳簪环，都是姑娘叫紫鹃姐姐收着呢。如今先得去告诉他，还得回姑娘，费多少事，别误了你老人家出门，不如再转借吧。"

这是笑话吗？

不，雪雁为自己在打哈哈。

雪雁心里不愿意借衣服，却将姑娘和紫鹃作挡箭牌，说轻些是"调枪花"，说重些是嫁祸于人。

其实，雪雁这小小的伎俩能蒙哄谁？

紫鹃一针见血地戳穿了雪雁的花招。

"你这个小东西儿，倒也巧，你不借给他，你往我和姑娘身上推，叫人怨不着你！"

雪雁巧为人。

还是上面那段话，雪雁心里不愿意借衣服，嘴里却两头讨好。

雪雁像十分关心的样子为赵姨娘出点子。

什么**别误了出门**呀，什么**转借**呀，骨子里雪雁就是想溜之大吉。

雪雁为"**咱们**"（当然包括紫鹃）忿忿不平。

什么**没得到什么好处**，骨子里雪雁就是想混淆视听。

雪雁这个丫头待人接物可谓"快刀切豆腐——两面光。"

◎门子◎

应天府一门子原是苏州阊门**葫芦庙里一个小沙弥**,他就是**葫芦僧**。

门子虽是《红楼梦》中一个极小极小的角色,然而,他却是《红楼梦》中关键人物之一,就是他的一张护官符,揭示了《红楼梦》中贾、史、王、薛四大家族**一损俱损,一荣俱荣**的脉络。

门子是一个平凡人。

门子原是出家人,但他没有清心寡欲,**耐不得寺院凄凉,遂趁年纪轻,蓄了发,还俗了**。

门子是一个精明人。

葫芦僧因**被火烧之后,无处安身**。他为什么选中当门子?

"想这件生意倒还轻省。"

门子行当确实不错,他干了七八年,置地买屋,而且有多余房屋出租。

门子是一个有学问的人。

门子脱口能说什么"岂不闻古人说的'大丈夫相时而动'",又说"**趋吉避凶者为君子**"这些文绉绉的话,可见门子对古文有一定造诣。

门子是一个乖巧人。

门子确信拐子身边的女孩就是英莲。

"当日这英莲,我们天天哄他玩耍,极相熟的,所以隔了七八年,虽模样儿出脱得齐整然大段未改,所以认得且他眉心中原有米粒大的一点胭脂痣,从胎里带来的。"

门子为什么不去报官?

葫芦案事不关己,何必"弄把虱子在头上搔搔"!

门子是一个活络人。

门子溜须拍马,讨好府太爷贾雨村。

门子递上"护官符",晓以利弊。

"老爷补升此任,系贾府王府之力;此薛蟠即贾府之亲,老爷何不顺水行舟,做个人情,了结此案。"

门子是一个能干人。

门子出谋划策,为贾雨村设计了一套以假乱真审理薛冯案的主意。

雨村徇情枉法，胡乱判断了此案。

门子为了结葫芦案立了汗马功劳，他被重用了吗？

贾雨村因葫芦案**此事皆由葫芦庙内沙弥新门子所为，又恐他对人说出当日贫贱时事来，因此心中大不乐意；后来到底寻了他一个不是，远远地充发了才罢。**

可怜门子，搬起了石头压了自己的脚。

◎封肃◎

封肃是甄士隐的岳丈。

甄士隐因遭天灾人祸**投**封肃家去。

封肃对待女婿甄士隐是三部曲：

一是冷淡。

封肃今见女婿这等狼狈而来，心中便有些不乐。

二是揩油。

士隐还有折变田产的银子在身边，那封肃便半用半赚的，略与他些薄田破屋。

三是讨嫌。

士隐勉强支持了一二年，越发穷了。封肃且人前人后，又怨他不会过，只一味好吃懒做。

结果呢？

士隐知道了，心中未免悔恨，竟不回家，同着疯道人飘飘而去。

嫁出去的女儿泼出去的水。

封肃对雪上加霜的女儿也是三部曲。

一是敷衍。

封氏只得与父亲商议，遣人各处寻访，哪得音讯？

封肃是被动地只得去寻找女婿，封氏"托人托着个王伯伯"！

二是没好话。

那封肃每日抱怨。

三是盘剥。

主仆三人，日夜做些针线，帮着父亲用度。

封肃不是家中却还殷实？何须要三人日夜劳作！

下面再来看看封肃对待富贵人的腔调。

封肃为贾雨村保媒也是三部曲：

一是热情。

雨村又一封密书与封肃，托他向甄家娘子要那娇杏作二房，封肃喜得眉开眼笑。

二是帮衬。

封肃力当说客，便在女儿前一力撺掇。

三是巴结。

当夜用一乘小轿便把娇杏送进衙内去了。

封肃对待甄士隐一家子是冷面孔，对待贾雨村是热心肠，南辕北辙，一副势利小人模样！

雨村送甄家娘子许多礼物，令其且自过活。

雨村为什么要令甄氏自过活？

也许是娇杏煽的"枕边风"！

封肃对待甄士隐一家所作所为全在娇杏眼里，现在令甄氏自过活，用新词谓讲就是"解救"了！

封肃这种人，"铜钱眼里翻跟斗"！

《红楼梦》中的苏州人个个栩栩如生，他们好像就生活在自己身边一样。

他们的所作所为大相径庭：有的受人赞赏，有的受人同情，有的受人厌恶，有的受人憎恨……

每一个人有每一个人的一条道路。

每一个人有每一个人的一方天地。

《红楼梦》中的苏州人所共同拥有的是——

他们恪守自己的本分。

他们珍惜自己的权益。

他们热爱自己的生活。

他们创造自己的人生。

苏州人着实不简单！

《附：咏苏吟锡对联》

◎咏苏◎

其一
【上联】越溪跨塘东渚盛泽通安　黄埭卢墟梅堰菀坪长青
【匾额】桃源
【下联】渡村车坊西山黎里光福　浦庄郭巷胥口蠡墅太平

其二
【上联】东港钟楼观景　宝带长桥流虹　相门胥口金益宏葑　娄江盘溪碧波清塘　吴淞越城友联成美　古巷新苑仁安富康
【匾额】苏锦
【下联】西园夷亭挹秀　灵岩塔影冠云　竹辉荷韵枫津玉莲　梅花杨枝永林彩香　里河高浜润达施乐　红庄翠坊通和吉祥

（其一由苏州市区乡镇名组成，其二由苏州市区新村名组成。）

妙　　说　　红　　楼

◎吟锡◎

其一
【上联】东亭后宅　陆区滨湖扬名　梅村杨市　雪浪硕放荣巷
【匾额】玉祁
【下联】西漳前洲　八士云林安镇　荡口鸿声　甘露广益旺庄

其二
【上联】惠峰源泉　月溪星海　柏庄青松向阳　竹苑翠云花汇　曹张井亭新兴　梅梁塔影广瑞
【匾额】山明　水秀
【下联】蓉湖蓓蕾　荷叶藕莲　盛岸稻香清扬　虹桥槐古迎晖　孙蒋门楼丰裕　戴周沁园永泰

其三
【上联】江大春晖育才　朝阳振新龙川　桃园李巷惠华　天一文隆
【匾额】锡航
【下联】柴机风雷建设　铁狮扬名金球　产山钱桥徐贵　侣成广丰

（其一由无锡市区乡镇名组成，其二、其三由无锡市区新村名组成，没有重复运用。）

《咏苏吟锡对联》中的地名与《红楼梦》沾边之处：

【苏州】
越溪—石湖边是诗人范成大居住生活过的地方。
光福 梅花—光福"香雪海"是名闻遐迩的赏梅景点。光福玄墓东南，唐天宝年间创"天寿寺"。南宋宝祐年间又建"圣恩禅庵"，寺庵并列，曾被辟为上、下道场。元至正初"天寿寺"毁于火灾，圣恩禅庵幸存。为佛教南宗发祥地，清康熙、乾隆到光福探梅多次驻足于此。
虎丘—苏州北郊。相传春秋时吴王夫差葬其父于此，葬后三日有白虎踞其上，故名。山高约36米，古树参天，山小景多，千年虎丘塔矗立山巅。虎丘依托着秀美的景色，。宋苏东坡说过：

正说《红楼梦》中苏州人

"到苏州不游虎丘乃憾事也。"

【苏州 无锡】

宝带 相门~盘溪、锡航——苏州、无锡是京杭大运河边的大码头。京杭大运河世遗点就有江南运河无锡城区段和江南运河苏州段(包括山塘河、上塘河、胥江、平江河、环城河、古运河和江南运河)。宝带桥在江南运河苏州段西侧,中国十大名桥之一。桥长316.8米,桥孔53孔,是中国现存的古代桥梁中,最长的一座多孔石桥。苏州金、阊、胥、盘、南、葑、相、娄、齐、平十个城门紧靠环城河。

【无锡】

东亭——传奇故事《三笑》里唐寅到过东亭。

梅村 后宅 鸿声——一说是"举案齐眉"的"原产地"。

惠峰 源泉——惠山多泉水,相传有九龙十三泉。经唐代陆羽、刘伯刍品评,都以惠山寺石泉水为"天下第二泉",从而声名大振。从元代开始,用二泉水酿造的糯米酒,称为"惠泉酒",其味清醇,经久不变。

(有关资料均摘自"百度百科"等)

《咏苏吟锡对联》创作于乙未(2015)年元月